Quando è l'Amore a tradire

Illustrazione di copertina realizzata da Michela Muzzi
Impaginazione e grafica copertina: Antonella Monterisi, www.amservizieditoria.com
Editing a cura di Bianca Cataldi

Prima edizione: marzo 2021

A tutte le donne invisibili

CAPITOLO 1

BARDOLINO 1995

Quando Ginevra tornò dalla biblioteca, Matilde, Azzurra e Swami erano nella sua camera, sedute sul letto, tutte e tre rigide e piuttosto seccate. La mamma di Ginevra, Federica, le aveva accolte calorosamente, come faceva sempre d'altronde, e aveva suggerito loro di andare ad aspettarla nella stanza della figlia. Le quattro ragazze erano molto unite, erano nate tutte nello stesso anno, tutte nel giro di sei mesi: Azzurra a marzo, Swami ad aprile, Ginevra detta Ginny a giugno e Matilde, soprannominata Tilly, a dicembre. Le loro madri erano amiche già da prima che lo diventassero loro e le avevano fatte giocare insieme fin da subito, trovandosi ogni pomeriggio a casa dell'una o dell'altra. Le scuole le avevano fatte insieme, almeno fino alla licenza media; poi Ginny si era iscritta al liceo scientifico, Azzurra all'artistico, Tilly al linguistico e Swami all'istituto alberghiero, le prime tre si recavano a Verona tutti i giorni mentre Swami a Bardolino sul lago di Garda.

La sera prima, erano state a una festa a casa di Gabriele, il nuovo ragazzo che era arrivato nel paese con la madre proprio all'inizio di settembre e che aveva fatto innamorare molte delle ragazze della compagnia. Gabriele frequentava l'ultimo anno del liceo scientifico, come Ginny, e fin da subito i due avevano stretto amicizia. Era stata infatti lei a introdurlo nel suo gruppo, di cui facevano parte sia ragazzi che ragazze. Gabriele era molto bello e attraente, uno di quei tipi che noti per forza: spalle larghe, bicipiti, gambe lunghe e affusolate, ventre piatto con tanto di tartaruga, capelli disordinati biondi con sfumature rossicce e occhi azzurri. Aveva un bel sorriso, Gabriele, e uno sguardo dolce da cucciolo sempre smarrito, come se necessitasse di una guida, di qualcuno che lo prendesse sotto la sua ala protettrice e lo sostenesse di continuo. Il quartetto ne era rimasto attratto, ma quella che aveva perso la testa era di sicuro Swami. Dopo il suo coming out, le altre si erano fatte da parte e avevano giurato che avrebbero fatto il possibile per aiutarla a conquistarlo.

Dopo la festa, Ginny, l'unica che aveva già la macchina, aveva accompagnato le quattro amiche a casa. Per tutto il tragitto le ragazze non avevano spiccicato parola, erano tutte di malumore per quello che era accaduto e nessuna di loro era ancora pronta ad affrontare l'argomento. L'ultima a essere riaccompagnata a casa era stata Swami, considerato che abitava due porte prima di Ginny. Anche in quell'occasione, nel silenzio dell'abitacolo, non si erano parlate, ma quando Ginny aveva augurato la buona notte a Swami, l'unica cosa che quest'ultima aveva saputo fare era stato rivolgerle uno sguardo assassino, ragion per cui tutte e tre si trovavano nella sua camera e sul suo letto.

«Cosa ci fate qui?» chiese Ginny.

«Pensavo mi volessi bene», sibilò Swami non appena chiuse la porta.

Ginny non finse di cadere dalle nuvole. «Certo che te ne voglio», rispose, slacciandosi il vestito che aveva indossato per andare in biblioteca, dove lavorava tre volte alla settimana.

«Allora, spiegaci un po' cos'è successo ieri sera», disse Swami, stringendo gli occhi scuri in una fessura. Incrociò le braccia sul petto e si lasciò cadere sul bordo del letto. «Tu e Gabriele, nella piscina.»

«Non so come spiegarvelo... Voglio dire, so che ti piace Gabriele, Swami. Ma, non ho fatto niente. Cioè, lo avete visto, mi ha lasciata andare non appena siamo entrati in acqua.» Ginny indossò dei jeans vecchi e comodi, facendo in automatico un risvolto nella vita per tenerli su.

«A che gioco stavi giocando prima che ti prendesse in braccio? Facevi la timida? Quella difficile da conquistare? Speravi che ti strappasse i vestiti di dosso?» C'era una nota sarcastica, velenosa nella voce di Swami, e in quel momento Ginny vide il viso dell'amica rabbuiarsi.

«Certo che no!» rispose in modo secco. «Se lo avesse fatto sarei scappata a casa e avrei chiamato la polizia. Non essere stupida.»

Swami alzò puntando il dito contro di lei. «Tu non essere stupida!» le gridò contro. Non si era mai comportata così con lei. «Lo sai che sono innamorata di lui! Non è soltanto una cotta. Lo amo. E lo voglio. E voglio che tu lo lasci stare. Dopotutto, avevate deciso tutte quante di aiutarmi a conquistarlo», continuò la ragazza, furibonda.

«Ehi, ragazze, perché non ci calmiamo un attimo?» intervenne Azzurra, la paciera del quartetto. «Swami, non ti sembra di star esagerando un pochino?»

«Esagerare? Lo hai visto anche tu, no? Lei e lui nella piscina?»

«Sì, certo, ma ha ragione anche Ginny, non è successo niente tra di loro», continuò Azzurra.

«Forse la stiamo facendo più grande di quello che è», se ne uscì Tilly.

«Swami, io non ho fatto niente e non ho il controllo delle sue azioni! Forse mi sta riempiendo di attenzioni perché ha bisogno che lo aiuti con la matematica e la fisica», disse Ginny.

Appena pronunciò quelle parole, Ginny e Swami si fissarono negli occhi. Swami esitò, stava per dire qualcosa, ma sembrò ripensarci.

«Senti, Swami», disse l'imputata in tono più pacato. «Non so cosa Gabriele stia facendo. Per quanto mi riguarda, è possibile che abbia un'altra ragazza da qualche parte, o magari ci è già riuscita Angelica. Quello che io so con certezza è che non gli sto facendo il filo. Questo te lo garantisco. Di più non posso fare.»

Swami la guardò per un altro secondo prima di crollare sul letto. «Okay», sbottò, nell'evidente tentativo di tenere a freno le lacrime. «Hai ragione, scusami, tu non hai fatto proprio niente. Ero soltanto gelosa, tutto qui.» Si coprì il viso con il cuscino. «Quando ti ho vista fra le sue braccia, ho perso la testa. Non ho mai desiderato nessuno come desidero Gabriele, e sto facendo di tutto perché lui mi noti. Ma lui sembra non accorgersene.»

«Swami, tu non hai bisogno di farti notare da nessuno, tantomeno da Gabriele.» Ginny si tirò i capelli dietro la spalla e li raccolse in una treccia con movimenti rapidi e precisi, poi andò a sdraiarsi accanto a lei sul letto, prendendole la mano tra le sue. «Non ho idea se Gabriele sia interessato o meno a te, ma ti prometto che lo verrò a sapere e mi impegnerò affinché possiate stare insieme. Io faccio il tifo per te.»

Azzurra e Tilly le raggiunsero e intrecciarono le loro mani a quelle delle amiche.

Swami alzò lo sguardo con gli occhi pieni di lacrime. «Scusami, Ginny, per un attimo ho creduto che ti interessasse. Non ti sei innamorata di lui, vero?»

Gli occhi dell'amica le uscirono quasi fuori dalle orbite. «Swami! Stai scherzando? Te lo avrei detto! Lo sai che non ci sono segreti fra di noi. Mi dispiace che pensi o, meglio, che tutte voi pensiate che io possa tradirvi: non lo farei mai, voi siete le mie amiche, le mie sorelle, la mia famiglia.»

«Mi aiuterai davvero?»

«Ti do la mia parola, Swami, farò tutto quello che è in mio potere perché Gabriele si metta con te.»

Si alzò per prendere un fazzoletto di carta, poi tornò verso Swami e l'abbracciò.

«Mi dispiace», ripeté l'altra, piangendo sulla spalla dell'amica. «Scusami, Ginny.»

Tilly e Azzurra si unirono all'abbraccio.

Ginny sapeva quanto Swami volesse Gabriele, erano mesi che ne parlava e agognava il momento in cui lui sarebbe capitolato, ed era altresì consapevole di aver promesso di non interferire. Eppure, qualcosa era cambiato dentro di lei. Si era accorta che la vicinanza di Gabriele le piaceva, le sue attenzioni la facevano sentire importante e ben presto era diventato naturale passare sempre più tempo con lui e innamorarsi di lui.

Ma come poteva ora confidare alle sue amiche che desiderava sopra ogni cosa diventare la fidanzata di Gabriele? L'avrebbero allontanata, sarebbe stata bannata da tutto e da tutti. E lei non poteva permetterlo, perché loro erano le sue àncore. Doveva mantenere il segreto e sperare che prima o poi Swami si stancasse e rivolgesse la sua attenzione su qualcun altro. Come era solita fare, dopotutto... Certo, amare lo stesso ragazzo di cui era innamorata Swami era un incubo.

Alla fine Swami smise di piangere e si staccò da loro, asciugandosi naso e occhi. «Mi dispiace davvero tanto», sussurrò, «mi perdoni?»

Ginevra esitò qualche secondo.

«Ieri sera», iniziò a spiegare, «ieri sera ero imbarazzata, quando Gabriele ha proposto di fare il bagno nella sua piscina, be', insomma... ho visto che tutti voi non vi facevate problemi a rimanere in slip, avrei voluto morire... è per questo che mi ha presa in braccio e mi ha portata tutta vestita dentro, penso che non volesse farmi sentire un'esclusa.»

Swami tirò su con il naso e si voltò a guardarla. «Sì, sarà come dici tu. Sei sicura che lui non abbia una cotta per te? So che non posso competere con te.»

«Swami, per favore. Ma cosa dici?»

«Ginny, mi guardo anch'io allo specchio, ogni tanto. Non sono un mostro, ma non sono di sicuro te. E nemmeno voi ragazze», disse, indicando Azzurra e Tilly.

Ginny dovette ammetterlo: era conscia di essere una bella ragazza e soprattutto di avere un'aria sofisticata, anche ora che indossava una camicetta hippy e una gonna, lunga fino ai piedi, che lasciava intravedere le unghie smaltate di viola. Se non fosse stato per la sua altezza, avrebbe potuto fare la modella, e le sue amiche si sarebbero lasciate morire di fame pur di avere un corpo come il suo. Solo che Ginny non era interessata alle luci della ribalta, lei amava le scienze e vi immetteva tutte le sue energie per diventare un giorno una biologa di fama mondiale.

Mangiava di tutto e pensava che dieta fosse sinonimo di suicidio. Aveva morbidi capelli biondi, una chioma liscia e lunga che ricadeva oltre le scapole. Gli occhi azzurri e le labbra carnose le donavano un'aria distaccata e accogliente allo stesso tempo. Lo sguardo ti allontanava mentre la bocca ti reclamava a sé. Dovunque andasse, la gente si voltava a guardarla, che fossero madri, bambini, uomini, donne, ragazzi e ragazze.

«Oh, ma per favore! Tu, Swami! Basterebbe soltanto che ti curassi un po' di più, che ti tagliassi un po' i capelli e rifinissi le sopracciglia e usassi altre mise. Chessò, magari meno suora e un po' più provocante», disse Tilly. Matilde era anche lei molto bella, con i lunghi capelli biondo ramato a onde, gli occhi verde muschio e gli zigomi da caucasica. Avrebbe potuto benissimo fare anche lei la modella, non da passerella perché la sua altezza di un metro e sessanta non glielo avrebbe permesso, ma di sicuro la fotomodella avrebbe fatto al caso suo.

«Dici?»

«Certo! Non ti capisco, Swami, certe volte mi chiedo perché ti nascondi: sei brillante, intelligente, molto più della media, e anche bella, è solo che non ti valorizzi», si intromise Azzurra. Azzurra era una bellezza particolare con il viso tempestato di efelidi che lei cerava di nascondere sotto strati di fondotinta. Gli occhi marroni con una sfumatura di oro la rendevano una rarità che purtroppo lei non riusciva a vedere e ad apprezzare.

«Allora, sentite, facciamo un patto: io aiuterò Swami con Gabriele e voi la aiuterete a migliorarsi. Ci state?» disse Ginny.

«Affare fatto», risposero in coro le amiche, mettendo una mano sopra l'altra.

CAPITOLO 2

BARDOLINO 1995

Tutto intorno era ormai buio e Ginny e Swami erano sedute sui comodi sedili della Fiat coupé di Ginevra. Stavano tornando da casa di Gabriele, dove lui aveva tenuto l'ennesima festa. Quella sera Azzurra e Tilly non erano con loro: Azzurra era a Londra per un concorso di disegno a cui aveva partecipato la sua scuola e per il quale lei aveva ottenuto il primo premio. Tilly, invece, era in Spagna con i suoi genitori per un viaggio di lavoro.

La tensione tra di loro era palpabile, nemmeno con un coltello Ginny sarebbe riuscita a squarciarla. Ginny aveva tradito l'amica nel peggiore dei modi: quella sera lei e Gabriele si erano baciati davanti a tutti. Mentre cercava di rimanere concentrata sulla guida, sentiva lo sguardo di Swami su di sé. Sapeva o perlomeno intuiva cosa stesse pensando di lei: che era una traditrice! E mentre Tilly e Azzurra si prodigavano nel cambiamento di Swami, lei, al contrario si prodigava con Gabriele e con il suo di aspetto. Ginny si era fatta dei colpi di sole platino sul suo colore biondo cenere scuro e ora sembrava una Barbie formato gigante. Anche l'abbigliamento era cambiato, diventando più audace e provocatorio: adesso indossava magliette attillate che mettevano in mostra la sua terza di seno, pantaloni skinny e décolleté con il tacco di sette centimetri.

Quanto alla trasformazione di Swami, alla fine l'indiana non si era trasformata nel cigno che lei aveva sperato. Pur essendosi tagliata i capelli e sfoltito le sopracciglia, i risultati erano stati minimi e Ginny i cui occhi dei ragazzi erano sempre stati puntati su di lei, era diventata ancora più ricercata. E alle sue amiche la cosa non piaceva, per niente. Con la mente, Ginny riandò a qualche settimana prima, quando aveva avuto un diverbio con Swami. Non ricordava nemmeno come fosse nato il tutto, erano a casa di Tilly, Azzurra stava raccontando di Paolo, il ragazzo dell'altra sezione che le piaceva da un paio d'anni. Paolo l'aveva invitata per un aperitivo il sabato in centro a Verona, ma Azzurra aveva declinato perché lui piaceva da sempre alla sua compagna di banco e lei non se la sentiva di tradire la loro amicizia. Ginny aveva espresso la sua opinione: Azzurra avrebbe dovuto pensare a se stessa, a essere felice lei prima di tutto e non alla sua compagna.

«Tu lo faresti? Tradiresti un'amica per un ragazzo?» le aveva chiesto Swami.

Ginny aveva bofonchiato qualcosa, visibilmente in difficoltà perché aveva capito dove l'amica volesse andare a parare: Gabriele. E il rapporto privilegiato che lei aveva con lui. «Be', Swami, dipende.»

«Dipende da cosa?»

«Da quanto è profonda l'amicizia.»

«Quindi, tu a me non lo faresti mai, vero?»

Ginny aveva avuto un momento di esitazione nel rispondere e tanto era bastato perché Swami esplodesse:

«Mio Dio! Lo faresti anche a me!»

«Swami, non mi hai nemmeno dato il tempo di risponderti!»

«Non ce n'è bisogno. Sai qual è il tuo problema, Ginny? Che da quando è arrivato Gabriele, ti sei trasformata in un esemplare unico di antipatia. Le attenzioni di quel ragazzo, perché non credere che non ce ne siamo accorte di come ti guarda e ti cerca, ti hanno dato alla testa, ti hanno fatto perdere la ragione.»

«Dici?» Ginny non aveva voluto raccogliere la provocazione e aveva risposto con nonchalance.

«Eccome se lo dico e...»

«Ragazze, ragazze...», aveva tentato di intromettersi Tilly, ma era bastato lo sguardo feroce di Swami per farla desistere.

«Tu, cara Ginny», aveva continuato Swami, «non ci dici la verità.»

«E quale sarebbe?»

«Gabriele! Ti piace! E ti vuoi mettere con lui.»

«No, non è vero. Certo, ci sto bene con lui, mi piace come persona, non lo nego, ma da qui a voler diventare la sua ragazza ce ne passa. Sei fuori strada, Swami.»

Swami aveva sghignazzato. «Quello che non sopporto di te, Ginny, è che giochi a fare l'incredula. Sei mascherata oltre misura e non ti interessa un accidente degli altri. Esisti soltanto tu e per i tuoi scopi sei disposta a passare sopra tutto e tutti.»

La discussione era finita lì perché Ginevra era stata chiamata dalla madre e doveva tornare a casa. Lei e Swami non avevano più toccato l'argomento da allora, ma entrambe sapevano che tra di loro era rimasto un puntino grigio che nel tempo avrebbe potuto trasformarsi in una macchia enorme.

Lungo il tragitto Ginny aveva la testa affollata di pensieri e la rabbia di Swami per non aver fatto un passo avanti con

Gabriele era diventata insostenibile. Sapeva che la teneva d'occhio, che la marcava stretta. Tutte le volte che lei e Gabriele parlavano da soli, sentiva lo sguardo dell'amica perforarle la testa. Una volta l'aveva presa in disparte e le aveva chiesto cosa avessero da confabulare e l'aveva addirittura accusata di nasconderle qualcosa. Al che lei aveva dovuto rispondere: «Parliamo di te, di cos'altro dovremmo parlare? Stiamo facendo progressi, non preoccuparti. Ti servirò Gabriele su un piatto d'argento quando meno te lo aspetti.» Una bugia naturalmente. Gabriele non parlava mai di Swami e quelle poche volte in cui lei, almeno all'inizio, aveva provato a introdurre l'argomento, lui non era sembrato interessato a continuare la conversazione. No, il tempo che passavano insieme lei e Gabriele era tutto per loro, il mondo fuori non esisteva, solo loro due e nient'altro. Ginny si era innamorata di Gabriele e lo voleva per sé, anche a costo di rovinare la sua amicizia con Swami. Non le interessava che la sua amica ne potesse soffrire: per una volta, si sarebbe presa quello che le spettava, quello che meritava. Perdere Swami e le altre sarebbe stato il prezzo da pagare, ma ne sarebbe valsa la pena se avesse significato avere lui.

Ginny ripensò alle migliaia di ore passate insieme alle sue amiche in macchina, prima accompagnate dai loro genitori, e da un anno ormai sole. Le loro migliori chiacchierate si erano tutte svolte in auto. Stasera sapeva che qualcosa era diverso.

«Tu e Gabriele state insieme?» esordì Swami.

«I-io… Swami…»

«Vi siete baciati! Non riesci nemmeno a spiegare cosa siete!»

«Non è stata una cosa premeditata, baciarsi, intendo… è capitato e basta.»

«Ma tu sei davvero sicura che non fosse premeditata?» Swami teneva gli occhi fissi sulla strada, mentre i fari della coupé tagliavano l'oscurità della notte.

«Premeditata? Ma cosa ti salta in mente?»

«Sei innamorata di lui?» incalzò l'amica. L'indiana sembrava un pubblico ministero deciso a non mollare la presa sull'imputato e a farlo capitolare.

«No!»

«Davvero? Perché ha tutta l'aria di essere il contrario.»

Ginny rise, o almeno improvvisò una risata che però suonò come il raglio di un asino. Quando faceva così era perché cercava di alleggerire la tensione, ma questa volta le era riuscito male. «Be', non posso non dire che è un gran bel ragazzo, ma da qui a dire che mi sono innamorata di lui, ce ne passa.»

Swami se ne restò in silenzio.

Ginny sentiva ondate di nervosismo e di turbamento provenire dall'amica.

«Ti sei innamorata di lui, l'ho capito ormai da giorni, settimane oserei dire, era tutto davanti ai miei occhi: le cene a casa sua, i compiti a casa tua, il viaggio fino a scuola. Lo ami e hai fatto di tutto per prendertelo. Grazie, Ginevra, ti sei dimostrata una grande amica.» Quando Swami utilizzava il suo nome completo, il nome per intero di ognuna delle amiche, significava che era furiosa.

«Non so cosa dire», rispose l'altra; le nocche delle dita erano bianche per la forza con cui stringeva il volante. Poi portò la macchina su un ampio parcheggio, spense il motore e si girò verso Swami.

«Non ti capisco, Swami, perché tutte queste domande? Mi fai sentire come se ti avessi tradito.»

«Ed è così, no? Mi hai tradito, Ginevra.»

L'amica la guardò sbalordita.

«Sostieni di non essere interessata a Gabriele. Mi dici che mi aiuterai con lui. Ma voi due parlate in continuazione, studiate insieme tutti i pomeriggi, vi guardate fissi negli occhi come se non esistesse nessun altro e questa sera vi siete baciati.»

Ginny aprì la bocca per replicare, ma l'altra continuò.

«Non mi guarda mai allo stesso modo», aggiunse l'aspirante chef, abbassando la voce e le spalle come se si sentisse ferita nel profondo al pensiero che il ragazzo dei suoi sogni potesse preferire Ginny a lei. «Sono confusa, vorrei capire come è potuto succedere. Dicevi che mi avresti aiutata a conquistarlo e ora lui è tra le tue braccia. Sei molto bella, Ginny, puoi avere chiunque, non capisco perché proprio lui. Perché proprio il ragazzo che intessa a me? Cosa dovrei pensare? Che lo hai fatto apposta?»

L'espressione del viso di Ginny comunicò che era scioccata.

«Non ti farei mai del male, Swami! Tu sei come una sorella per…»

«Smettila, Ginny! Ho già sentito queste parole, dimmi qualcosa che non so. Sei innamorata di lui?»

«No! Come te lo devo ripetere! N O N S O N O I N N A M O R A T A D I G A B R I E L E!» urlò. «Ma non posso forzarlo a mettersi con te!»

«Certo che no! E nessuno te l'ha chiesto! Sei stata tu a offrirti di aiutarmi, non te l'ho chiesto io, ma se ti aveva detto che non era interessato a me, forse sarebbe stato meglio che tu me lo dicessi, non credi? Così avrei smesso di continuare a illudermi.»

Rimasero in silenzio. Entrambe sprizzavano rabbia da tutti i pori.

«Senti, Swami, non voglio litigare con te per un ragazzo. Quello che ti posso dire è che ho tentato in tutti i modi che lui si accorgesse di te, ti ho messa sempre in mezzo a tutti i nostri discorsi, ma lui non sembrava molto interessato, ha altri progetti al momento, è concentrato sugli studi universitari, sai che vuole tentare l'ammissione a Harvard, è per quello che studio con lui… voglio aiutarlo a realizzare il suo sogno… Insomma, tu sei il suo ultimo pensiero ora.»

«Te l'ha detto lui? Ti ha detto testuali parole?» Il tono di Swami era aggressivo.

«No, sì, non so…»

«No, sì, non so! A che gioco stai giocando, Ginevra?»

Ginny rivolse lo sguardo fuori del finestrino, senza dire una parola.

«Non è interessato a te, Swami, mi dispiace, me l'ha confidato.»

«Da quanto?»

«Da quanto, cosa?»

«Da quanto tempo lo sai?»

«Due settimane», sussurrò l'amica.

Swami scrollò le spalle bruscamente. «Sento che non sei sincera con me» disse, fissando colei che ora era diventata la sua nemica. «Non ti riconosco più, Ginny.»

«Swami, te lo ripeto, non gli piaci.»

«Portami a casa.»

«Swami…»

«Portami a casa, Ginevra. E sparisci dalla mia vita.»

Ginny accese la macchina e ingranò la marcia. Sapeva che sarebbe stato inutile continuare a discutere con Swami. Quando prendeva una decisione, difficilmente tornava sui suoi passi.

E ora le stava dando l'aut aut.

Le sarebbe passato e lei sarebbe sopravvissuta alla sua mancanza e di sicuro anche a quella delle altre, dopotutto ora aveva Gabriele.

CAPITOLO 3

GIUGNO 2002

Negli istanti in cui i cancelli dell'ippodromo si aprirono e i fantini sui loro cavalli cominciarono la loro folle e spericolata corsa per la vittoria, Ginny sentì il cuore arrampicarsi in gola, i palmi sudati, l'adrenalina che si riversava nelle vene. Era eccitata? Completamente partita di testa? Per una manciata di secondi, mentre il cuore le martellava nel petto e il clangore del metallo dei cancelli risuonava nell'aria, riuscì a pensare soltanto alla prima volta in cui lei e Gabriele si erano sdraiati insieme su un letto e le sue mani le avevano accarezzato i seni, erano scivolate con dolcezza sul suo ventre, avevano giocherellato con il pizzo dei suoi slip per poi sfilarglieli. Un altro ricordo, più oscuro, più opprimente, cercò di farsi largo, ma lei lo respinse, le dita appiccicaticce strette sul binocolo.

Aveva pensato molto a Gabriele, ultimamente, e forse non c'era da stupirsene. Flavio aveva scatenato troppi ricordi del primo ragazzo che aveva amato. Gabriele le aveva spezzato il cuore, e le ci erano voluti due anni di notti insonni per accettare che stava meglio senza di lui. Quindi considerava questi flashback come sleali per il modo dannato in cui avevano deciso di farsi vivi proprio oggi che era con Flavio ad assistere a una corsa di cavalli.

"Smettila", si rimproverò mentre metteva a fuoco l'immagine al di là del binocolo. Flavio era di fianco a lei che scattava una foto dopo l'altra. Finalmente Apollo, il purosangue inglese, su cui lei e Flavio avevano puntato i loro soldi, tagliò il traguardo, vittorioso. Ginny scoppiò in un urlo gioioso mentre il suo accompagnatore metteva giù l'attrezzatura e allargava le braccia per abbracciarla. Lei vi si fiondò e inalò il Davidoff, la fragranza che lo contraddistingueva.

Era stato per quella trasmissione in radio alla quale l'aveva portata la sua amica, Betta, e alla quale avevano partecipato per parlare di biologia molecolare che aveva conosciuto Flavio. Lui si occupava delle registrazioni e delle domande, a quel tempo, circa sei mesi prima.

«Bella voce», le aveva detto lui alla fine della registrazione.

Non era stato un colpo di fulmine, ma quel ragazzo alto un metro e novanta e con gli occhi di un intenso verde muschio, l'aveva colpita per la prima volta dopo tanto tempo. Dopo la trasmissione, Flavio le aveva invitate a bere qualcosa nel pub accanto e, per quanto Ginny non ne avesse molta voglia, si era fatta trascinare da Betta che non vedeva l'ora di sistemarla con qualche bellimbusto di turno.

«Quindi sei una biologa molecolare», aveva commentato Flavio.

«La migliore in assoluto. L'università le ha offerto un dottorato di ricerca a San Diego. Sto facendo di tutto perché accetti», aveva risposto Betta, dando una gomitata all'amica.

«E tu chi saresti? Il suo manager o sua madre?» aveva chiesto Flavio con notevole impudenza, guadagnandosi con una sola battuta l'eterna inimicizia di Betta. Mezza pinta e aveva rivelato di essere un ex brigadiere, iscritto a un corso di fotografia, che lavorava part time alla radio.

«Quanti anni hai?» Era sempre stata Betta a porgli la domanda.

«Ventotto.»

«Ah, quindi lasciami indovinare, vivi ancora con mamma e papà perché non hai ancora una carriera e uno stipendio che ti permettano di pagarti un affitto», aveva sogghignato Betta con disprezzo, ancora scossa dalla frecciata di poco prima.

Flavio aveva strizzato l'occhio a Ginny. «Direi che le cose stanno più o meno così, che vuoi farci, amo il nido di mammà.»

Per la restante ora in cui erano rimaste in sua compagnia, la conversazione si era trascinata tra battibecchi tra Flavio e Betta, e Ginny che assisteva divertita alle loro diatribe. Quando se ne erano andate, ignorando l'aperta ostilità di Betta, lui non aveva voluto lasciarla andare prima di aver ottenuto un riluttante «Ci penserò», alla sua domanda di poterla rivedere.

Dire che Ginny non usciva con molti uomini era minimizzare, come dire che Casanova fosse un po' farfallone. Sapeva che non tutti gli uomini erano bastardi; Betta glielo ripeteva fin dal momento in cui si erano conosciute, subito dopo la drammatica conclusione della storia con Gabriele, quando a lei era parso che nel firmamento si fossero spente le stelle, insieme alla sua fiducia nell'altro sesso.

In un anno, solo un uomo era riuscito nell'impresa di farsi strada fino alla sua camera da letto e, anche in quel caso, aveva dovuto sforzarsi di arrivare fino in fondo, fingendo di gradire il sesso mentre invece non provava nulla, come fosse anestetizzata. Quando la mano di Flavio aveva sfiorato la sua mentre le porgeva il bicchiere di birra quella sera al pub, però, aveva sentito frizzare parti del corpo che non lo facevano da tempo immemore.

La sua dolcezza e la sua serietà la facevano sentire accolta e lei aveva bisogno di accoglienza, anche se non poteva dire di provare le farfalle nello stomaco. Meglio sentirsi sicura che non sempre in allerta per paura che qualcosa di inaspettato le piombasse addosso.

Niente a che vedere con Gabriele che, dal momento in cui l'aveva incontrato, era diventato per Ginny l'amante più romantico, torturato e passionale che in cuor suo potesse desiderare, un cucciolo ferito che si faceva toccare solo da lei. E il sesso era sempre stato centrale nel loro rapporto.

Al contrario, il sesso non faceva parte del gioco con Flavio. Non c'erano incontri passionali con orgasmi multipli in camera da letto a deliziarla. Questo ragazzo, però, a differenza di Gabriele, non l'avrebbe lasciata in lacrime.

Si trovò a pensare a come fosse nata la loro relazione. Erano andati a mangiare un cheeseburger alla panineria in centro a Parma e, quando lui l'aveva riaccompagnata a casa, davanti alla porta del palazzo dove abitava, Flavio l'aveva baciata. Era stato timido all'inizio, poi, quando si era accorto che lei non aveva fatto resistenza, si era fatto più audace.

Da lì alla camera da letto, il passo era stato breve. Ginny aveva cercato di rimanere concentrata soltanto su loro due, sbattendo fuori il pensiero di Gabriele, che faceva capolino, intenzionato a rovinarle la festa. Era andata bene, non benissimo, ma c'era un margine di miglioramento, si era detta una volta che il loro amplesso si era esaurito.

«Abbiamo vinto!» aveva esclamato Flavio, riportandola alla realtà e stampandole un bacio sulle labbra.

A Ginny si illuminarono gli occhi. Le piaceva seguire Flavio in giro per l'Italia per il suo lavoro di fotografo, poteva visitare nuovi posti di continuo e tutto a spese della rivista di intrattenimento per la quale lui lavorava.

«Vieni, andiamo a ritirare la vincita e poi con quei soldi ti porto a cena in quel ristorante chic in cui abbiamo sempre sognato di andare. Che ne dici?»

La cucina del ristorantino era proprio come se l'erano immaginata e come veniva dipinta in tutte le riviste del settore: squisita, afrodisiaca, sublime.

Dopo la cena, andarono a casa di Ginny e fecero l'amore: il sesso dopo dell'ottimo cibo, pensava lei, era comunque del buon sesso a tutti i costi. Doveva essere così anche se non era vero al cento per cento. Ma questo era e questo aveva deciso di farsi andare bene.

«Quindi, precisamente, quando ci sposeremo?» stava dicendo lui, sorridendo, mentre le porgeva il bicchiere di vino che aveva aperto dopo il sesso.

Ginny guardò il soffitto, fingendo di rifletterci. «Be', vediamo… quando sarò diventata una delle più famose biologhe molecolari sulla faccia della Terra?»

Non era la prima volta che lui diceva queste sciocchezze, l'aveva fatto un paio di mesi dopo che uscivano insieme e Ginny si era sentita prendere dal panico. Flavio scherzava, cercava di rassicurarsi. Lei lo stava usando e si augurava che lui stesse facendo lo stesso con lei. Per lei era un passatempo per qualche weekend, sesso quando ne aveva voglia, riempitivo di quel vuoto che la dilaniava dalla fine della storia con Gabriele, ma non aveva intenzione di andare oltre questo. Prima o poi, entrambi sarebbero tornati in sé.

La proposta o, meglio, le proposte di matrimonio di Flavio, la riportarono a Gabriele: se fosse stato lui a chiederle di sposarlo, non avrebbe avuto alcuna esitazione.

Ripensò al pranzo che aveva avuto la settimana prima in centro a Verona con Tilly, l'unica del quartetto con la quale ancora tratteneva ancora dei rapporti e con la quale erano saltati fuori i nomi di Gabriele e Flavio. Tilly le era stata accanto nel suo momento più buio, quando cercava di trovare un senso al comportamento di Gabriele, quando cercava i segnali dell'"altra" che glielo aveva portato via. Perché, per quanto lui le avesse detto che non c'era nessun'altra, lei non gli aveva creduto. C'era, ma non sapeva chi fosse e neanche Tilly.

Ginny era arrivata per prima e subito dopo Tilly l'aveva raggiunta.

«Oddio, sono riuscita ad arrivare in anticipo e prima di te. Se ci fosse Flavio, mi riprenderebbe dicendomi che, se voglio, allora posso essere puntuale», aveva esclamato Ginny, festante.

«Flavio?» Tilly non si era lasciata sfuggire il nome e lei era arrossita.

«Un tipo con cui mi vedo. Niente di serio.» Aveva sentito un dolore fisico acuto nel pronunciare quelle parole mentre pensava a quanto fosse stato dolce Flavio negli ultimi tempi.

«È difficile pensarti con qualcuno che non sia Gabriele, però.» Tilly aveva fatto scorrere il dito sul bordo del bicchiere di vino bianco, la voce vibrante di curiosità. «Sembravate anime gemelle, avrei detto che sareste rimasti insieme per tutta la vita.» I suoi occhi truccati di kajal si erano fatti più penetranti. «Si è più fatto sentire?»

«Gabriele, chi?» Strano come solo sentire pronunciare il suo nome l'avesse colpita ancora come un pugno nello stomaco. Ginny aveva strabuzzato gli occhi con aria comica. «Oh, quella nullità.» Aveva sbadigliato. «No, non l'ho più né visto né sentito. E comunque è l'ultima persona al mondo che vorrei vedere o sentire ancora. E chi se ne frega? Gli uomini sono dei bastardi.»

«E lui lo è di certo, eh? Be', è lui a perderci, non tu.» Tilly le aveva toccato il braccio. «Ed esattamente, quanto non è seria la storia con questo nuovo tizio?»

Ginny aveva esitato, ma non aveva resistito. «Oh, accidenti, non lo so.» Aveva alzato gli occhi al soffitto. «Lui mi ama e anche molto.»

«Donna fortunata», aveva commentato Tilly, alzando il bicchiere. «Brindiamo a lui, allora, ti va? Raccontami tutto di quest'uomo, ogni piccolo dettaglio.»

«Allora, ci sposiamo?» La domanda di Flavio la riportò al presente.

Lei si voltò a guardarlo. «Fai sul serio?»

«Mai stato più serio, Ginny. So che ci conosciamo soltanto da pochi mesi, ma voglio passare la mia vita con te. E tu, lo vuoi?»

A quelle parole, la tachicardia le era esplosa nel petto. *No! Non voglio!* Avrebbe voluto urlare, ma si trattenne. Flavio non meritava di essere ferito e l'attimo dopo si ritrovò ad annuire in modo impercettibile.

«Ti farò felice, Ginny!» esclamò lui, prendendole il viso tra le mani e baciandola appassionatamente. E poi cominciò a fare programmi, a dire che doveva avvisare subito i suoi genitori e che lei avrebbe dovuto fare lo stesso.

Ginny si sforzò di sorridere e fece su e giù con la testa, mentre dentro di lei si agitava la tempesta e una vocina la redarguiva per quello che aveva appena fatto.

CAPITOLO 4

BARDOLINO 2017

C'erano giorni in cui Ginny se lo sentiva nelle viscere. Si svegliava e aveva la certezza che la sua giornata sarebbe stata un disastro e che avrebbe fatto bene a rimanere a letto, rintanata sotto le coperte finché i tempi non fossero stati migliori per lei.

Oggi era uno di quei giorni. Lo seppe non appena aprì gli occhi al lamento della sveglia e non appena prese in mano il cellulare. Ancora rannicchiata tra le braccia di Morfeo, vide il messaggio di Flavio e sbuffò. Possibile che quest'uomo non si arrendesse all'evidenza dei fatti? Lei voleva il divorzio, non le bastava la separazione, voleva firmare quelle stramaledette carte davanti a un giudice e, se possibile, dimenticare i dieci anni del loro matrimonio.

Lesse il messaggio:

Cara Ginny, so che storcerai il naso, ma ho conosciuto una brava consulente matrimoniale e ho pensato che ci potrebbe aiutare a ricucire il nostro rapporto.

Di che diavolo stava parlando? Cosa cazzo stava blaterando il suo ex marito? Erano quattro anni che erano separati, ormai. Le sembrava di essere stata chiara quando, esausta dal suo negare l'evidenza, ossia che il loro amore era finito, o quantomeno il suo per lui era morto e sepolto, lo aveva sbattuto fuori di casa insieme a una valigia di indumenti.

Da quando aveva accettato di sposarlo, in quella sera nefasta, si era maledetta ogni santo giorno per la sua scelta. Lei e Flavio si erano dimostrati diversi l'uno dall'altra, addirittura con abitudini differenti, fin dal loro primo giorno di convivenza. Perché un conto era frequentarsi al di fuori, fare sesso, andare fuori a cena e a pranzo, un altro era condividere gli stessi spazi sette giorni su sette.

Se soltanto avesse avuto il coraggio di interrompere i preparativi del matrimonio quando ancora era in tempo, ora non avrebbe un rompicoglioni nella sua vita. Eppure, era stata così vicina dal farlo, quel pomeriggio a casa dei suoi genitori, ne aveva parlato con la madre, confessandole i propri dubbi e incertezze. Non avrebbe dovuto! Sua madre l'aveva ascoltata con molta attenzione, sembrava quasi che per una volta fosse partecipe del suo dilemma e, invece, le aveva detto soltanto che era normale avere dei dubbi, che tutte le donne li hanno, talvolta anche gli uomini, ma che con la convivenza sarebbero passati e che amare qualcuno era una scelta, un impegno.

Non era passato un bel niente! I dubbi erano rimasti, si erano cementificati e, con l'andare del tempo erano diventati certezze, certezze che lei non amava Flavio e soprattutto che non erano compatibili. Quanto all'amore che era una scelta, anche quella era una menzogna, o meglio una mezza verità perché non si sceglieva di innamorarsi di una tale persona, accadeva e basta. Casomai, si sceglieva di impegnarsi a costruire una vita, una progettualità con quella persona.

Il punto era che, fin dall'inizio, Ginny aveva avuto tutte le riposte dentro di sé. Il confidarsi con la madre era soltanto la mano del moribondo che cercava conforto e aiuto nell'altro. Che poi naturalmente non aveva trovato perché il cambiamento lo devi agire in prima persona. Lei non l'aveva fatto. Negli anni si era più volte chiesta se fosse stata la paura di rimanere da sola a frenarla. E l'unica risposta che aveva trovato era che, a ventisette anni, era ormai vecchia per trovare un altro grande amore della sua vita.

Ahimè, qualunque fossero le motivazioni, non le aveva ascoltate e aveva preferito nascondere la testa sotto la sabbia, ma non qualche granello, una montagna di sabbia dalla quale aveva faticato a liberarsi.

Di sicuro l'aborto dei suoi due gemelli al terzo mese di gravidanza a trent'anni aveva dato il colpo di grazie a un rapporto che aveva cominciato a fare acqua fin dall'inizio.

Stava per digitare una rispostaccia per Flavio, quando le arrivò un altro messaggio: Tilly che le ricordava la rimpatriata con le amiche. L'idea di ritrovarsi era stata di Swami, colei con la quale aveva allacciato un legame stretto fin da quando erano bambine.

Tra lei e Swami c'era un irrisolto che si portavano dietro da ventidue anni ormai: Gabriele!

Ginny e Gabriele erano rimasti insieme per cinque anni. Anni stupendi in cui aveva vissuto soltanto per lui.

Gabriele le aveva spezzato il cuore, Ginny all'epoca studiava a Parma e lui a Verona, anche se il suo sogno era da sempre quello di entrare a Harvard. Non ce l'aveva fatta! Ginny ricordava i pomeriggi, i sabati e le domeniche ad aiutarlo a studiare, ma a nulla erano serviti la sua dedizione e aiuto perché Gabriele non aveva passato le prove d'esame. Era entrato in depressione, si era preso un anno sabbatico durante il quale aveva lavorato al mercato ortofrutticolo e poi aveva ripiegato su Economia e Commercio a Verona. Ripensandoci, lì si era creata la prima frattura fra loro, non perché lei fosse responsabile del fallimento del ragazzo, ma perché dentro di lui si era rotto, incrinato qualcosa.

Non si vedevano spesso per la distanza, un paio di volte al mese, ma Ginny credeva che entrambi si stessero impegnando per far andar bene il rapporto. Peccato che ci credesse soltanto lei. Già negli ultimi tre mesi della loro relazione i segnali c'erano tutti, era lei che non aveva voluto coglierli. Gabriele aveva cominciato a scriverle sempre meno messaggi, a chiamarla pochissimo e ad accampare scuse quando lei gliene chiedeva il motivo. E poi era arrivato Natale, si erano visti in un locale sul lungolago che rimaneva aperto anche nella stagione invernale. Ginny era così eccitata e desiderosa di trascorrere le vacanze con il suo fidanzato che non stava più nella pelle.

Avevano ordinato una cioccolata calda con panna, Gabriele le aveva chiesto dei suoi studi e della sua vita a Parma. Ginny lo aveva guardato annuire e ridere alle sue battute, ma non le aveva mai preso la mano e non l'aveva nemmeno baciata se non sulla guancia quando si erano incontrati.

Ginny aveva cercato di allontanare il campanello di allarme che continuava a strimpellare nella sua testa come un sonaglio, dicendosi che il distacco di Gabriele era dovuto alla lontananza, quando invece avrebbe dovuto mettersi le gambe in spalla e correre il più lontano possibile e cercare di salvare il possibile di se stessa. Non era andata così!

Quando era arrivato il momento dello scambio dei regali, niente era ormai più recuperabile. Ginny gli aveva consegnato il suo, un bracciale in oro bianco con le loro iniziali, e con mani tremanti aveva preso il suo. Era grande, il pacco, con un altrettanto grande fiocco blu brillante e al tatto morbido. Si era chiesta cosa potesse contenere di così voluminoso e soffice. Il fiocco non voleva saperne di sciogliersi, con gli anni Ginny l'aveva riconosciuto come un monito da parte dell'universo a fermarsi, a non andare oltre. Che lei naturalmente non aveva colto! Così aveva tagliato il nastro con le forbici che si era fatta prestare dal bar e con foga aveva strappato la carta blu con le stelle per trovarvi all'interno un pigiama felpato.

Incapace di credere a quello che vedeva, aveva spiegato l'indumento per accorgersi che era della taglia sbagliata: una L quando lei portava un S.

«Che bello», aveva esclamato, cercando di sorridere e di ingoiare l'amaro che le si era creato in bocca. «Qualcosa di utile.»

Quando poi Gabriele aveva aperto il suo, di regalo, non solo le era parso imbarazzato e a disagio, ma era addirittura diventato paonazzo.

«Cos'è? Non ti piace? Purtroppo non possiamo cambiarlo, ho fatto mettere le nostre iniziali, vedi, proprio qui.»

Gabriele si era rigirato l'oggetto prezioso tra le mani e in un sussurro le aveva detto: «Dobbiamo parlare, Ginny.»

Ginny era sbiancata e aveva sentito il respiro mozzarsi nel petto. Aveva cercato di immettere aria nei polmoni come qualcuno che è stato troppo sott'acqua e ne è rimasto sprovvisto. «Di cosa?» aveva chiesto timidamente.

«Ho pensato molto a noi negli ultimi tempi e mi sono accorto che non posso più andare avanti. La distanza è troppa e, con la morte di mio padre, ho capito che ho bisogno di guardarmi dentro e capire cosa voglio dalla vita. Mi dispiace.»

Il padre di Gabriele era morto sei mesi prima di infarto e per lui era stato uno shock. Ginny aveva tentato di stargli vicino, lo chiamava tutte le sere e lo ascoltava sfogarsi mentre parlava del suo senso di colpa nei confronti del genitore che Gabriele, dopo la separazione dalla madre, non aveva più voluto né vedere né frequentare.

«Oh, merda!» Non aveva saputo trattenersi. Non avrebbe voluto mettersi a piangere, ma le lacrime le erano traboccate dagli occhi prima che riuscisse a fermarle. «Stai rompendo con me, vero?»

Lui aveva annuito, tenendo lo sguardo fisso sul bracciale che teneva ancora fra le mani. «Ginny, siamo ancora entrambi giovani. Non era una cosa destinata a durare per sempre.»

«Ma dicevi di amarmi! Credevo che ci saremmo sposati!»

«Cosa te l'ha fatto pensare?»

«Oh, be'... non lo so... io credevo...»

Gabriele l'aveva guardata, desolato. «Mi dispiace tanto. Perdonami, Ginny. Non sono pronto per questo. Ci sono ancora tante cose che voglio fare prima di sistemarmi.»

Si era sentita mancare la terra sotto i piedi. Era la cosa più orribile che fosse successa in tutta la sua vita. Come avrebbe fatto ora ad andare avanti senza di lui? E come si poteva pretendere che qualcuno andasse avanti con la propria vita quando aveva il cuore a pezzi?

«C'è un'altra?» aveva mormorato.

«No!» aveva urlato lui e l'urgenza con la quale l'aveva fatto non era sfuggita a Ginny.

«Sì, c'è, è chiaro.» Quelle dannate lacrime non volevano saperne di fermarsi, mentre Gabriele allungava le braccia per ridarle indietro il regalo.

«Vuoi che mi riprenda il bracciale?»

«Sì, non posso tenerlo. Mi dispiace non avertelo detto prima, ti saresti risparmiata questa...» Non aveva finito la frase, incapace di sostenere un confronto che era ormai diventato inutile.

«Questa umiliazione, stavi per dire, giusto?»

«Perdonami. L'ultima cosa che volevo era farti soffrire.»

Ginny si era asciugata il viso e si era alzata in piedi. «Non lo voglio il bracciale. Era un regalo per te. Fanne ciò che vuoi, buttalo se ti fa stare meglio. Addio, Gabriele.»

Scacciò quel ricordo così doloroso, si alzò dal letto e andò in bagno. L'immagine di sé che vide riflessa nello specchio le fece accapponare la pelle. Quanti cazzo di chili aveva preso da quando si era sposata? Una ventina di sicuro. Lanciò un'occhiata alla bilancia nell'angolo. La odiava. Non sapeva neanche perché ne tenesse una in casa.

E pensare che quando era giovane era magrissima, la più magra del gruppo, piccola e scheletrica, ecco gli aggettivi che la definivano il più delle volte. Ma in quello "scheletrico" ci trovava una sorta di poesia e di magia. Meglio essere magri piuttosto che grassi, aveva sempre pensato.

Montò sull'oggetto incriminato, tirando dentro la pancia e trattenendo il respiro. Poi, si arrischiò a guardare il responso e per poco non svenne. Cazzo! Venti chili esatti in più!

Scese e si fiondò sotto la doccia, stando ben attenta a non posare lo sguardo sulle sue forme procaci.

Chissà cos'avrebbero pensato le sue amiche quando l'avessero vista. Già immaginava i commenti cattivi di Swami. Quanto a Tilly, sapeva già come si era trasformata, mentre era sicura che l'accomodante Azzurra non avrebbe espresso giudizi.

Stette davanti all'armadio per quello che le sembrò un tempo infinito alla ricerca di qualcosa che la sfilasse e non la facesse sembrare un cotechino imbalsamato. Poteva davvero esserci qualcosa che camuffasse i suoi chili superflui? No, si disse, ci sarebbe voluta una magia. E lei non era dotata di poteri magici. Alla fine optò per un paio di pantaloni morbidi bronzo e un maglioncino dello stesso colore. Si acconciò i capelli in uno chignon alto sulla testa, lasciando qualche ciuffo libero a incorniciarle il bel volto e si truccò. Il viso era il suo pezzo forte, lo era sempre stato, ma ora lo era ancora di più e intendeva fare di tutto per sottolinearlo.

Un'ultima occhiata e tutto sommato si ritenne soddisfatta del risultato. Inspirò a fondo e cercò di calmare i nervi. Era agitata? Sì, era innegabile. E, se non fosse stata per l'insistenza di Tilly, avrebbe declinato l'invito senza ombra di dubbio.

CAPITOLO 5

Si erano date appuntamento a "L'Unico" appena fuori dal centro di Bardolino, un ristorante molto carino con terrazza panoramica proprio sul lago e con una cucina d'eccellenza.

Le prime ad arrivare furono lei e Azzurra. Anche con Azzurra, Ginny non aveva mantenuto i rapporti, qualche augurio di compleanno e di Natale, ma niente di più. La riconobbe subito, mentre faceva il suo ingresso e la sua figura inconfondibile avanzava sul tappeto persiano che copriva il pavimento dell'atrio.

«Azzurra», disse, sopraffatta da un'improvvisa timidezza. In fondo, erano diventate praticamente estranee.

Per una frazione di secondo rimasero immobili ai due estremi dell'ingresso, elaborando i dettagli. Carnagione, pettinatura, taglia, silhouette, abiti, scarpe. Malgrado fosse ottobre e l'aria si fosse fatta fresca, Azzurra indossava ancora dei sandali con la zeppa mentre Ginny un paio di ballerine blu.

Il viso di Azzurra era fresco, senza rughe e attraversato da un ampio sorriso, con lo stesso naso importante e la stessa occlusione lievemente difettosa degli incisivi che costosi apparecchi non erano riusciti a correggere. A quarant'anni, era ancora tonica e aveva una figura invidiabile grazie a tutto lo sport che praticava. Le lentiggini che l'avevano così preoccupata in giovinezza e che nascondeva sotto strati di trucco, ora sembrava si fossero perfettamente armonizzate con l'incarnato, donandole un'aria sbarazzina e innocente da eterna adolescente. E i capelli color rame, un tempo un'inestricabile selva rossiccia, adesso le conferivano una romantica aria preraffaellita. Il top rosso e i jeans skinny lasciavano scoperto un ventre piatto. Completava il look un cardigan verde bottiglia lungo fino ai piedi.

D'impulso, Azzurra lasciò cadere la borsa sul pavimento e attraversò la stanza di corsa. «Ginny!» La strinse in un abbraccio soffocante. «Gesù, che bello vederti.» La tenne a distanza di braccia, sorridendo. «Sei fantastica, tesoro. Tilly e Swami sono già qui? Non ti sembra che questa sia una delle idee migliori che Swami abbia mai avuto?»

Ginny si sentì avvampare per l'imbarazzo. Guardando l'amica, aveva realizzato con rammarico che il tempo era stato clemente con Azzurra e alquanto inclemente con lei. Tutta colpa di Flavio e dei suoi piatti invitanti, prelibati e pieni di calorie. All'inizio le erano piaciute tutte quelle attenzioni, poi, quando aveva dovuto amaramente constatare che non facevano bene alla sua linea, aveva cominciato a dire che doveva limitarsi. Lui, però, aveva iniziato a mettere il muso e a fare i capricci. Così, per quieto vivere, si era adattata e lo aveva assecondato, ritrovandosi ora con tutti quei chili in più.

«Uhm, certo, grande», mormorò Ginny, abbassando gli occhi e trovandosi brutta, grassa e patetica.

Si ravviò una ciocca di capelli dietro l'orecchio e rivolse ad Azzurra un tiepido sorriso. «È un sacco che non ci vediamo», riuscì a dire con un filo di voce, setacciandosi inutilmente il cervello alla ricerca di una battuta brillante.

«Eccovi qui!» La voce melodiosa di Tilly le colse di sorpresa.

Ed ecco la splendida Tilly, pensò, sentendosi di nuovo a disagio. L'amica indossava una camicetta in pizzo crema e una gonna lunga senape con una fusciacca in vita dello stesso tessuto e colore della gonna che metteva in risalto il suo vitino da vespa. I lunghi capelli dorati formavano delle onde armoniche sulle spalle.

Tilly le abbracciò e poi chiese al cameriere di potersi sedere al bancone per un aperitivo finché aspettavano Swami.

Ginny si ritrovò a domandarsi dove fosse finita tutta la loro complicità degli anni passati. Le pareva quasi di avere la lingua e i pensieri attorcigliati da quanto non riusciva a metterli in ordine e a esprimerli. Anche con Tilly, con la quale si sentiva di tanto in tanto - oddio, a ben pensarci, erano tre anni che non si vedevano e non sapevano più niente l'una dell'altra – non sapeva da dove cominciare.

«Allora, Tilly, come va con Marco? E i bambini? Quanti anni hanno? Ormai saranno degli adolescenti», domandò Ginny alla fine.

«Io e Marco ci siamo separati sei mesi fa. Ora sto con Michele, un mio ex collega di lavoro. E i bambini stanno bene, hanno dodici e tredici anni ora.»

Ginny ricordava vagamente che Tilly era andata a lavorare in un'azienda di moda in provincia di Verona, nel settore stilistico.

«Wow, che novità! Sei felice? Con questo Michele, intendo.» Da quel che aveva capito, Tilly doveva già aver iniziato questa relazione quando ancora era sposata. Non se la sentì di chiederglielo, non davanti ad Azzurra, che magari era anche lei all'oscuro di tutto.

«Diciamo più o meno. Potrebbe andare meglio, nel senso

che vorrei vederlo di più, ma è complicato e al momento ho deciso di farmela andare bene.»

«Qual è il problema, se posso permettermi di chiederlo?»

«Michele è un single che ama la sua libertà più di ogni altra cosa al mondo. Quindi, capisci bene che io vengo sempre penalizzata. È sempre lui a scandire i tempi dei nostri incontri.»

«Non dovresti sottostare a questi ricatti, perché di ricatti si tratta. Se non sei soddisfatta, dovresti parlargli chiaro e dirgli che hai anche tu delle necessità, necessità che io reputo più che legittime.»

Tilly si mise in bocca una patatina che aveva preso dalla ciotola sul bancone. «No, non servirebbe. Tiene troppo alla sua libertà e mi manderebbe a quel paese senza passare dal "via".»

Ginny scosse la testa. «Prima o poi tutta questa reticenza ti si ritorcerà contro, lo sai, vero? Guarda come sono andati a finire i tuoi progetti di gloria a Parigi! E tutto per stare dietro a quella nullità di Marco. Hai puntato sul cavallo sbagliato, Tilly cara, perché quello vincente, tra i due, eri di sicuro tu.»

Tilly abbozzò e scrollò le spalle. «Oh, erano soltanto dei sogni. E poi sono stanca di rimanere agganciata al passato, mi ci sono imprigionata per troppo tempo. E con Michele non voglio affrettare le cose. Per il momento mi va bene il nostro tran tran.»

«Spero che tu non abbia da pentirtene.»

Tilly si irrigidì. «Vedremo… Ma non mi pare che neanche tu abbia poi fatto centro. Dov'è finito il sogno della grande biologa molecolare?»

«Ci ho provato, ma poi alla fine ho gettato la spugna. Avrei dovuto accettare il dottorato di ricerca che mi avevano proposto a San Diego. Non sai quanto mi penta di non averlo fatto. Ho dato ascolto a quella parte di me che ha avuto paura di rimanere da sola e mi sono sposata con Flavio, anche se sapevo che non avrebbe funzionato.»

«Ti sei separata anche tu?» chiese Azzurra.

«Sì, quattro anni fa. Il nostro matrimonio non ha retto dopo che ho perso i gemelli.»

«Aspettavi dei gemelli?» Azzurra la osservò con gli occhi sgranati e la bocca aperta per la sorpresa.

«Sì. Al terzo mese. Ma è stato meglio così. Non li volevo per davvero, era Flavio che continuava a insistere e alla fine l'avevo accontentato. Ma, come si dice, se non è destino e se è forzato, poi l'universo ti porta via tutto.»

Tilly si zittì come se ascoltare gli insuccessi suoi e di Ginny le facesse troppo male.

«Direi che i sogni hanno beffato tutte e tre!» continuò Ginny.

Gli occhi di Azzurra si riempirono d'improvviso di tristezza. «Già… Anch'io ho avuto paura e sono tornata indietro. Con il senno di poi, avrei dovuto mandare a 'fanculo mio padre e restarmene in Inghilterra. Quel momento ha segnato l'inizio della mia carriera fallimentare. Grandi sogni di diventare una grande stilista come Tilly e non solo ho cambiato professione, ma è come se non fossi progredita nella mia esistenza.» Il labbro le tremò per l'emozione e la voce le si incrinò.

«Azzurra, mi dispiace, non ne sapevo niente. Ti credevo ancora in Inghilterra quando Swami ha mandato quel messaggio per la rimpatriata. Anche quando ci mandavamo gli auguri dei compleanni non ne hai mai fatto parola. Perché?»

Azzurra scrollò le spalle. «Oh, be', mi vergognavo. Dopotutto, mi ero piegata al volere di mio padre, non avevo combattuto per quello in cui credevo.»

«Non penso tu non abbia combattuto. Conosciamo il carattere di tuo padre e quanto fosse terrificante per te. Credo che tutto quello che ci succede sia la cosa giusta per noi. Magari non lo capiamo subito, ma poi negli anni ci diventa chiaro», intervenne Tilly, stringendole la mano.

«Sì, hai ragione, ma il punto è che io non l'ho ancora capito il perché. Anche dopo tutti questi anni. Per me ho rinunciato alla mia grande occasione senza lottare.»

«Sono sicura che tu lo sappia. Ascoltati, tesoro. La risposta è lì dentro di te.»

Amen! Avrebbe voluto aggiungere Ginny, ma si trattenne per paura di offendere le amiche che avevano ritrovato la loro complicità.

Era irrazionale da parte di Ginny sentirsi pugnalata alle spalle perché Tilly si era mostrata così empatica con Azzurra, non le era sembrato che lo fosse stata altrettanto anche con lei quando le aveva aggiornate sulla rottura con Flavio e sulla perdita dei gemelli. Ma era sempre stato così. Tra di loro, le gelosie e i voltafaccia erano all'ordine del giorno.

Un giorno la tua migliore amica era una, il giorno dopo era un'altra. Tilly e Azzurra andavano spesso in giro insieme mentre Swami monopolizzava Ginny con il ristorante dei suoi genitori, dove lei le faceva da aiutante in cucina. Ripensandoci, Ginny immaginò che la sua lunga amicizia con Swami fosse dovuta al fatto che abitavano vicino e quindi si vedevano tutti i giorni, Azzurra e Tilly stavano dalla parte opposta quindi non potevano sgattaiolare fuori a ogni ora come facevano invece loro due. Lei e Swami erano così diverse. Una bianca come il latte e l'altra cioccolato. Un contrasto che si incastrava in maniera perfetta nelle loro vite, che non sembrava importante all'epoca. Anzi, Ginny pensava che loro due fossero complementari.

Swami era lunga, sottile come un giunco e con un'ingannevole fragilità apparente. Aveva lunghi capelli corvini che le arrivavano quasi alla vita e occhi scuri che sembravano troppo grandi per il suo viso a cuore. Si muoveva con la grazia e il portamento acquisiti nelle lezioni di danza che prendeva ogni sabato pomeriggio, finché aveva deciso che stava faticando troppo per qualcosa che non sarebbe mai diventata la sua carriera. Era bella? No, era troppo spigolosa e troppo maschiaccio per anche solo suscitare l'interesse maschile.

Anche Ginny era piccola e sottile, da ragazza, e aveva sempre una punta d'ansia nei luminosi occhi azzurri. I capelli variegati con sfumature biondo miele le ricadevano lisci come spaghetti intorno al viso. La danza non faceva proprio per lei: ci aveva provato insieme a Swami, ma difettava di ritmo ed eleganza e aveva smesso quando con una piroetta malriuscita aveva pestato il piede a un'altra ragazza; lei e la madre avevano deciso che fosse meglio lasciar perdere. La bellezza di Ginny era quella di una bambolina in porcellana o di una Barbie in miniatura.

«E Swami? È possibile che non ci degni della sua presenza? Sono curiosa di vederla. Non l'ho più vista da quando…» Ginny lasciò la frase in sospeso. Non ci fu bisogno di dire che dopo quella notte e, soprattutto dopo che lei si era messa con Gabriele, il quartetto si era sciolto, o meglio lei era stata buttata fuori, allontanata dal trio che, al contrario, aveva continuato a tenersi in contatto ancora per un po' di tempo.

«Ha aperto un ristorante tutto suo, in fondo alla passeggiata, uno splendore. È per gente "in"», rispose Azzurra.

"Ha un ristorante e nemmeno ci invita!" pensò Ginny, ma se lo tenne per sé. «Ma non era a Parigi per diventare uno chef stellato?»

Tilly e Azzurra fecero su e giù con la testa. «È rientrata dopo pochi anni. Ma le è andata ugualmente bene, benissimo direi», concluse Azzurra.

«Bene, dai, direi che… Oh, mio Dio, ma quella non è…» Ginny piantò il gomito nel braccio di Tilly, che aveva girato gli occhi per seguire i suoi.

Ginny dovette guardare due volte per riconoscere Swami.

Le sue sopracciglia, sempre così cespugliose, adesso disegnavano due archi perfetti. I capelli scuri e folti le scendevano in lunghe ciocche sulle spalle e non penzolavano più come tendine davanti agli occhi e ai lati del viso. In qualche modo era avvenuta una metamorfosi, e la bambina e adolescente esile e informe era diventata una donna sensuale, curatissima, e l'unico lato positivo che l'aveva sempre contraddistinta, la grazia, sembrava essersi impreziosita ancora di più. Swami portava una morbida sciarpa multicolore attorno al collo e una giacca lunga blu di seta lavorata, di ispirazione indiana, su un top verde acqua, e pantaloni in tinta.

Ma, su tutto, quello che lasciò Ginny senza parole fu la leggera eppure inconfondibile protuberanza che si poteva indovinare sotto la sua blusa.

Swami era incinta!

CAPITOLO 6

«Tilly! Azzurra! Ginny!» disse in tono sorpreso Swami, come se si fossero imbattute per caso le une nelle altre e non ci fosse nulla di organizzato. «Che bello rivedervi!»

La carnagione cioccolato di Swami non era mai stata così radiosa. Sporse in avanti le labbra dipinte di rosso fuoco per baciarle a turno.

«Ginny! Che meraviglia, avevo proprio voglia di vederti. Non sai quanto mi sei mancata in tutti questi anni.»

Ginny fu colta da un impeto di emozione che la stupì. «Sì, anche tu, mi sei mancata», si era ritrovata a dire.

«Sei uno splendore.» Azzurra fece un ampio sorriso mentre stringeva la nuova arrivata in un abbraccio di benvenuto.

«Grazie, Azzurra.» Swami rise.

«Vieni qui, fatti abbracciare», esclamò Tilly all'indiana, prima di stringerla tra le braccia. «Andiamo al tavolo? Che ne dite?»

«Accidenti.» Ginny si incamminò ubbidiente verso il posto riservato per loro. «Stai aspettando… cioè… volevo dire… congratulazioni.» Indicò la pancia di Swami. «Maschio o femmina? Quando nasce?»

Le guance di Swami assunsero una deliziosa sfumatura rosata che le faceva risaltare ancora di più il cioccolato della pelle. «In aprile. Mio marito e io non abbiamo voluto sapere il sesso.» Picchiettò le lunghe unghie sulla tovaglia bianca. «Possiamo già ordinare? Ho una fame da lupi. Immagino anche tu, Ginny», disse come se si fosse accorta soltanto in quel momento della figura appesantita dell'amica.

Ginny abbassò lo sguardo sulla sua silhouette. «Be', a dire la verità, posso ancora resistere. Come vedi ho riserve in abbondanza.» "Brutta stronza che non sei altro", avrebbe voluto dirle. Ma naturalmente, preferì bypassare per il quieto vivere.

«Spiritosa come sempre, la nostra Ginny. Penso che vi piacerà il menu di questo posto. Noi lo troviamo squisito.»

«Non sapevo che fossi incinta, Azzurra non ce l'aveva detto», disse Tilly.

«Oh, è stata una sorpresa anche per noi.»

«L'hai voluto o ci sei rimasta?» le chiese sempre Tilly.

Swami si girò con espressione offesa. «Naturalmente l'ho voluto. Entrambi lo abbiamo desiderato. Per chi mi hai preso, Tilly?»

«Ehi, era solo per chiedere. E poi cosa ci sarebbe di male se anche fossi rimasta per caso? Non saresti né la prima né l'ultima», disse l'altra piccata. Non vista dall'amica, scambiò uno sguardo con Ginny, che per poco non scoppiò a ridere forte. Provocare Swami era sempre stato uno dei passatempi preferiti di Tilly. C'era qualcosa di divertente e alquanto macabro nella naturalezza con cui ciascuna si era calata nel proprio vecchio ruolo.

«Non riesco a capacitarmi di quanto tu sia diventata bella.» Ginny alzò lo sguardo sulla imponente Swami, che arrossì di piacere.

«Grazie. Pensavo che tu fossi cresciuta di qualche centimetro, ma sei rimasta la solita piccoletta, a quanto vedo. Un piccolo elfo. Vicino a te, mi sono sempre sentita un gigante.» Si lisciò il ventre con le mani.

Che diavolo le era preso a Swami? Era come se una tarantola l'avesse morsa! E quando mai qualcuno rispondeva a un complimento con un insulto?

«Eh, già... ma sai come si dice: nelle botti piccole c'è il vino buono.» Ginny aveva sempre odiato quando qualcuno accennava alla sua bassa statura, finché era lei a scherzarci sopra andava tutto bene, ma se lo facevano gli altri, be', allora, le cose cambiavano e lei finiva per sentirsi inadeguata e difettata.

Cadde il silenzio. Di che cosa avrebbero mai parlato nelle prossime ore? Si chiese Ginny.

Per fortuna il cameriere le tolse dall'impasse con le ordinazioni e subito dopo ripresero così a conversare del più e del meno, ricordando i tempi andati.

«E se ci fermassimo per la notte? I ragazzi sono dal mio ex marito. Cosa ne dite? Possiamo prendere una camera all'albergo che hanno qui», propose Tilly, entusiasta.

Ginny e Azzurra acconsentirono contente, mentre Swami scosse la testa.

«Mi dispiace, ma io non posso. Per la verità non posso stare fuori molto. Più tardi passano a prendermi.»

«Non ti fermi, quindi?» chiese Ginny, colta alla sprovvista. Avrebbero potuto davvero passare la notte a chiacchierare fino all'alba come ai vecchi tempi, condividere una colazione abbondante e poi fare una bella passeggiata sul lungolago.

«Mi dispiace. Avrei voluto», si rammaricò Swami. «Ma onestamente non sarebbe divertente per nessuno. Vomito giorno e notte, ho gli ormoni impazziti, il pianto facile e una stanchezza infinita. E proprio mentre il ristorante va a gonfie e vele e ha bisogno di ogni fetta della mia energia.» Si chinò in avanti e strinse le loro mani. «Morivo dalla voglia di rivedervi, ma questo è in assoluto il periodo peggiore per prendermi un giorno libero.» Sembrò infelice, per un attimo, poi cancellò quell'espressione dal volto. «Forza, cominciamo a ordinare del vino, vi va?» Fece un cenno al cameriere. «Io ne assaggio soltanto un goccio, ma non c'è ragione per cui voi tre dobbiate soffrirne.»

«Okay», disse Tilly impadronendosi della lista dei vini.

«Certo, non c'è problema, Swami», la rassicurò Ginny.

«Prendiamo uno Chardonnay, che ne dite?» propose Tilly.

«Per me va bene», convenne Ginny. «Io bevo di tutto, birra, superalcolici, sidro.»

Il cameriere si materializzò alle spalle di Tilly con un due piatti di schiacciata come antipasto offerto dalla casa.

«Dicevi, Swami», intervenne Ginny. «Del ristorante. Va bene? Raccontaci tutto.»

«Be', niente di speciale, in realtà.» Swami sembrò compiaciuta. «Da quando sono tornata da Parigi, ho studiato ancora benché avessi studiato con i migliori, e poi cinque anni fa, ho colto l'occasione al volo per quel locale dismesso in fondo alla passeggiata. Ve lo ricordate? Quello dove andavamo a ballare. Con l'aiuto di mamma e papà l'ho rilevato e ho creato un menu tutto mio che combina la cucina francese con quella indiana e i clienti mi hanno premiata. Ho ricevuto così tante recensioni positive che l'*Arena* ha voluto che rilasciassi un'intervista. E ora dopo anni di gavetta e di notti in bianco, vengono da tutto il mondo per assaggiare la mia cucina, abbiamo prenotazioni da un anno all'altro.» Irrorò con una modesta quantità di olio il piatto del contorno mentre le amiche pendevano dalle sue labbra.

«Sapevamo che fra tutte noi eri quella che aveva le carte migliori», commentò Azzurra, l'unica a essere informata dei successi di Swami.

«Inutile dire», ci fu un attimo di silenzio mentre masticava con educazione un pezzetto di pane alla zucca, a bocca chiusa, e lo inghiottì, «che la gravidanza mi ha messo uno stop. Avevo appena avviato una collaborazione per un nuovo locale sulla costiera Amalfitana e mi sto arrabattando per portarla avanti tra pianti e la voglia di fare a pezzi chiunque osi guardarmi in modo strano. Non giova ai rapporti di lavoro... né di altro tipo, francamente.»

Alla sua destra, Ginny modellava palline con la mollica di pane e le faceva rotolare sulla tovaglia. Ribolliva di rabbia come una pentola a pressione che stava per esplodere. Possibile che Swami cadesse sempre in piedi? Si domandò.

«Una volta arrivato il bambino, sarai ripagata di tutto.» Tilly cercò di rincuorarla. «Tuo marito è emozionato?»

«Certo che lo è. Perché mai non dovrebbe esserlo? Ma sai anche tu, Tilly, che alla fine chi si occuperà della parte peggiore sarà comunque la madre.» La voce di Swami suonò inaspettatamente amara.

«Sì, hai ragione, ma questa è la maternità, gioie e dolori. Non ti nego che delle volte avrai voglia di maledire tutto e tutti, in particolar modo dopo le notti insonni, ma ti assicuro che ne vale la pena.»

Accolsero con sollievo l'arrivo del vino.

«Potresti prendere qualcuno che ti aiuti», suggerì Ginny. «Mi pare tu possa permettertelo, no?»

«Certo che può», rispose Tilly al posto suo. «Il lavoro le va alla grande.» Tilly svuotò il bicchiere in due rapide sorsate e se ne versò dell'altro.

«Sì, è vero, potrei anche permettermelo, ma non voglio.

Desidero crescere mio figlio da sola, non voglio affibbiarlo a qualcuna che lo faccia al posto mio. Io sono la mamma e come dice sempre mio padre: "Chi li fa, se li governa". Dico bene, Tilly? Mi pare che anche tu abbia fatto lo stesso.»

«Sì, perché non potevo fare altrimenti. Avevo smesso di lavorare dai miei per stare dietro ai miei figli e con il solo stipendio di Marco non potevamo di certo permetterci una babysitter a tempo pieno. Ma sono sincera e ti dico che se avessi potuto, ne avrei usufruito con molto piacere.»

«Sì, be', ma io la penso in maniera diversa. Sarò vecchio stampo, ma preferisco essere io a vigilare h/24 su mio figlio.» Swami era irriducibile.

«Più che vigilare io lo chiamerei controllare. Hai la mania del controllo, Swami, ce l'hai sempre avuta», continuò imperterrita Tilly.

«Accettiamo di pensarla in modo diverso e finiamola qui», concesse con grazia Swami.

«Sei sposata, Swami?» domandò Ginny. Non aveva visto alcun anello all'anulare ed era curiosa di sapere.

«No, non ancora, ma io e il mio compagno stiamo pensando di convolare a nozze, già lo pensavamo prima che io restassi incinta, ora ancora di più. Lo faremo presto, naturalmente dopo la nascita di nostro figlio.»

«E tu, Azzurra cosa fai ora? Prima che arrivasse Swami, dicevi che hai cambiato settore. Non sei più nella moda?» Ginny rivolse quindi l'attenzione verso Azzurra.

«Faccio l'illustratrice, ho creato un mio marchio, si chiama Finfury, una caricatura di me stessa. Disegno vignette, fumetti. Non che riesca a guadagnare uno stipendio, ma non mollo.»

«E nel frattempo come fai a mantenerti?» Ginny non demorse.

«Be', vivo ancora a casa dei miei e poi insegno in palestra. Faccio la personal trainer.»

«Ah, interessante», fu il commento dell'amica.

«E tu Ginny, cosa fai di bello? Ti credevo all'altro capo del mondo a quest'ora», se ne uscì l'indiana.

«Eh, no, ho dovuto rivedere i miei piani.»

«Cioè?»

«Mi sono sposata e sono rimasta qui.»

«Ti sei sposata? Con chi?»

«Oh, un assicuratore, Flavio, con il quale mi sono già separata.»

«Separata anch'io», disse Tilly, alzando una mano. «Ti ricordi, Marco? Ci siamo separati sei mesi fa.»

Swami gettò di scatto il tovagliolo sul tavolo e si alzò in piedi facendo un cenno al cameriere. «Ragazze!» disse decisa. «Questo necessita di una bottiglia di champagne!»

CAPITOLO 7

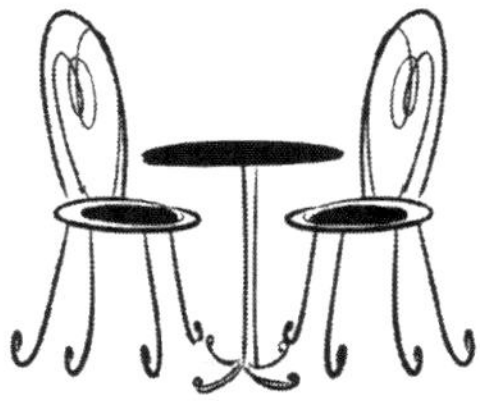

Fuori era buio e Ginny rimirò se stessa e le amiche nel vetro della finestra. Giovani donne nella primavera della vita. Più grandi e più sagge dell'ultima volta che si erano viste, ventidue anni prima, più sagge di un tempo e, nel suo caso in particolare, senz'altro più ciniche.

«Ho saputo di tua mamma, Ginny», stava dicendo Swami. «Mi dispiace tanto.»

Anche le altre annuirono, solidali.

«Come sta tuo papà?» le chiese Tilly.

«Oh, sai com'è fatto mio padre, si è buttato sul lavoro e dalla morte di mamma, per lui esiste soltanto il negozio.»

Nessuna delle amiche commentò e Ginny infilò la forchetta nel suo risotto. Il ricordo della madre che se ne era andata da un giorno all'altro, la intristiva ancora molto. Per quanto all'epoca il loro rapporto fosse migliorato rispetto al passato, Ginny riteneva comunque di aver avuto poco tempo da trascorrere con lei. La sua dipartita improvvisa glielo aveva impedito e di questo ne avrebbe sofferto per sempre.

«A proposito, ti rendi conto che siamo qui da ore e che non ci hai ancora detto niente del tuo compagno?» constatò Ginny mentre il cameriere arrivava con il carrello dei dolci.

L'argomento rimase in sospeso per il tempo necessario alla scelta del dessert.

«Com'è?» sondò il terreno mentre il carrello venne spinto via. Nel suo profondo avrebbe voluto sentirsi dire che qualcosa era andato storto nella vita da fiaba che era diventata quella di Swami.

«Dai, Swami.» Anche Tilly era curiosa di sapere. I suoi occhi verdi lampeggiarono mentre si riempiva il bicchiere di vino. «Cosa ci nascondi?»

Swami spinse indietro i capelli e in modo freddo disse: «Nessun mistero.» Poi guardò l'orologio. «Solo che non ho avuto occasione di parlarne, con tutte le vostre chiacchiere.»

«Quindi? Chi è? Qualcuno che conosciamo?» insistette Ginny. Stranamente, col senno di poi, non aveva prestato attenzione al fatto che Azzurra non era mai intervenuta nei discorsi che riguardavano il marito di Swami.

A quel punto, Swami parve agitarsi davvero.

«È...», cominciò e si bloccò subito.

Ginny vide gli occhi di Tilly dilatarsi per lo sbigottimento mentre guardava oltre le sue spalle, verso la porta. Swami si irrigidì e assunse un'espressione sorpresa, rabbiosa e, stranamente, colpevole. Ginny non poté fare altro che girarsi e guardare.

Una martellata alla bocca dello stomaco e diretta anche al cuore.

Aveva i capelli corti a spazzola. Era più grosso, più appesantito, meno di lei, ma anche lui aveva acquistato qualche chilo in più. Constatò che era diventato un uomo, un uomo adulto, non più il ragazzo che aveva amato. Si mosse dalla soglia dove era rimasto immobile per qualche istante, avanzò verso di loro e appoggiò la mano sulla spalla di Swami, chinandosi per sfiorarle la guancia con un bacio.

«Pensavo fossi a un incontro di lavoro», mormorò. «So che volevi ti aspettassi fuori, ma mi ero stancato, ci stavi mettendo troppo.»

Sulle prime parve una situazione surreale. Come se fosse apparso un fantasma durante una delle sedute spiritiche che facevano nelle sonnolente domeniche pomeriggio tanto per passare il tempo e la noia. Come faceva a…? Chi gli aveva detto che…? Poi, mentre lui si raddrizzava, Ginny vide il volto di Swami accartocciarsi, e il lampo di illuminazione negli occhi di Azzurra, che aveva girato lo sguardo da loro a lei. E la presa di coscienza, disgustosa e nauseante, la colpì di nuovo, questa volta come se qualcuno le avesse appoggiato il ginocchio sulla gabbia toracica e le impedisse di respirare.

Azzurra si mise in piedi e lui la baciò, un sonoro schiocco sulla guancia che lei gli porgeva. Poi lui le tolse le mani dalle spalle e venne il turno prima di Tilly e poi di Ginny.

«Gin.» Mosse un passo verso di lei. «Diamoci un abbraccio.»

Utilizzò il suo nomignolo, quello che lui le aveva affibbiato durante l'ultimo anno del liceo, l'unico a chiamarla così. Per il resto del mondo lei era Ginevra o Ginny. Il contatto con quelle braccia che la circondavano provocò in lei una scarica elettrica così potente che, se non fosse stata inchiodata al pavimento dallo shock, sarebbe schizzata dall'altra parte della sala.

Gabriele! Gabriele era il compagno di Swami. Gabriele era il padre del bambino che Swami portava in grembo.

E allora, Ginny comprese quanto profondamente l'avessero tradita. La testa di Ginny turbinava, il sangue le pulsò nelle orecchie, non riusciva a dare un senso a quello che aveva scoperto né valore agli sguardi contriti che Swami lanciava nella sua direzione. Gabriele l'aveva lasciata andare, ma lei continuava a sentire il suo profumo di dopobarba, il tocco delle sue dita sul braccio, il suo bacio traditore sulla guancia. Swami aveva un'aria sconvolta e imbarazzata, la puttana, che non aveva nessuna intenzione di svelare il suo segreto. Ma come era sempre solita dire Ginny: ci pensa sempre l'universo!

Azzurra e Tilly si misero comode sulle sedie, gli occhi che saettavano dall'una all'altra godendosi il dramma. Azzurra lo sapeva, Ginny ne ebbe la certezza fin da subito. Era stata troppo svelta a riconoscerlo, sorpresa sì, ma non abbastanza.

Ma allora, perché non l'aveva avvisata? Perché non glielo aveva detto? O almeno a Tilly, perché anche Tilly come lei non ne era a conoscenza.

Traditrice, pensò con amarezza. Anche lei.

Gabriele si sedette di fianco a Swami, lo sguardo preoccupato, mentre Tilly scuoteva il braccio di Ginny. «Tutto a posto?»

«Ginny, cara.» La voce di Swami si incrinò. «Avevo intenzione di dirtelo… io volevo…»

«Peccato che tu non l'abbia fatto», fu il commento di Gabriele. «Almeno uno di noi due sarebbe stato preparato.» La voce era ironica. «Mi dispiace.» L'ultima frase era per lei e le sembrava sincera, pensò Ginny. «Non l'avevo previsto.»

Ginny si sforzò di mettere a fuoco la situazione. In qualche modo cercò di darsi un contegno e si mise a fissare il tovagliolo che teneva in mano, mentre Tilly, Azzurra, Swami e Gabriele la guardavano con espressioni piuttosto preoccupate.

«Perché non mi hai aspettato in macchina?» Swami parlò in tono accusatorio e quasi lacrimoso. «Ti avevo detto che stavo uscendo.»

«Forse perché mi sono stancato di farmi comandare come se fossi il tuo schiavo mentre tu tiravi per le lunghe la tua cena di lavoro.»

«Non ho detto che era di lavoro, Gabriele.» Swami si alzò in piedi, pronta alla fuga. «Tu non ascolti mai.»

«Penso che me lo ricorderei se tu avessi menzionato questa particolare compagnia.» Stese le gambe e la guardò con un sorriso ironico e per nulla divertito, carico di sottintesi. «Tu stai bene?»

«Sì.» Swami ritrovò la voce e cercò di ricomporsi. «Perché non dovrei?»

«Perché hai una faccia cadaverica da far paura», le suggerì Tilly.

«Forse perché si è scordata di avvisarvi che stiamo insieme.» Il sarcasmo di Gabriele era tagliente.

«Per quanto possa sembrarti strano, il tuo nome non è uscito nella nostra conversazione», disse Swami velenosa. «Avevamo cose più interessanti da raccontarci», aggiunse, ma i suoi occhi fissi su Ginny erano grondanti di colpa. «Ti faccio portare un whisky, Ginny, cara?»

«No, grazie, sto bene così.» L'ultima cosa che Ginny voleva era che si preoccupasse per lei. «È stato soltanto un giramento di testa.» Si conficcò le unghie nel palmo della mano, si sforzò di recuperare il controllo mentre ogni fibra del corpo le chiedeva di balzare in piedi e di mettersi a urlare. Di cancellare a forza di sberle quella stupida espressione di finta compassione dalla faccia di Azzurra. Di tirare a Gabriele un calcio nei coglioni. Di spaccare la bottiglia di vino sulla testa di Swami e rovesciare il tavolo. Invece se ne rimase seduta, in silenzio, domandandosi da quanto andava avanti la loro storia. Si ripromise di chiederlo ad Azzurra.

«Be', allora...» Swami si torse le mani con un'espressione tutt'a un tratto vulnerabile. «È meglio se andiamo.»

«Forse no, invece.» Gabriele si mise più comodo sulla sedia. «Voglio io quel whisky. La serata si sta facendo interessante.»

Ginny era conscia della sua presenza, del suo corpo così vicino, che non osò alzare lo sguardo per paura di quello che lui le avrebbe potuto leggere negli occhi.

«Vado a dirlo al cameriere.» All'improvviso, Azzurra sembrò piena di energia.

«No, vai tu, Gabriele», ordinò in modo brusco Swami mentre si versava un po' d'acqua. «E portaci dell'altra acqua. Ginevra e io abbiamo bisogno di un minuto per parlare. Tu, Tilly, puoi rimanere.»

"Non abbiamo niente da dirci. Io me ne vado." Ginny cercò di costringere le sue labbra pietrificate a pronunciare quelle parole, che però si rifiutarono di uscire. Gabriele si era già alzato.

«Agli ordini, mia regina.» Accennò un inchino, lasciando intendere che lo stava facendo soltanto perché lo voleva e non perché ne fosse obbligato dalla compagna. Anche se Ginny aveva i suoi dubbi. Con molta calma si diresse verso il bar, con l'andatura pigra che Ginny credeva di aver dimenticato e invece si era scoperta impressa nella sua memoria come il marchio di fabbrica di quell'uomo.

Gabriele non era altissimo, un metro e settantotto, ma a lei era sempre sembrato imponente. Quella sera indossava un paio di jeans, sneakers blu e una giacca stile Ranger dell'Avirex blu anche quella.

Chissà che fine aveva fatto, il giubbotto della stessa marca Top Gun che indossava da giovane? Quando Gabriele camminava in giro per Bardolino indossandolo, non c'era ragazza che non si voltasse per ammirarlo. A Ginny piaceva anche il profumo di quell'indumento, un misto dell'odore caldo e muschiato del corpo di Gabriele.

Quante gelide notti avevano affondato le loro mani intrecciate nelle sue tasche, oppure lui si era aperto la giacca e ve l'aveva avvolta mentre pomiciavano stretti stretti.

Ma che scopo c'era ora a ricordare tutto questo? Si domandò. Lui era un traditore e della peggior specie. Per Ginny era troppo.

«Perdonatemi», disse, malferma sulle gambe. E poi corse verso il bagno per vomitare.

CAPITOLO 8

Rimase in bagno tanto, tanto tempo. Dopo aver vomitato l'intera cena, si sedette sul water, la testa fra le mani, desiderando più di ogni altra cosa di non dover affrontare tutti loro ancora una volta.

Si alzò e si sciacquò il viso, fissando desolata la sua espressione spettrale con gli occhi spenti e la pelle esangue riflessa nello specchio.

E lui cosa aveva pensato quando l'aveva guardata? La ragazza che aveva conosciuto e con la quale era stato per cinque anni? La giovane donna innamorata cotta, disposta a tutto pur di avere la sua attenzione? Oppure una quarantenne appesantita con la quale il tempo era stato malevolo?

Con le mani sotto il getto potente dell'acqua del rubinetto, ricordò con quanta gioia avesse cercato di apparirgli sexy quando avevano cominciato a uscire insieme. Di nascosto dalla madre, con la paghetta settimanale, era addirittura riuscita a comprarsi una minigonna rossa, delle calze a rete nere e un paio di stivaletti. Lui andava pazzo per quell'outfit.

Rabbrividì al pensiero, appoggiando la fronte sulla superficie fredda dello specchio.

Per due anni, dopo che Gabriele l'aveva tagliata fuori dalla sua vita con la freddezza che si riserva alle persone che si detestano, era impazzita di dolore e aveva indossato la sua infelicità come un abito il cui campo energetico gridava "non osate avvicinarvi". Chi osava farlo, veniva stroncato sul nascere dal suo senso dell'umore cinico e dai suoi modi distaccati. Solo Flavio era riuscito a penetrare la sua corazza, ma non completamente, era stato come l'inquilino in affitto.

E anche ora, nonostante fosse conscia di dover perdere peso e curare di più il suo aspetto, non portava altro che leggings, scarpe da ginnastica e, al massimo qualche top carino. Se un uomo aveva bisogno che la donna fosse magra e provocante per trovarla attraente, che andasse pure al diavolo. Eppure, era bastato uno sguardo a Gabriele ed era tornata al punto di partenza.

Quando uscì dal bagno, Tilly la stava aspettando nell'anticamera.

«Stai bene? Sono tutti preoccupati per te.» La strinse con affetto, ignorando la rigidità con la quale aveva accolto il suo abbraccio.

«Tu lo sapevi?»

«Assolutamente no! Te lo avrei detto. Per chi mi hai preso?»

«Be', Azzurra lo sapeva, mi è parso di capire, no?»

«Così pare», sospirò Tilly.

«Perché non me l'ha detto? Almeno mi sarei preparata.»

«Credo che Swami l'abbia pregata di non farlo. Sai com'è fatta, Azzurra. Non avrà voluto deluderla.»

E naturalmente ha preferito deludere me! Avrebbe voluto urlare Ginny.

«Oh, tesoro, so che è stato un duro colpo rivederlo e venire a scoprire che stanno insieme, ma ti prego, non dargliela vinta. Tu sei più forte di tutto questo.»

«Tu come staresti al mio posto?»

«Be', di sicuro ne sarei rimasta sconvolta anch'io, non lo nego, anche perché non avrei mai pensato che potesse piacergli Swami. Nemmeno quando si era invaghita di lui all'ultimo anno delle superiori e voi due avevate fatto quel patto. Sapevo che non ce l'avresti mai fatta a metterli insieme, era chiaro per tutti che lui non aveva occhi che per te. Soltanto Swami aveva preferito fingere di non vedere quello che era evidente. E lasciatelo dire, tesoro, tu sei sempre stata troppo buona per quel tipo. Non prenderla a male, ma ho sempre pensato che Gabriele fosse un debole.»

E chi cazzo se ne frega di quello che pensi tu? Avrebbe voluto gridarle Ginny. Ce l'aveva sulla punta della lingua, ma si trattenne. Era stata dura quando la sua storia con Gabriele aveva provocato una spaccatura nel quartetto. Azzurra incolpava lei e anche Tilly, sotto sotto, e lei lo sapeva. Ma chi avrebbe mai creduto che l'amore potesse essere un sentimento così divorante, così delizioso da farti buttare nel cesso tutto quello che un tempo contava nella tua vita? Amicizie? Ininfluenti. Tutto quello che voleva era Gabriele.

Gabriele era diventato l'ossigeno di cui aveva bisogno per sopravvivere. Quando lui aveva da fare altrove, Ginny soffriva un senso di solitudine e di perdita che la faceva stare male fisicamente.

«No, non sono sconvolta, figurati. Solo che non mi aspettavo di essere colta alla sprovvista.» Sconvolta lo era di sicuro, ma mai l'avrebbe ammesso e decise che doveva conservare un briciolo di orgoglio. Si incollò un gigantesco sorriso sulla faccia. «Andiamo, raggiungiamo gli altri.»

Quando arrivarono al tavolo, Swami disse: «Eravamo preoccupati che non ti sentissi bene.»

«Deve essere stato qualcosa che ho mangiato.» Ginny sostenne lo sguardo dell'indiana, evitando però di incrociare gli occhi di Gabriele. Il suo mondo era appena andato a pezzi, per l'ennesima volta. Le ci volle tutta la sua forza di volontà per restare lì seduta senza fuggire.

«Ti faccio portare un tè caldo?» Swami era così amorevole che, se avesse potuto, Ginny l'avrebbe strangolata con le proprie mani.

«No, non ti preoccupare.»

Ma Swami aveva già chiamato il cameriere e fatto l'ordinazione.

Lanciò un'occhiata a Gabriele e lo vide immusonito, tutta la baldanza di cui aveva fatto mostra poco prima sembrava evaporata nel nulla. E Ginny, tutt'a un tratto, sentì allentarsi la morsa che le attanagliava lo stomaco. Possibile che fosse così stupida da sentirsi meglio soltanto perché lui si era fatto nero come una macchia di olio?

A quanto pareva, sì. Però non bastava.

«Ma sei proprio sicura di stare bene?» Swami era appiccicosa e soffocante come una mosca che ti ronza attorno. Con espressione turbata, cercò la mano di Ginny, ferma accanto alla tazza di tè che le avevano appena portato e che non aveva ancora toccato. Ginny la strappò via come se qualcuno vi avesse rovesciato dell'acqua bollente sopra.

Swami ci rimase male, la sua espressione triste e offesa parlava chiaro.

E chi se ne importa? Ginny voleva con tutta se stessa che soffrisse per essersi comportata da puttana traditrice.

Tutti quegli anni passati a desiderare di rivederlo, di scoprire quello che aveva sempre voluto sapere: perché l'aveva lasciata? Si era innamorato di un'altra? Dov'era? Che cosa faceva? Quante notti insonni a pregare che l'Universo glielo facesse incontrare per caso. Solo adesso capiva che in realtà avrebbe preferito non sapere. Sarebbe stato molto meglio se fosse rimasto un mistero, se non fosse mai venuta a sapere di lui e Swami. Almeno avrebbe potuto continuare a idolatrarlo.

Almeno non sarebbe il fottuto bastardo che si scopava la sua ex migliore amica.

Tilly e Azzurra continuavano a ciarlare di questo e quell'altro loro conoscente, seguite a ruota da Swami che era informatissima sulle peripezie capitate ai loro vecchi amici.

«Devo uscire», disse Ginny in modo brusco. Aveva il volto mummificato dallo sforzo di sembrare allegra. «Ho bisogno di una boccata di ossigeno.»

«Anch'io.» Gabriele balzò in piedi, facendo un gran fracasso con la sedia mentre si ficcava le mani nel giubbino. Con passo spedito attraversò il bar e l'ingresso e Ginny si ritrovò nell'imbarazzante posizione di doverlo seguire.

Fu tentata di tornare a posto, ma che figura da idiota ci avrebbe fatto se avesse detto che aveva cambiato idea e si fosse rimessa a sedere? E poi vedere il guizzo allarmato sul volto di Swami era impagabile. Quindi sì, che andasse pure a farsi fottere, avrebbe fatto di tutto pur di renderle la vita un inferno.

Anche se poi aveva davvero voglia di stare da sola con Gabriele? Era in grado di sopportare la sua vicinanza senza crollare?

In piedi nell'aria fresca della sera, desiderò di avere tra le mani una sigaretta, non che avesse mai fumato, ma in quel momento le sarebbe servita per placare l'ansia.

«Come stai, Gin?» domandò Gabriele, le mani infilate nelle tasche.

«Oh, non so.» La voce di lei trasudava amarezza. «Non capita tutte le sere di incontrare la tua ex migliore amica e il tuo ex ragazzo e venire a sapere che stanno insieme e che avranno presto un figlio.»

Gabriele inspirò a fondo. «Senti, piccola, ero in un momento difficile.» La sua voce era pensosa. «E la morte di mio padre mi ha dato il colpo di grazia. Non sarei stato in grado di far felice nessuno, nemmeno me stesso.»

«A quanto pare, Swami sì», disse lei, secca.

Lui emise un suono senza allegria, che aveva gran poco di una risata. «Scommetto che Swami ti direbbe che ho ragione. Ho sempre saputo che sarei stato un compagno di merda.»

«Sì, però ti ci sei messo lo stesso, no?»

Gabriele face spallucce. «Ha insistito lei.»

«E tu no? E poi ora vi sposate pure?»

Lui ripeté lo stesso gesto. Ginny vedeva soltanto il contorno del suo corpo contro il cielo stellato. Non riusciva a distinguere l'espressione del suo viso, avvolto nel buio. Quante volte si era rannicchiata tra le sue braccia, la faccia sepolta nel suo petto?

«A questo punto non fa poi molta differenza», disse, roco.

«Wow, immagina se ti sentisse Swami. Ne gioirebbe senz'altro.»

«Non sono una brava persona.» Si accarezzò il mento ispido. «Ti è andata bene, Gin, fidati.»

«Oh, sì.» Un leggero tremore stava per tradirla. «Infatti, mi sento proprio fortunata, non sai quanto.»

Ci fu un lungo silenzio, finché lui non disse:

«Sono stato un bastardo con te, lo so.» Fece una pausa, come se stesse riflettendo. «Se può consolarti…»

«No, non può.»

«Non ho più amato nessuna come te.» Si era avvicinato a lei. E, alla luce della luna, Ginny poté vedere la tensione scritta nei suoi lineamenti. «Con Swami non è mai stato così. Ma ero così incasinato in quel periodo...»

«Io ti amavo, Gabriele», disse lei, amara. «Ero convinta che anche tu mi amassi e invece ti sei liberato di me come se fossi stata uno dei tuoi vestiti dismessi.»

Espirò, meditabondo, e mosse un passo nella sua direzione. Poi si fermò e stropicciò i piedi per terra. «Ti ho amata tanto, Ginny. Non devi mai dubitare di questo, ma la mia vita è andata a farsi fottere, per molte ragioni che ti ho già spiegato: mio padre, Harvard… Non ti chiedo di capire. Ma anch'io ho sofferto da morire.»

«Mi hai lasciata per metterti con lei, vero?» Le tremavano così tanto le mani che avrebbe voluto schiaffeggiarlo.

«Sì. Ma non è come pensi», esalò.

«'Fanculo! Lo sapevo che c'era un'altra, solo che non avevo idea che si trattasse di lei.»

«Gin, te lo ripeto, non è come pensi», insistette Gabriele.

«E allora com'è? Spiegamelo!»

«La cosa tra di noi stava diventando troppo seria.»

«Troppo seria? Ma di che accidenti vai blaterando? Perché con Swami non è forse seria? Stai per avere un figlio da quella fottutissima donna!» sbottò, incredula. E al diavolo i tentativi di darsi un tono.

«Lo so, ma perdio, lei non è come te!» diede in escandescenza anche lui.

«Cosa significa "lei non è come te"?» Ora aveva cominciato anche a tremarle il labbro.

«Con lei posso fare ciò che voglio. Con te non avrei mai potuto, avrei dovuto mettere la testa a posto e mi dispiace, ma non me la sentivo.» La sua voce era un mormorio rauco rivolto al terreno.

«Mi stai forse dicendo che te la spassi anche con altre donne?»

La domanda rimase sospesa a mezz'aria, come se fosse

imprigionata da qualche parte, in un mondo di mezzo non accessibile agli umani. Gabriele non rispose.

«Devo andare, tutta quest'aria fresca mi sta facendo venire la nausea.» Non era in grado di reggere un'altra parola. Le sue orecchie avevano udito anche troppo per quella dannata sera.

«Tu eri la migliore, forse l'unica cosa bella che mi fosse capitata nella vita e io ho mandato tutto a puttane.» Adesso la sua voce era amara come quella di Ginny, che camminava svelta verso il portico. «Perdonami, se puoi.» Le ultime parole le arrivarono mentre abbassava con forza la maniglia d'ottone dell'ingresso. «Sono sempre stato una merda e mi sono comportato come tale quel pomeriggio in cui ci siamo scambiati i regali di Natale.»

«Sì, lo sei stato! Mi hai regalato un pigiama, Gabriele! Di due taglie più grandi della mia! 'Fanculo!»

«Cristo, sono proprio una merda!»

La porta si spalancò di scatto, tirata dall'interno.

Sulla soglia c'era Tilly. «Che eri una merda l'abbiamo sempre saputo, vero, Ginny?»

Ginny non proferì parola, era troppo sconvolta per quello che si erano detti lei e Gabriele.

«Ginny è molto, molto più felice senza di te, caro Gabriele. Me ne vado a casa, tu vieni con me, Ginny?»

«Dov'è Swami?» Gabriele parve frustrato, difficile dire se dal ricordo della moglie o dall'interruzione di Tilly.

«Andata, andata. L'ha portata a casa Azzurra. Swami ha detto che stava male. Ha blaterato qualcosa a proposito delle nausee della gravidanza.»

Il figlio di Gabriele. Il figlio che avrebbe potuto o dovuto, se i sogni e le preghiere avessero contato qualcosa, essere suo. Ginny si portò la mano al ventre, imitando inconsciamente il gesto che aveva visto fare a Swami, e lì si bloccò, pietrificata. Era stata anche lei incinta. Anche lei aveva aspettato dei figli, i suoi gemelli che aveva perso. Per superare il dolore della perdita, si era detta che dopotutto non li desiderava, ma ora davanti a Gabriele, Dio, quanto li rimpiangeva.

Era sola… Gabriele aveva Swami e un figlio in arrivo, e lei non aveva che un divorzio e un aborto.

«Vengo via con te, Tilly.» Era nauseata, stanca, aveva l'emicrania e stava decisamente malissimo. L'esuberanza e il coraggio l'avevano abbandonata, le gambe e lo stomaco le tremavano come fossero attraversati da piccole scosse telluriche.

L'amica la prese sottobraccio e insieme si avviarono verso le macchine. Non si voltò per salutare Gabriele, non ce l'avrebbe fatta a sostenere il suo sguardo. Quello a cui anelava era la pace della mente, del cuore e di tutti i suoi sensi.

Si maledì per aver accettato l'invito di Swami. Se lo sentiva che avrebbe dovuto rifiutare. "Stupida, sei soltanto una fottutissima stupida!"

CAPITOLO 9

DUE MESI DOPO

Ginny si tormentava nervosamente il labbro inferiore mentre con il mouse cercava di far ripartire il pc che si era addormentato sulla stupenda spiaggia della Martinica.

Tenne le mani sospese sulla tastiera, incerta.

L'ufficio e il negozio erano ormai deserti, a quell'ora della sera. L'ultimo cliente se ne era andato appena mezz'ora fa e con lui anche la commessa. Suo padre e gli altri suoi colleghi avevano staccato più di un'ora fa.

Be', dopotutto, è la vigilia di Natale, pensò, saranno tutti a festeggiare con genitori, amici, figli, compagni, mariti. Alla parola "mariti", avvertì un bruciore all'altezza del cuore. La serata con le amiche a Bardolino era ancora impressa in maniera indelebile nella sua mente e non soltanto.

Da allora, non aveva saputo più niente, né di Swami e Gabriele, né se si sarebbero sposati o se addirittura l'avessero già fatto. Aveva sentito Tilly, di tanto in tanto, ma le loro conversazioni si erano mantenute neutrali, l'amica aveva provato una volta a entrare nel discorso, ma Ginny l'aveva fermata pregandola di non andare oltre e di non nominare più né l'uno né l'altra. Era troppo doloroso.

Digitò "Viaggio in barca a vela in Martinica" nella barra di ricerca. Guardò i risultati. Cliccò su uno che la ispirava particolarmente e lesse la descrizione d'un fiato. Doveva assolutamente partire per una qualche destinazione al caldo subito dopo Santo Stefano, non avrebbe sopportato di trascorrere l'ennesimo Capodanno in solitudine.

Dopo quaranta minuti, aveva prenotato il viaggio e il biglietto aereo con partenza ventinove dicembre. Undici giorni all'altro capo del mondo con degli sconosciuti di cui non sapeva niente. La cosa migliore che potesse regalarsi per queste vacanze e per questo fine anno.

Erano quasi le nove quando arrivò a casa, e la temperatura della sera invernale era scesa ulteriormente. Rabbrividì mentre tirava fuori le chiavi per aprire il portone del condominio, poi sgusciò nell'atrio, grata di essere al riparo dal vento pungente.

Aprì la cassetta della posta e tirò fuori le lettere. Erano cinque. Riconobbe il corsivo obliquo di zia Rita, la sorella di sua madre, lo stampatello maiuscolo di Flavio. Poi c'era il conto della carta di credito, una lettera dell'assicurazione della macchina, e infine una busta color panna con l'indirizzo scritto a mano.

Ginny avrebbe riconosciuto quella scrittura ovunque. Si irrigidì e serrò i denti.

Chiuse la cassetta della posta e salì in ascensore. Nel suo appartamento cominciò ad abbassare le tapparelle, poi prese ad aprire le buste, iniziando dai biglietti di auguri i cui cartoncini sistemò in modo ordinato sulla libreria. Poi passò al resto della corrispondenza. Il conto della carta di credito non era tremendo come aveva temuto e la lettera dell'assicurazione le ricordava la data della scadenza entro cui avrebbe dovuto pagare la rata. L'ultima busta con la calligrafia di Swami conteneva anch'essa un cartoncino. Che fosse…

Con ogni probabilità stava saltando a conclusioni affrettate. Forse Swami aveva soltanto voluto farle gli auguri di Natale. Non doveva far altro che aprire la busta, e vedere che si era sbagliata. Eppure, qualcosa le diceva che non era così, e che due più due fa sempre quattro.

Non aveva bisogno di aprire la busta. Non voleva. La rigirò un'ultima volta fra le mani e la gettò nella pattumiera. Poi andò a farsi il lungo bagno che si era ripromessa. Immersa nell'acqua calda con le melodie rilassanti in sottofondo e la luce soffusa delle candele, chiuse gli occhi e svuotò la mente da ogni cosa, lasciando che la musica la trasportasse lontano dai pensieri tossici sulla sua solitudine e buste provenienti da Swami.

Dopo ordinò una cena cinese a domicilio e, avvolta nel suo soffice accappatoio di spugna, mangiò davanti al televisore. Più tardi provò a chiamare sua zia per ringraziarla del biglietto di auguri, ma si ritrovò a dover lasciare un messaggio sulla segreteria. Decise di fare un po' di zapping alla televisione, anche se guardarla era una delle cose che le piaceva meno in assoluto, e infine andò a letto con il libro che aveva comprato qualche giorno prima. Dopo un paio di capitoli, scivolò sotto il piumone, si sistemò il cuscino e spense la luce.

Un'ora più tardi era ancora sveglia. Si era rigirata nel letto senza riuscire a prendere sonno. Spinse da parte il piumone e si alzò. Esitò un momento, poi andò in cucina e recuperò dalla pattumiera la busta che ora puzzava vagamente di involtino primavera.

La aprì e ne sfilò un carteggio piegato in quattro.

Cara Ginny, scusami per la serata. Avrei dovuto dirti la verità su di me e Gabriele, diceva.

Spiegò il foglio e il cartoncino che aveva sentito prima di aprire la busta scivolò a terra. Lo raccolse mentre continuava a leggere la lettera.

Ovviamente quello che è successo tra di noi ventidue anni fa ci ha segnate, ma non credere che non ne abbia sofferto. Ci conosciamo da sempre, tu e le altre siete sempre state per me come delle sorelle. Non avremmo dovuto permettere che un ragazzo si frapponesse fra di noi, né allora né ora. So che lui ti ha raccontato di essersi messo con me subito dopo la vostra rottura, ma ti prego di credere che non c'è stato dolo da parte mia e sua. Tu eri lontana e io ero lì, a portata di mano. Gabriele stava passando un periodo tremendo, la morte di suo padre è stato un duro colpo per lui. Ci siamo innamorati, Ginny. Non l'avevamo premeditato, ma è accaduto. Lui avrebbe voluto dirti di noi due, sono stata io a pregarlo di non farlo. So che ne avresti sofferto terribilmente. Ed era l'ultima cosa che volessi. Ti ho sempre voluto un mondo di bene e anche quando ci siamo riviste un paio di mesi fa, credimi, Ginny, ero così imbarazzata che non riuscivo a trovare il modo di confessarti la verità. Mi dispiace che tu l'abbia scoperto in quel modo, posso soltanto immaginare il tuo dolore e la tua rabbia.

Io e Gabriele ci sposiamo! Abbiamo deciso di farlo prima della nascita di nostro figlio e saremmo felici di averti al nostro matrimonio. Sei invitata anche alla cena prima delle nozze. Troverai i dettagli allegati. E naturalmente potrai portare chiunque ci sia nella tua vita attualmente.

Ginny fissò incredula il cartoncino. Poi lo prese in mano.

Era un invito.

«Ed eccoci qui a chiudere, dopo tutto questo tempo, il cerchio», diceva. «Non vediamo l'ora di averti con noi nel giorno più bello della nostra vita.»

Il biglietto era stampato in un carattere corsivo dorato. Sentì il cuore martellarle nel petto e si accorse che le tremavano le mani.

Espirò con lentezza, continuando a fissare ora l'invito, ora la lettera. In questi due mesi, sapeva che si sarebbero sposati, soprattutto con l'arrivo del bambino. Anche se, in cuor suo, aveva sperato che Gabriele si sottraesse. Dopotutto non le aveva detto che l'unica che aveva amato per davvero era stata lei? Che Swami era stata una soluzione di comodo? Quindi sarebbe stato normale che non convolasse a nozze. Invece si era sottomesso alla grande Swami, vincente su tutti i fronti della sua vita.

Scosse la testa, mentre si mordicchiava la guancia interna per il nervoso e l'angoscia. Non era riuscita a credere che quella stronza avesse avuto la faccia tosta di invitarla. Non che ne fosse rimasta sorpresa, in fondo era proprio nel suo stile.

Ma di una cosa era certa: se credeva che sarebbe andata al suo matrimonio, aveva fatto male i suoi conti.

Ritornò a letto, ma non riuscì a chiudere occhio. Forse avrebbe dovuto andare alla farsa che avevano organizzato Swami e Gabriele, perché di farsa si trattava, ne era sicura. Ma poteva essere almeno un mezzo per chiudere in modo definitivo quel capitolo della sua vita.

Fece una breve risata amara. Che sciocchezza. Dubitava che sarebbe mai stata capace di perdonare e dimenticare. E di sicuro vederli insieme il giorno del loro matrimonio, sorridenti, l'avrebbe dilaniata e uccisa dentro.

Si alzò e andò in cucina. Prese l'invito e l'accartocciò.

Aveva avuto il presentimento che non avrebbe dovuto aprire quella busta. Ora rimpiangeva di non averla lasciata nella pattumiera. O almeno di non aver seguito l'impulso di rispondere con un sentito "vaffanculo". Ma si sarebbe resa ridicola e lei credeva che la migliore vendetta, proprio come affermava quel detto cinese, era mettersi in disparte e pazientare per avvistare prima o poi il cadavere del proprio nemico. Ecco, quello avrebbe fatto. Avrebbe atteso finché non fosse arrivato il momento in cui avrebbe banchettato sui resti della puttana!

CAPITOLO 10

SETTEMBRE 2020

Ginny si stiracchiò nel letto e guardò il posto vuoto accanto al suo. Sospirò, demoralizzata: per quanto tempo ancora quel posto sarebbe stato vuoto e freddo? La sera prima avrebbe dovuto cenare insieme a Gabriele, aveva organizzato una cenetta romantica tutta per loro, con tanto di candele e champagne, ma all'ultimo lui le aveva dato buca, asserendo di avere una riunione di lavoro improvvisa alla quale non poteva proprio sottrarsi. Ginny aveva abbozzato come era solita fare. Non sempre, a dire la verità, visto che negli ultimi tempi era diventata agguerrita e non gliene lasciava passare neanche una. Però la sera prima aveva sopportato anche se la delusione, naturalmente, era stata forte, anzi fortissima.

Al di là degli imprevisti frequenti di Gabriele, il problema era che Ginny era stanca di fare l'amante. Non ne poteva più di passare serate, weekend, feste comandate da sola. Lei meritava di più, lei meritava di avere Gabriele con sé e che lui si sbrigasse a mettere fine al suo matrimonio con Swami.

Il ricordo della serata di tre anni prima le fece venire la pelle d'oca. Scosse la testa per scacciare quell'episodio così doloroso a cui era seguito l'invito al matrimonio di Swami e

Gabriele. Alla fine non ci era andata, malgrado le insistenze di Tilly, non se l'era sentita e aveva declinato con gentilezza, adducendo a un problema di salute di suo padre.

Lei e le altre si erano riviste qualche mese dopo, Swami aveva partorito un maschietto, Andrea, da qualche settimana e Azzurra aveva proposto di andarla a trovare. Anche in quel caso, Ginny si era rifiutata, non ci pensava proprio a entrare nella casa della coppia e magari dover assistere alla loro felicità per il nuovo arrivato.

Ci aveva allora pensato Tilly e aveva convinto Swami a incontrarsi al "Divino", un ristorante in centro a Bardolino, per un pranzo. Non si capacitava del perché le amiche insistettero a tal punto perché ci fosse anche lei. La loro amicizia si era incrinata, arenata e, per quanto riguardava lei, conclusa all'ultimo anno delle superiori, quindi non capiva il senso di portare avanti questo scempio. Ma Tilly era un osso duro, lo era sempre stata, e non aveva voluto demordere finché non era riuscita a strapparle un sì.

Al pranzo Swami aveva portato anche il figlioletto e, quando Ginny l'aveva guardato, per poco non le era venuto un colpo: era identico a Gabriele! Fiumi di gelosia l'avevano attraversata e aveva dovuto ricorrere a tutta la calma necessaria per non mettersi a piangere. Andrea avrebbe dovuto essere suo e di Gabriele, non di Swami. Di questo era sicura al cento per cento.

Da quel momento in poi, lei e Swami si erano tollerate, sopportate, soprattutto ora che l'indiana aveva gli oggetti del desiderio, ossia suo marito e suo figlio, tra le mani. Ma adesso le cose erano diverse, lei era l'amante di Gabriele, e non credeva che l'amica sarebbe riuscita ad andare oltre. Il dolore per la perdita di Gabriele sarebbe stato troppo forte e no, Ginny ne era sicura, la loro pseudo-amicizia non avrebbe retto. Oltre al fatto che c'era di mezzo anche un bambino di tre anni e mezzo.

Una volta che Gabriele avesse finalmente messo fine alla relazione con Swami – e Ginny si augurava avvenisse molto presto - la situazione sarebbe stata difficile da sostenere per tutti quelli coinvolti. Si augurava soltanto che lei e Swami un giorno potessero tollerarsi, quantomeno per il bene di Andrea. Era conscia del fatto che il loro già instabile rapporto si sarebbe lacerato all'istante, ma d'altronde non c'era poi molto da salvare. Il loro passato le aveva marchiate in modo indelebile e chissà quante altre vite avrebbero dovuto espiare per riuscire a perdonarsi l'un l'altra.

In questi tre anni, Ginny aveva sperato che Gabriele prendesse una decisione e lasciasse finalmente Swami ma, quando era sul punto di fare il salto, ecco che sopraggiungeva qualcosa a bloccarlo, a distoglierlo dal suo proposito di costruire una vita con lei. I sensi di colpa nei confronti della moglie erano la causa principale della sua reticenza, ma c'era anche la responsabilità verso un figlio che, a detta sua, non aveva mai voluto, ma che si era sentito costretto a volere per compiacere la sua dolce metà.

La relazione con Gabriele era stata alquanto atipica: Tinder era stato il loro Cupido, o sarebbe meglio dire il loro riCupido. Dopo quel pranzo con le amiche in cui Swami aveva portato con sé anche il figlioletto, Ginny si era decisa a dare una svolta alla sua vita. Era stanca di essere sola e desiderava un compagno accanto a sé. In un impeto di follia e di coraggio, si era iscritta su Tinder e una sera, mentre scorreva le foto degli appetibili uomini, era incappata in Gabriele. Sulle prime il cervello non era riuscito a collegare la foto di Gabriele con il fatto che lui avesse un profilo su una chat di incontri online. Era quindi rimasta con il cellulare in mano, cercando di mettere insieme i pezzi di un puzzle che a suo dire si rivelavano sempre più intricati. Con il senno di poi, si disse che di intricato non c'era proprio un bel niente, Gabriele era un uomo insoddisfatto della sua vita matrimoniale ed era in una chat di incontri, alla ricerca con ogni probabilità di emozioni e di sesso con altre donne. Dopotutto quella sera al ristorante le aveva praticamente confessato di intrattenere altre relazioni.

Si chiese se dovesse andare da Swami e spifferarle tutto con tanto di prove alla mano e assaporare la vendetta – di sicuro vedere l'espressione della donna che le aveva portato via l'amore della sua vita le avrebbe dato un primo senso di euforia, ma il tutto si sarebbe fermato lì, perché, e di questo ne era sicura, Swami non avrebbe mai lasciato Gabriele, soprattutto non adesso che c'era Andrea. L'alternativa era starsene zitta. Aveva addirittura pensato di telefonare a Tilly per confidarle quello che aveva scoperto, ma poi ci aveva ripensato e il diavoletto che era dentro di lei le aveva fatto allungare il dito e mettere il "like" alla foto del fedifrago. Era un modo per fargli sapere che l'aveva beccato e, perché no, per sondare il terreno.

Con sua enorme sorpresa, Gabriele aveva ricambiato il "like" e avevano cominciato un gioco perverso e pericoloso. Si scrivevano ogni giorno, lui le mandava il buongiorno e la buonanotte. Malgrado quello che si erano detti la serata della cena, lei e Gabriele avevano ritrovato la naturalezza e la giocosità che aveva sempre contraddistinto il loro rapporto. Se all'inizio Ginny lo aveva preso come un modo per vendicarsi, ben presto, era stato semplice aprirsi con lui, confidargli del suo vuoto nel matrimonio con Flavio, del tempo in cui aveva rimandato la decisione di separarsi per paura di rimanere da sola e di dispiacere il marito. Anche Gabriele si era sfogato con lei, parlando senza freni dei suoi problemi con Swami, della stanchezza nel loro rapporto, della solitudine in cui si sentiva relegato perché la moglie era tutta concentrata sul bambino che aveva bramato di avere. Erano andati avanti così per un mese prima di decidere di vedersi e in quei discorsi lei aveva ritrovato l'anima affine, piena di buoni sentimenti e propositi del passato. Il giorno del loro primo incontro era ancora impresso in modo indelebile nella sua mente: lo aveva invitato a casa sua per un caffè. Sapeva che stava rischiando grosso, primo perché Gabriele era il marito di Swami e poi perché si era accorta che provava ancora dei sentimenti per lui. Dove l'avrebbe portata tutto questo? Doveva annullare il loro appuntamento? Si era chiesta per tutto il giorno. Il buon senso le urlava di sì, ma alla fine si era convinta che l'universo le aveva mandato un segnale, anzi "il segnale" che era sulla strada giusta.

Gabriele era su Tinder.

Fra tutte le chat che esistevano, proprio nella sua doveva capitare? Voleva pur dire qualcosa, questo, no?

Eppure sembrava proprio che il mondo stesse cospirando contro di lei. C'era un treno in corsa che sferragliava nella sua direzione, e lei era un animale paralizzato dalla paura, abbagliato dai fari… Immobile sulla traiettoria del treno, incapace di evitare l'impatto fatale, mentre il destino premeva per riportare in vita un passato che forse avrebbe fatto bene a dimenticare.

Non appena lo aveva visto sulla soglia di casa, l'abitazione che aveva ereditato dalla madre quando era morta, Ginny aveva sentito ogni sua difesa crollare. Anche se avesse voluto, non sarebbe più potuta tornare indietro. La loro vecchia sintonia, quella nata sui banchi di scuola, era sbocciata di nuovo. Ginevra aveva riscoperto quel sentimento che andava oltre la mera attrazione fisica, era qualcosa che le prendeva le viscere, che le toccava l'anima. Poteva asserire che si era innamorata di nuovo di Gabriele? Sì, senza ombra di dubbio. Anzi, non aveva mai smesso di amarlo.

«Ehi, entra», gli aveva detto.

Lui aveva fatto un passo nell'ingresso e poi si era sporto in avanti per baciare Ginny sulla guancia, il respiro caldo, la sua vicinanza quasi soffocante.

«Ti posso offrire un caffè? O preferisci una bibita fresca?» Era fine agosto e c'era ancora un caldo soffocante.

«Una bibita fresca», aveva risposto lui, seguendola in cucina.

Ginny aveva preso dal frigo due aranciate biologiche, le aveva versate in due grandi bicchieri blu e gliene aveva allungato uno.

«Grazie.»

Poi si erano diretti in salotto, dove Gabriele si era messo comodo sul divano. Ginny si era volutamente seduta nella poltrona di fronte e non accanto a lui.

«Non fare quella faccia spaventata, Gin.» Le aveva fatto un sorriso rassicurante prima di picchiettare sul posto vuoto di fianco a lui come per invitarla a sedersi lì. «Giuro che non mordo.»

"Un tempo lo facevi", aveva pensato lei. Indossava sempre una sciarpa al collo, anche d'estate, per nascondere i segni sul collo.

Le sue ginocchia erano molli come gelatina, mentre si era spostata e aveva cercato di focalizzare l'attenzione su qualcosa che non fosse Gabriele. Guardando oltre le finestre, aveva visto che il cielo aveva cominciato a rannuvolarsi. Forse, sarebbe piovuto per davvero questa volta, si era detta fra sé e sé.

«Come sta il bambino?»

«Sta bene. Dorme poco, ma è normale, dicono.»

«Sei felice di essere diventato padre?»

Gabriele aveva avuto un attimo di esitazione prima di annuire. «Penso che me lo godrò quando sarà un po' più grandino.»

«Il mese scorso ho incontrato le altre per un pranzo, c'erano anche Swami e Andrea. È bellissimo, la tua fotocopia.»

Frasi stentate, stentate, stentate. Con tutto quello che c'era stato tra di loro, non riuscivano a fare di meglio? In chat era diverso, più semplice, più spontaneo e più fluido, si era detta Ginny. La cosa più sconcertante e per certi versi snervante era stato notare quanto i loro corpi comunicassero ancora all'unisono e la corrente magnetica che si trasmetteva dall'uno all'altra.

Gabriele si era sporto per appoggiare il bicchiere sul tavolino di fronte al divano. Il petto di Ginny si era gonfiato all'istante alla ricerca di aria, e si era chiesta da quanto tempo stesse trattenendo il fiato. Che scema che era stata. Era rimasta tutta schiacciata nella sua parte di divano per timore di trovarsi troppo vicina a lui.

«Mi è dispiaciuto sapere del tuo matrimonio.» La voce di lui, all'improvviso cupa e rauca quando aveva iniziato a parlare della sua vita personale, l'aveva colta impreparata. «Quell'uomo è stato un pazzo. A lasciarti andare.»

«A dire la verità, sono stata io a lasciarlo andare», aveva detto lei, nascondendo il viso nel bicchiere e sfoderando una voce gaia e argentina, o almeno così sperò che suonasse. «Capisci che la partita è persa quando l'unico pensiero di tuo marito è metterti all'ingrasso. Forse così sperava che, facendomi prendere peso, non avrei più avuto il coraggio di lasciarlo per paura che non mi volesse più nessuno.»

Gabriele aveva piegato in giù gli angoli della bocca, ammirato. «Sempre pronta con le battute, Gin.» Aveva guardato in basso, con aria assente, e si era spazzolato via dell'ipotetica polvere dalla coscia. «… Amore.»

«Scusa? Cos'hai detto?» Presa dal panico, Ginny aveva fatto cadere il bicchiere con metà del suo contenuto a terra, mentre lo stava appoggiando sul tavolino. Costernata, si era resa conto che il bicchiere si era infranto e che l'aranciata si sarebbe appiccicata per bene al parquet e, nei prossimi giorni, di sicuro sarebbe stata ancora lì a cercare di liberarsene. «Oh, che idiota!»

«Fai attenzione ai vetri rotti», aveva detto Gabriele mentre si era accovacciato per aiutarla a raccogliere i cocci. «Parlavo del tuo top, comunque. Bello, il colore.»

Colore. Non amore. Il suo top preferito. Nei toni del rosso. Un rosso fragola, per essere precisi. Lo aveva comprato in occasione della cena con le amiche, ma poi non se l'era messo, optando per qualcos'altro. Si era sentita sopraffatta dal sollievo, nonché dalla voglia di prendersi a schiaffi fino a farsi diventare le guance blu.

«Grazie», aveva mormorato, allungando una mano verso un pezzo che era andato a finire quasi sotto il divano. Aveva respirato profondamente. «Anche se so che la mia figura si avvicina più a un panzer, oggi. Sono soltanto l'eco di quello che ero.»

Le labbra perfettamente disegnate di lui si erano piegate all'insù, a quel prendersi gioco di se stessa. «Mi hai sempre fatto ridere, Gin. Mi è mancato il tuo umorismo», aveva detto mentre si era chinato a raccogliere un altro pezzo di vetro, la testa così vicino alla sua che avrebbe potuto contargli i capelli grigi, se solo ne avesse avuti.

"Oh, certo, io sono quella spassosa". Ginny aveva trattenuto una smorfia mentre si era diretta in cucina a buttare i vetri e a prendere uno straccio per raccogliere la bibita. «Un applauso per la signora», aveva mormorato sottovoce.

Quando era tornata, Gabriele si era fatto passare lo straccio e si era messo al lavoro. Sarebbe mai riuscita a guardarlo e a dire: "Ah sì, è uno con cui sono stata per un po' di tempo. Ora siamo amici"? Aveva sentito di donne che erano rimaste amiche dei loro ex. No, per lei sarebbe stato impossibile. Di questo era certa, soprattutto in quel momento in casa sua.

Dopo le pulizie, si erano rimessi seduti sul divano e Gabriele se ne era uscito dicendo:

«Senti, Gin, volevo dirti che mi dispiace davvero per come sono andate le cose. Avrei dovuto dirti che io e Swami avevamo cominciato ad avvicinarci, ma sapevo che ti avrei ferita troppo. Ragion per cui sono contento che tu e Swami abbiate sotterrato l'ascia di guerra.»

Ginny aveva sentito rallentare i battiti a quell'ultima frase e aveva avuto la tentazione di allungare la gamba accavallata per accarezzargli la caviglia con il piede.

«Mia moglie sta attraversando un momento molto difficile e ha davvero bisogno delle sue vecchie amiche», aveva continuato lui, pizzicandosi il labbro inferiore, esitante, e poi si era buttato. «Se non ti conoscessi così bene non te lo direi, ma ha avuto qualche vero e proprio disturbo emotivo.»

«Sì?» aveva detto, indecisa sull'atteggiamento da tenere. Doveva chiedere "di che genere?" O sarebbe sembrata troppo curiosa e impertinente?

Gabriele aveva riso in modo strano. «Non è quello che pensi», ci aveva tenuto a spiegare. «Però lavora troppo e, da quando è nato Andrea, soffre di quella che chiamano depressione post partum. È stressatissima e, dietro la facciata, è spaventosamente fragile.»

Ginny aveva provato un impeto di simpatia per Swami, mescolato a vergogna per se stessa. Sapeva bene di cosa stava parlando Gabriele: quando aveva perso i suoi gemelli, anche lei aveva sofferto di quel male oscuro e forse, se ci fosse stato lui anziché Flavio, ne sarebbe uscita con le ossa ancora intatte. Perché Flavio non le era stato accanto, si era dileguato asserendo a impegni lavorativi improrogabili. La verità era che non ce la faceva a stare accanto a una moglie i cui nervi erano andati a farsi fottere nel giro di qualche settimana.

E quel giorno Gabriele era andato da lei a perorare la causa della povera Swami. Che sciocca che era stata a pensare, anche solo per un attimo, che lui avesse voluto riprendere con lei. Eppure, dai messaggi delle chat, le era sembrato tutt'altro. Come spiegazione si era detta che Gabriele ci aveva ripensato e che si sentiva troppo in colpa nei confronti della sua nuova famiglia.

«Sul serio. A volte penso che sia sull'orlo dell'esaurimento nervoso. Ma, cazzo, è impossibile discutere con lei. Diventa isterica, sbraita, urla e rompe tutto. Mi dispiace. Non voglio annoiarti con i miei problemi.» Le ultime parole di Gabriele l'avevano uccisa.

«Non importa», aveva detto in modo automatico. Era assurdo. La sua parte razionale aveva pensato che avesse avuto davvero una bella faccia tosta a illuderla per un mese con i messaggi e le telefonate e poi venire a discutere di problemi coniugali con lei. La parte più cattiva avrebbe voluto ridergli in faccia, strillare *ben ti sta, stronzo, saresti stato meglio con me*. Ma la parte che aveva vinto era stata quella dispiaciuta di vederlo così sofferente, di sapere che lui e Swami erano infelici.

«È solo che, be', io non sentivo la necessità di avere un figlio. Non più, non alla mia età. Ma Swami non ha voluto saperne e l'ultimo anno ero diventato per lei un cavallo da monta, sperma necessario a fecondarla. E non sai quanto mi odiassi per il fatto di non far sentire anche la mia voce. Ci ho provato? Sì, più volte, almeno all'inizio, ma appena cominciavo a esprimere i miei dubbi, lei si tappava le orecchie, inventandosi impegni lavorativi che non poteva evitare, oppure prendeva e se ne andava a correre sul lungolago lasciandomi solo fino a tarda sera.» Si era sfregato il volto stanco. «Sai, io ti invidio.»

«Tu invidi me?» Ginny era rimasta sbalordita. «Perché? Sono un fallimento totale. Divorziata. Il mio sogno di diventare una grande biologa andato nel cesso. Lavoro con mio padre che mi fa diventare matta. E sono sola. Senza un compagno con cui condividere la vita.»

Dalla sua espressione, si era resa conto di averlo spiazzato con quel riferimento al compagno. Però lui aveva detto: «Sei bravissima, Gin. Sei una vincente, lo sei sempre stata. Sei spiritosa, sei intelligente, sei bellissima e prima o poi, troverai qualcuno che vorrà condividere la sua vita con te.» Si era tolto le scarpe, aveva incrociato le gambe e si era appoggiato allo schienale, gli occhi cerchiati da un'ombra scura.

Lei aveva allungato la mano e gli aveva preso la sua, intrecciandola. Quel tocco le aveva fatto girare la testa, come anni prima. Ginny aveva sentito che il suo mondo si riduceva alla sua vicinanza, al profumo di shampoo dei suoi capelli e al martellare selvaggio del proprio cuore. «Ma ora sei contento di avere Andrea, no?» Glielo aveva chiesto anche prima ma lui si era ben visto dal risponderle.

«Sì, certo… ma sai, le cose cambiano un po' quando hai più di quarant'anni. Non siamo più bambini.»

Poi lui si era voltato a guardarla, agganciando il suo sguardo, e l'attimo dopo si era sporto in avanti e aveva cercato le sue labbra. Ginny ricordava quel bacio come se avesse bevuto della malvasia. Si era sentita rimescolare tutta dentro e si erano ritrovati a fare l'amore.

Dopo il sesso, erano rimasti abbracciati a letto e lui le aveva detto:

«In qualche modo, ho sempre saputo che ti avrei rivista. Magari camminando per strada, un giorno o l'altro.»

Il corpo di Ginny era stato scosso dai brividi. Esattamente la stessa cosa che si era detta lei.

«Peccato che con Swami non possa mai parlare in questo modo.» Aveva guardato l'orologio. «Dovrei già essere a casa. Devo andare, Gin, ma ti prometto che ci rivedremo.»

CAPITOLO 11

Dopo quell'incontro, lei e Gabriele non avevano dato inizio a una vera e propria relazione, all'inizio si vedevano poco, anzi pochissimo, una volta al mese, lui era sempre super indaffarato. Ginny si era impegnata per non dare molto peso alla situazione: anche lei, malgrado l'ardore e la passione che provava per quell'uomo, aveva deciso di prendere le cose con calma e di essere cauta prima di buttarsi a capofitto in una relazione in cui erano coinvolti anche Swami e il loro figlio.

Con il tempo, i loro incontri si erano fatti più frequenti e Ginevra si era accorta di desiderare sempre di più da quell'uomo che le aveva rapito il cuore e sembrava che anche lui fosse del suo stesso parere, visto che erano andati in vacanza insieme a Formentera per ben due estati di fila. Era amore, questo che le dimostrava? Doveva esserlo per forza!

Eppure c'era sempre un punto nero nella loro storia. A essere sinceri, di punti neri ce n'erano stati parecchi in quei tre anni. L'anno precedente, Ginny aveva scoperto che Gabriele era ancora su Tinder. A dire la verità anche lei continuava a esserci ma, da quando aveva cominciato a fare sul serio con lui, non chattava più. Ma vederlo lì l'aveva resa inquieta. Era accaduto per caso, si erano visti a Verona nel suo appartamento e avevano passato la notte insieme. Lui era arrivato tardi, era stanco, scontroso e lei aveva cominciato a chiedergli cosa volesse fare di loro due, quando pensasse di chiudere con Swami. L'amante si era irrigidito immediatamente e aveva cominciato ad accampare una scusa dietro l'altra, asserendo che la situazione non era così semplice, che lui aveva delle responsabilità nei confronti della moglie e di Andrea. La serata non era finita bene, per niente, Ginny e Gabriele si erano coricati insieme, ma lui le aveva voltato le spalle, non le si era avvicinato come faceva di solito per fare l'amore con lei. Ginevra aveva tentato qualche *avances*, ma lui le aveva detto che era molto stanco e che aveva mal di testa. Se non fosse stata tanto arrabbiata, Ginny ne avrebbe riso: non erano sempre le donne che utilizzavano il mal di testa come scusa per sottrarsi al marito?

Si era addormentata con mille pensieri nella testa e il cuore sprofondato nel buio più totale. Si era svegliata nel cuore della notte e aveva allungato il braccio dalla parte di Gabriele, trovandola vuota. Si era rizzata a sedere, l'angoscia che le serrava la gola e con il solo pensiero che lui se ne fosse andato nel cuore della notte e fosse tornato dalla sua famiglia. Si era alzata e l'aveva trovato in bagno, seduto a terra sul pavimento, la schiena poggiata alle fredde piastrelle e il telefonino tra le mani.

«Cosa stai facendo alle tre di notte seduto in bagno?» gli aveva domandato.

«Ho bisogno di pensare, Gin. Per favore, lasciami solo.»

Lei lo aveva accontentato e, quando lui era tornato a letto, avevano fatto l'amore. Anche se non era stato come tutte le altre volte, e lei aveva sentito che mancava qualcosa, Ginny si era tranquillizzata e aveva accantonato la serata. Era stato soltanto la settimana successiva, quando stava per oscurare il suo profilo su Tinder, che Ginevra aveva beccato un nuovo profilo di Gabriele con un altro nome: si faceva chiamare Giacomo. Chissà che non l'avesse creato proprio quella sera in bagno a casa sua. Ricordava che aveva cliccato sulla foto con le mani che le tremavano per l'agitazione e aveva letto il profilo. D'impeto aveva messo il like per far scattare la compatibilità nel caso lui glielo avesse messo a sua volta, ma quella volta Gabriele non aveva accolto il segnale. Ginny aveva così compreso di non essere l'unica altra donna, o meglio, che lei e Swami non erano le sole. Lo aveva affrontato durante la loro settimana estiva a Formentera e Gabriele le aveva allora rivelato che quella notte si era inventato un nuovo profilo perché lei lo aveva messo sotto pressione e lui, sentendosi soffocare, aveva sentito la necessità di provare a se stesso che era ancora un uomo libero.

«Mi sembra di capire che non sono la tua sola amante, no?» gli aveva chiesto davanti a un bicchiere di vino e a un tramonto mozzafiato in un locale sulla spiaggia.

Lui aveva sospirato come se si stesse preparando per un incontro di box. «Sei l'unica, Gin, a parte Swami, naturalmente. Non ti nego che continuo a chattare con altre donne, ma di certo non ho altre relazioni.»

Ginny aveva sentito un bruciore proprio all'altezza del cuore, tanto era il dolore che aveva provato. Un'altra donna al suo posto avrebbe inveito e lo avrebbe mandato al diavolo, ma non lei, non la pacifica Ginny. Per lei era importante parlare, chiarire, discernere, mettere i puntini sulle "i" perché quello era l'unico modo che conosceva e che credeva portasse a dei risultati.

«Perché chatti con altre donne, Gabriele?» gli aveva domandato non appena aveva recuperato un briciolo di autocontrollo.

Lui aveva fatto spallucce. «Perché ho bisogno di emozioni. Avere l'attenzione di altre donne mi fa sentire importante, onnipotente, visto, desiderato.»

La voce aveva tremato mentre diceva: «È come dire che io non ti basto, che le emozioni e le attenzioni che ti do io non sono sufficienti per te.» Una lacrima le era scivolata lungo la guancia.

A quel punto Gabriele si era avvicinato a lei e l'aveva abbracciata. «Non piangere, tesoro. Quelle donne non significano niente per me. Nel mio cuore ci sei soltanto tu.» Le aveva preso il mento tra le mani e l'aveva baciata. L'episodio e la conversazione erano finiti lì, ma dentro Ginny era rimasto un gap, un buco nero che si era augurata non diventasse ancora più grande.

Da quel momento in poi, i loro rapporti erano stati altalenanti, c'erano momenti in cui Ginny pensava di stare su una nuvola con l'orchestra dei violini degli angeli tutt'intorno, e altri in cui le sembrava di essere al cospetto di Belzebù e della sua cricca di dannati. Ecco, ora si trovava negli Inferi grazie anche alla serata che aveva passato dopo l'ennesimo bidone di Gabriele. Si era messa davanti alla tivù e aveva guardato *Notting Hill* su Netflix, accompagnata dalla bottiglia di champagne messa in fresco per lei e Gabriele e dalla torta Mimosa, la preferita di Gabriele, che aveva fatto fare appositamente dalla pasticceria "Flego" in via Stella: come la facevano lì non la facevano da nessun'altra parte, era impareggiabile.

Perciò, quando scostò il piumone, non poté che rimpiangere la serata che aveva finito in grande stile abbracciata al water, a singhiozzare tra un conato di vomito e l'altro.

Senza indugio prese il telefono, digitò il numero e aspettò che rispondesse.

«Gin», disse Gabriele.

«Gabriele, buongiorno.»

«Perché quella vocina?»

«E me lo chiedi?»

Ginny lo sentì sospirare. «Dai, ti ho spiegato che avevo da fare. Ma in settimana recuperiamo, vedo di ritagliarmi una serata e di sganciarmi e venire da te a cena.»

«Non mi basta più, Gabriele.»

Doppio sospiro. «Gin, ne abbiamo già parlato e ti ho spiegato che non è semplice.»

«Avevi detto che avresti cercato una casa.»

«E lo farò, ma devo anche pensare ad Andrea, non posso abbandonarlo così su due piedi, devo prepararlo e…»

Gabriele si interruppe come se qualcuno lo avesse privato della voce, ma Ginny sapeva che la parte mancante riguardava Swami, doveva preparare anche Swami alla fine della loro storia. Sempre e solo Swami! Pensava sempre prima a lei che a loro.

«Io proprio non capisco.»

Terzo sospiro. «Cos'è che non capisci?»

«Perché tieni così tanto a lei.»

Gabriele sembrò preso contropiede. «Be', perché è mia moglie, perché è la madre di mio figlio.»

«E io cosa sono per te?»

Silenzio.

Ora toccò a Ginny sospirare. «Bene, vedo che non hai risposte.»

«Gin…»

«Non riesci nemmeno a definire cosa sia io per te. Te ne rendi conto, vero, Gabriele?»

«Gin, non cominciare, per favore. Non voglio continuare a ripetere sempre le stesse cose e soprattutto non farmi pressioni.»

«Io…»

«Scusami, ma adesso devo andare, mi stanno chiamando… una riunione, ti chiamo più tardi.» E Gabriele riagganciò.

Ginny guardò il cellulare tra le mani senza riuscire a formulare un pensiero coerente. Si era liberato di lei con una scusa di lavoro. Come faceva sempre, d'altronde. Il cuore non voleva smettere di batterle nel petto, nelle vene, nella gola, nelle tempie. *Dio, perché non smetti*, urlò.

Il telefono emise un suono e la speranza le invase l'anima. Forse, pensò, era Gabriele che le chiedeva scusa. Afferrò il telefono e guardò il display: era Tilly che le ricordava il loro pranzo.

Scosse la testa e sprofondò la testa nelle spalle. "Mai una gioia", si disse. Scrisse un messaggio veloce per dire che non sarebbe mancata. Poi aprì la chat di Gabriele, premette il simbolo del microfono e cominciò a registrare.

"Vedi, Gabriele, una cosa carina da dirmi oggi era "ti voglio bene e mi manchi, vorrei che tu fossi qui con me", anziché discutere e chiuderti come fai di solito. Invece no! Quando, comunque, io un pochino ti presso, ti allontani, fai il distaccato e ti allontani. Con Swami, caro il mio Gabriele, tre anni fa, Andrea era già nato ed eri già in crisi. Quanto sei stato felice con lei? Siete insieme da diciott'anni, dimmi quanti di questi anni sei stato felice con lei. Io, quella con cui stai bene e probabilmente l'unica donna con cui sei stato bene in tutta la tua vita, sono quella che tratti sempre di merda. Sono quella che deve rinunciare a vederti, a stare con te, a dormire con te, a passare le feste comandate con te. Sono sempre quella che rinuncia a tutto. Mi spieghi il motivo? Sono la persona con cui stai meglio in assoluto e non ci pensi seriamente, a noi due. Anche oggi, ti

sei liberato di me come un pacco postale. Non appena ti senti attaccato, accampi scuse e mi lasci lì come una mentecatta. Non si fa così, Gabriele. Se io ti manifesto un mio disagio è perché sto male per davvero e non perché ho voglia di attaccarti. È perché sto soffrendo, altrimenti non te lo direi, me ne fotterei. Anzi, sai cosa farei? Chatterei con un altro e me lo scoperei, se non me ne fregasse niente di te. E sai quanti uomini ho che mi vorrebbero? Tanti, Gabriele, tanti. Ci sto male, in questa situazione, e il fatto che tu mi risponda in questo modo non è carino per niente. Questa mattina avresti potuto dirmi che ci stai pensando seriamente alla casa, a noi due, e che stai cercando di fare il possibile. Anche perché Swami deve avere il tempo di organizzarsi con il bambino per portarlo all'asilo quando tu non ci sarai più. Devi dirglielo."

Ginny lasciò il tasto e mandò il vocale. Aveva il respiro corto mentre si avviava verso la cucina, sperando che una doppia dose di caffeina potesse resuscitare il suo umore, soprattutto oggi che doveva vedere le sue amiche: la brillante e bellissima Azzurra, la perfetta e sensuale Tilly e la forte e sofisticata Swami.

Dopo il caffè, prese coraggio e puntò alla volta del bagno. Oh.Mio.Dio! Nello specchio c'era il ritratto di Dottor Jekyll versione femminile in pigiama. Le occhiaie la facevano sembrare uno zombie con la parrucca. Aprì l'armadietto nella speranza di trovare un siero illuminante che facesse il miracolo: sapeva che sarebbe stato difficile competere con le sue amiche, ma quantomeno che riuscisse a conservare un briciolo di dignità. Niente da fare, non aveva niente, aveva buttato via tutto. Sconsolata, si sciacquò il viso e poi si annusò l'alito: bleah, sembrava che avesse mangiato uno pterodattilo! Si spazzolò per bene i denti con il dentifricio alla menta ultra strong che le anestetizzò la lingua da quanto era forte, sperando così di riuscire a togliere il cattivo odore. Infine si spogliò e si fiondò sotto la doccia. Quando, più tardi, incrociò lo sguardo nello specchio a tutta parete della cabina, le venne da piangere: dove diavolo era la magrezza che l'aveva sempre contraddistinta fin da giovane? Possibile che si fosse volatilizzata come la polvere di Trilly in Peter Pan. Aveva provato a mettersi a dieta ma, per quanto stesse attenta e rispettasse le indicazioni, non c'era niente da fare: i rotoli alla pancia, le ali di pipistrello alle braccia e il culo grosso non ne volevano sapere di scomparire.

Quando uscì dalla doccia, evitò di guardarsi un'altra volta allo specchio, si cosparse un po' di crema sul corpo e cominciò a vestirsi. Negli ultimi tempi non faceva neanche più attenzione alle mise che indossava. Malgrado Gabriele le avesse sempre detto che lei stava benissimo così con le sue forme procaci, c'era stato quell'episodio a Formentera quando lui aveva suggerito che entrambi avrebbero dovuto cominciare a mangiare in modo più sano.

Dopotutto, anche lui non era proprio filiforme e non aveva più il corpo *fisicato* della giovinezza. Gli anni gli avevano aggiunto una bella ciambella attorno ai fianchi e i capelli si erano fatti sempre più radi.

«Stai dicendo che sono grassa?» gli aveva chiesto, in quell›occasione.

Gabriele era diventato tutto rosso. «No, be', io…»

«Sono grassa», aveva sospirato Ginny, sedendosi sul letto, sentendo tutte le forze abbandonarla.

«Perché devi mettermi in bocca delle parole che non ho detto? Ho semplicemente consigliato di fare più attenzione a quello che mangiamo. Tutto qui.»

«Ti vergogni di me, Gabriele?»

«Certo che no! Ma cosa ti salta in mente!»

«Mi hai detto di mangiare meno.»

«No, Gin, smettila!»

«Se tu non pensassi che sono grassa, non avresti bisogno di dirmi quelle cose, non credi?»

A quel punto lui era esploso. «Oh, e va bene, sì, penso che tu abbia qualche chilo da perdere, ma come me, d'altronde. Non ci trovo niente di male nel dire quello che sento.»

«No, hai ragione, sono la prima a dire che bisogna sempre parlare.»

La conversazione era finita lì, ma quelle parole l'avevano scossa e turbata. E ora, mentre si preparava per il pranzo, lì davanti all'armadio aperto, si chiedeva cosa potesse indossare per nascondere le sue forme. Forse il mantello dell'invisibilità di Harry Potter avrebbe fatto al caso suo, ma, ahimè, ne era sprovvista. Optò per un vestito in seta sui toni del verde e del blu, stile palazzo con le spalline e lungo fino ai piedi. L'effetto non le dispiacque quando si rimirò nella specchiera della sua stanza. Poteva andare.

Prese il telefono e si accorse che c'era un vocale di Gabriele. Chissà cosa le aveva detto.

Gin, è chiaro che, se non appena prendo in mano il telefono la prima cosa che fai è aggredirmi, non è che poi posso dirti che mi manchi. E ultimamente fai sempre così, non appena ti chiamo, anziché dirmi: "Che bello sentirti", inizi a dirmi, "Ma perché non fai così, ma perché non vieni, ma perché non le dici". Poi, lo sai che mi manchi e che voglio stare con te.

Ginny si sentì quasi in colpa per come aveva reagito, così mandò anche lei un altro vocale.

Lo so, hai ragione anche tu, ti capisco. Però è due settimane che non ci vediamo, ieri sera potevamo passare qualche ora insieme, fare l'amore, cenare insieme, coccolarci, e invece tu scegli sempre altro. L'altra settimana hai scelto di andare ad arrampicare con i tuoi amici. Io ci sono rimasta male, io non l'avrei mai fatto, io rinuncio a un sacco di cose pur di vederti, addirittura alle lezioni di pilates. L'ultima volta che siamo stati insieme, ho rinunciato a dare la lezione, non ho guadagnato trenta euro per venire da te a Vicenza, pranzare con te, pagarti il pranzo. Invece di guadagnare ho speso soldi, ma l'ho fatto perché era l'unica occasione di vederti. Tu potevi venire da me ieri sera e non l'hai fatto. Se non ti mando io i messaggi del buongiorno o se non sono io a chiederti come stai, tu ti eclissi. Tu, ultimamente, non hai voglia di pensare a me, di pensare a noi. Non sono mai minacce le mie, Gabriele, non è il mio stile di vita. Io voglio che una persona si senta libera con me e che però decida. Gabriele, non puoi stare in ballo con me dieci anni, non ce la faccio, non puoi aspettare che Andrea sia grande, devi capire che i bambini più sono piccoli e meno soffrono, fidati. Tuo figlio continuerai a vederlo, non ti devi preoccupare. Pensa a quello che vuoi, vuoi stare con me? Pensa a fare dei passi per stare con me, vuoi venire a vivere con me? Dimmelo, io ti creo spazio, ho già un armadio pronto per te. Però cominciamo a costruire qualcosa di serio, perché non andiamo da nessuna parte continuando così, Gabriele. Io ho bisogno di vederti, sentirti, abbracciarti, di sentirmi libera nel manifestare quello che provo, quello che sento. Di svegliarmi e fare l'amore tutti i giorni, se ne abbiamo voglia. Non a richiesta o su comando. Perché ti stai negando una vita meravigliosa? Non lo capisco proprio.

Inviò, soddisfatta, e poi uscì di casa. Doveva fare una commissione di lavoro e poi sarebbe andata direttamente sul lago dalle amiche.

CAPITOLO 12

L'aria di settembre era ancora calda, troppo per lei che soffriva l'estate. Gabriele non aveva risposto al suo vocale, lo aveva ascoltato, ma si era chiuso nel silenzio. Buon per lui, si disse Ginevra, che pensi e che elabori quello che gli ho detto.

Dopo aver parcheggiato in una stradina vicino al centro di Bardolino, si affrettò per arrivare in tempo per l'appuntamento, tentando di stamparsi un bel sorriso sul volto che nascondesse la fresca delusione cocente. Le sue amiche sapevano che aveva una relazione con un uomo sposato, ma naturalmente non sapevano di chi si trattasse. Guai a lei se l'avessero scoperta, non soltanto per via di Swami che era la diretta interessata, ma anche per Azzurra e Tilly. Di certo non avrebbero mai preso le sue difese, non si sarebbero neanche interrogate sul fatto che non si possa resistere all'amore vero. Perché di amore vero si trattava fra lei e Gabriele se dopo tutti questi anni si erano ritrovati.

E nel frattempo, si era inventata un nome, e Gabriele era diventato, per loro, Armando. Avrebbe potuto omettere di avere una relazione con un uomo sposato? Certo, e sotto certi punti di vista sarebbe stato anche meglio, ma il fatto era che lei aveva bisogno di parlarne con qualcuno, di sfogarsi, e loro erano le sue amiche.

Entrò nella corte dove si trovava il ristorante e si guardò attorno per vedere se magari le altre erano appena arrivate come lei, ma non c'erano. Solo dopo vide Tilly che si sbracciava per farle cenno di avvicinarsi. Un cameriere le si accostò e Ginevra, sorridendo, disse:

«Sono con loro», e indicò il tavolo delle amiche.

«Ginny, ciao», la apostrofarono Tilly e Azzurra non appena le ebbe raggiunte.

«Ciao, ragazze. Come state?» domandò lei, sedendosi vicino a Tilly. Si accorse che il posto di Swami era vuoto e per un attimo si augurò che non venisse. «Swami non c'è?»

«È in ritardo», rispose Azzurra. «Qualcosa che aveva a che fare con Andrea, ma sta arrivando.»

Un moto di gelosia si impadronì di Ginny: sempre quel bambino tra le palle! Cercò di controllarsi e sorrise.

«Allora, cosa mi raccontate? Tilly, hai fatto qualche nuova conoscenza?»

Ginny rimaneva sempre basita dalla bellezza che restava intatta negli anni per quanto riguardava Tilly. L'avresti riconosciuta sempre, anche dopo vent'anni, perché anche se il cambiamento c'era stato, era stato di sicuro in positivo. Tre anni fa quando si erano ritrovate e rinsaldato la loro amicizia, era più o meno la stessa di ventidue anni prima e anche ora non si notava alcun invecchiamento. Portava ancora i lunghi capelli mossi biondo dorato sulla schiena e anche il fisico aveva resistito al passare del tempo. Non era mai stata una silfide: una donna mediterranea a tutti gli effetti, ecco quello che era. E benché la sua statura fosse nella media Tilly ovviava con le calzature e non usciva mai senza indossare un po' di tacco. Le scarpe da ginnastica non facevano parte dell'outfit di Tilly e, anche quando si trattava di fare una passeggiata, lei non le utilizzava. Era ammirevole, pensava Ginny, e anche stupido.

«No, nessuna. Ma non ho fretta. Ve l'ho detto, questa volta il mio uomo deve essere perfetto, altrimenti "ciao, ciao".»

Ginny era molto legata a Tilly, tra le tre era quella che preferiva e quella con cui aveva anche un rapporto più stretto. Si erano sempre confidate e, negli ultimi tempi, Tilly era diventata la sua valvola di sfogo. Quando succedevano episodi spiacevoli con Gabriele, Ginny chiamava lei. Tilly aveva la grande capacità di stare ad ascoltarla senza giudicare, se ne stava in silenzio e poi sempre con molto garbo esprimeva il suo parere.

«Sì, hai ragione, dopotutto hai chiuso la tua relazione con Michele solo quattro mesi fa. Hai bisogno di startene un po' per conto tuo», disse Ginny, sorridendole.

«Già… Sentite, ragazze, possiamo non parlare di Michele, oggi? Non mi va di rovinarmi il pranzo, per favore.» Tilly non amava parlare di Michele, non più, ne aveva parlato fin troppo per cinque anni e ora era arrivato il momento di smetterla.

Le amiche annuirono. Accanto a lei c'era Azzurra, vestita in modo più confortevole, con un paio di jeans, canotta e scarpe da ginnastica. Dio, quanto le faceva invidia il suo fisico scolpito! A quarantatré anni non aveva un grammo di grasso in più!

«E tu, Azzurra? Come va con Alessandro?» domandò Ginny, prendendo il menu e aprendolo sulla tavola.

Azzurra si irrigidì all'istante. Quando si trattava di Alessandro, si chiudeva e trovava difficile esprimere a parole quello che sentiva. Azzurra era la sola delle quattro che non si era mai sposata e che non aveva mai avuto una convivenza. Anche lei come Ginny non aveva figli, non che li avesse mai desiderati o che avesse mai anelato ad avere un vero rapporto; eppure ora percepiva che mancava qualcosa nella sua vita, una mancanza che aveva cominciato a pesarle. Non se n'era mai andata dalla casa dei genitori, come se un incantesimo l'avesse intrappolata nel ruolo di figlia per sempre. Purtroppo, non era mai arrivato nessun Principe Azzurro a rompere quel maleficio. Per dieci anni era stata l'amante di un uomo sposato, Gianmaria, tra alti e bassi, tra continui tira e molla, finché lui si era separato. Azzurra aveva sperato che lei e Gianmaria avrebbero potuto coronare il tanto sospirato sogno d'amore, ma lui le aveva voltato le spalle e, senza alcuna spiegazione, l'aveva lasciata e si era messo con una donna più giovane di lui di quindici anni. Per Azzurra era stato devastante e aveva passato un momento in cui aveva smesso di lavorare, di mangiare, di uscire, di vivere insomma. Era stata la presenza delle amiche, in particolare di Tilly, che l'aveva risollevata e spinta a riprendere da dove aveva interrotto.

«Non c'è molto da dire», si limitò a dire.

«Vi siete parlati? Vi siete detti quello che provate l'uno per l'altra?» insistette Ginny.

«No, ci siamo visti per un caffè, ma abbiamo parlato di altro.»

Alessandro era entrato nella vita di Azzurra il febbraio precedente. Si erano conosciuti a un corso di PNL al quale lei si era iscritta. Lui faceva parte dello staff commerciale e tra di loro l'attrazione era stata immediata. Per i quattro mesi seguenti si erano scritti e avevano flirtato con chat focose. Ma il tutto si era fermato a qualche bacio nascosti dietro un paravento di uno dei caffè veronesi. Azzurra non sapeva cosa pensare, non le era mai successo che un uomo non volesse portarla a letto, perlomeno con Gianmaria era stato così. Così, piano piano, si era allontanata da Alessandro, scrivendo sempre meno e dileguandosi alle sue richieste di sesso online.

Ginevra stava per dire altro quando Tilly intervenne a favore dell'amica.

«Ginny, lasciamo perdere anche Alessandro per oggi. Dicci piuttosto di te, come va con Armando?»

«Armando? Chi è Armando?»

«Come chi è? Il tuo uomo, no?» la prese in giro Tilly. «Non ti ricordi nemmeno più il suo nome?»

Ginny sussultò. Doveva stare attenta a tenere le fila delle sue bugie.

«Oh, sì, certo, ero così concentrata sulle vostre storie, o meglio non storie, che mi ero quasi scordata di Armando… Armando, certo…»

«Simpatica come sempre, Ginny», esclamò Swami che, arrivata in quel momento alle sue spalle, aveva assistito a tutta la conversazione.

Ginny trasalì e si voltò a guardare la sua rivale in amore, mentre Azzurra e Tilly si alzavano per abbracciare la ritardataria. Non poté provare un moto di delusione nel constatare che con lei non l'avevano fatto. Swami le mandò un bacio con la mano e si sedette accanto a Tilly proprio di fronte a lei. Da dopo la gravidanza, l'indiana era diventata ancora più bella e per certi versi anche più sofisticata tanto da attirare ancora gli sguardi della fauna maschile. Anche in quel momento, Ginevra si era resa conto che alcuni uomini nel ristorante si erano voltati a guardarla non appena era arrivata.

Guardando le sue amiche, dovette ammettere che tutte loro avevano conservato la loro bellezza, cristalli che si erano un po' incrinati, scheggiati e impolverati, con l'andare del tempo, ma pur sempre intatti. Quanto a lei, quell'avvenenza, quella bellezza che l'aveva sempre contraddistinta e che l'aveva fatta sentire la punta di diamante del quartetto, si era spenta e aveva preso le ali. Il viso era ancora molto bello con i suoi occhi azzurri e la dolcezza che lo contraddistingueva, in antitesi con il fuoco che si animava dentro di lei. Il corpo invece si era appesantito di anno in anno sempre di più, dapprima con il matrimonio e poi ora con Gabriele.

«Allora, Ginny, come va con il tuo uomo?» chiese Swami, mentre Azzurra ordinava un bicchiere di spritz per tutte e quattro.

"Vecchia strega", avrebbe voluto dirle, "lo so che mi odi perché secondo te sono una rovina famiglie!" Ma si trattenne e sorrise.

«Direi, molto bene, a breve lascerà la moglie.»

Swami fece una risata sarcastica. «È mesi che sentiamo dire che divorzierà, o sbaglio, ragazze?» Guardò le altre per avere conferma delle sue parole.

Ginny poteva sentire la vena sul collo pulsare. Doveva calmarsi. Chiuse gli occhi e immaginò di trovarsi all'interno di una bolla dove niente e nessuno potesse disturbare la sua quiete.

«Be', non è semplice», intervenne Azzurra in difesa di Ginny. «Ci sono passata anch'io e non è sempre automatico. Sì, insomma, gli uomini sposati fanno fatica a prendere una decisione netta.»

«Concordo», disse Ginny, «ma ti ricordo che Gianmaria si è poi separato, quindi è un'opzione possibile per tutti.»

Azzurra sorrise, un sorriso amaro. «Sì, l'ha fatto, peccato che però si sia messo con un'altra.»

Un alone di tristezza calò sul gruppetto. Una coperta fatta di amarezza, tempo perduto e rimpianti le avvolse, quasi cullandole.

«Ragazze, cosa ne dite se cambiamo argomento? Io e Azzurra abbiamo una novità», se ne uscì Tilly.

Ginny e Swami guardarono le amiche che sorridevano enigmatiche e complici.

«Tu sai di cosa si tratta?» domandò Swami a Ginny.

Ginny scosse la testa.

«Quindi voi due avete complottato alle nostre spalle», esclamò Ginny a quel punto, incerta se essere contenta o preoccupata. Per quanto volesse bene alle sue amiche, Tilly e Azzurra erano delle sognatrici e, tutte le volte che avevano un'idea folle, una di loro finiva invariabilmente nei guai.

«Dateci un indizio», le supplicò.

«Non avete bisogno di indizi, ve lo stiamo dicendo ora», replicò Tilly categorica. Si voltò verso Azzurra e disse: «Sei pronta?»

«Prontissima!»

«Allora, ragazze», cominciò Tilly, «ricordate cosa ci siamo promesse fin da quando eravamo bambine?»

«Che saremmo state felici?» rispose asciutta Swami.

«E poi?»

«Che avremmo lasciato Bardolino e che saremmo diventate famose?» disse Ginny

Azzurra sospirò.

«Volete cercare per favore di prenderci sul serio per un minuto?»

«Ditelo voi, allora», sbuffò l'indiana. «A me non viene in mente.»

«Neanche a me», disse Ginny, che per una volta si trovava d'accordo con la moglie di Gabriele.

«Dicevamo che avremmo aperto un'attività insieme. Be', quel momento è arrivato», esclamò Tilly.

Ginny e Swami la fissarono, perplesse.

«Credi che sia il momento per aprire una nuova attività? Con la crisi che c'è?» la rimbeccò Ginny.

«Che c'entra la crisi? C'è sempre. Se dovessimo aspettare il momento perfetto, non lo troveremmo mai. Io e Azzurra abbiamo avuto un'idea.» Tilly fece una pausa a effetto, poi annunciò: «Vogliamo aprire un *Café Couture*, un posto dove le donne possano venire e rammendare i propri lavori, creare i propri vestiti. Abbiamo pensato di mettere una decina di macchine da cucire Singer, con un angolo per il bar dove potersi fermare a mangiare qualcosa.»

«Abbiamo pensato anche a una stanza dove chi vuole può fare yoga. Al bar potrebbero ordinare frullati, frappé, piatti equilibrati e salutari», elencò Azzurra.

«E volete farlo a Bardolino? Un luogo pieno di negozi e che lavora solo nei mesi estivi?» chiese Ginny, scettica.

«Certo», confermò Tilly. «Devi ammettere che è un'idea originale.»

«Lo è, ma quante donne, al giorno d'oggi, sanno usare una macchina da cucire?» si intromise Swami.

«Abbiamo fatto un'indagine di mercato e vi assicuriamo che sono tante», rispose Azzurra.

«State dicendo sul serio, dunque», disse ancora Ginny.

Tilly e Azzurra annuirono.

«Ginny, ci serve la tua competenza amministrativa per gestire l'attività. Dopotutto, sei in attività con tuo padre», disse Tilly.

«Vi rendete conto che aprire questo negozio è molto impegnativo? Dovremmo assumere un consulente, redigere un progetto finanziario, fare delle proiezioni dei costi. Avviare un'attività così articolata è un'operazione complessa, non è da prendere sotto gamba.»

«Impegnativo o no, possiamo farlo», insistette Tilly. «Io ho dei soldi da parte per versare la caparra per la sede.»

«E io per acquistare le attrezzature», disse Azzurra.

«Io posso investire e anche molto. In più ci metterò il mio tempo e la mia competenza come cuoca e nutrizionista», aggiunse Swami.

«Allora, cosa ne dici, Ginny? Sei dei nostri?» la incalzò Tilly.

«Tu perché lo faresti?» domandò Ginny alla moglie del suo amante. «Hai già un tuo ristorante, anzi più di uno, visto anche quello sulla Costiera Amalfitana., Qual è la motivazione che ti spinge a investire in questo lavoro?»

Swami esitò e poi confessò: «La verità è che mi serve un incentivo, un'emozione in questo momento della mia vita. Sono sempre occupata con Andrea e ho poco tempo per me, so che ho il ristorante in fondo alla passeggiata, ma per quello ho già i miei collaboratori fidati e sembra quasi che la mia presenza sia superflua. Perciò mi farebbe piacere ricominciare con qualcosa di nuovo. Potrei addirittura organizzare dei corsi di cucina.»

«Vedi? Ginny, sei l'unica a essere titubante», disse Azzurra. «Dai, Ginny. Prima di rifiutare, almeno vieni a vedere l'edificio. Non devi decidere subito, hai tutto il tempo per riflettere. Non essere troppo prudente come al solito, però.»

«Non sono troppo prudente», protestò l'altra, pensosa. "Dio solo sa quanto avrei bisogno di dedicarmi a qualcosa che mi appassioni". Dopo anni di suppliche, finalmente il padre l'aveva fatta diventare socia della sanitaria. Non amava il lavoro, ma lo stipendio era buono, le permetteva di vivere bene e di potersi permettere una vita agiata. L'idea delle amiche la stuzzicava e anche molto, non appena Tilly le aveva detto che avrebbe potuto tenere i suoi corsi di yoga e di pilates, aveva sentito una scintilla accendersi dentro di lei. Il problema era un altro, pensò, indirizzando un'occhiata all'indiana. Come avrebbe fatto a continuare a lavorare con tutte loro una volta che Gabriele avesse sganciato la bomba e loro due avessero cominciato a portare alla luce la loro storia? Provò a dirsi che di sicuro, dopo un primo periodo difficile, i rapporti si sarebbero sistemati da soli e tutti avrebbero potuto continuare a convivere. Era una possibilità, no? *No, non c'è alcuna possibilità*, la mise in guardia la sua coscienza.

«Ma che dici? Non fai un passo senza valutare i milioni di miliardi di possibili rischi», rise Tilly. «Però ti vogliamo bene lo stesso.»

«Voglio insegnare alle donne che è possibile mangiare con gusto, preparare cibi gustosi senza dover annegare nei grassi», dichiarò Swami che ormai era partita per la tangente.

Azzurra sorrise e batté le mani. «Sì, sarebbe bellissimo.»

«Non perdiamoci nei dettagli», disse Tilly. «Abbiamo trovato un fabbricato vicino alla chiesa di San Severo che sarebbe perfetto per quello che abbiamo in mente. Vorrei che andassimo a dargli un'occhiata insieme, anche dopo il nostro pranzo, se siete libere. Per me e per Azzurra è stato un colpo di fulmine, ma ci teniamo ad avere la vostra opinione. Verrai, Ginny?»

«Va bene, verrò a vederlo», disse Ginny.

«Per me è okay», disse Swami.

«Perfetto, ora mangiamo, non vedo l'ora di mostrarvi il posto.»

CAPITOLO 13

La casa in stile rustico si trovava di fronte alla chiesa di San Severo, la cui torre merlata svettava alta nel cielo. Ginny aveva sempre amato quella zona, fin da giovane, perché era tranquilla, lontana dal caos delle stradine del centro e del lungolago. Nelle immediate vicinanze c'era anche un ristorante di sushi, di quelli con la scritta "All you can eat", che aveva aperto una decina di anni prima e che era sempre pieno di villeggianti e di qualche compaesano. Un po' più in là, lungo la strada che portava al centro, si trovavano un negozio di lampade e uno di souvenir.

L'edificio aveva la facciata in pietra, le imposte verdi erano sghembe e con la vernice scrostata, il pergolato della veranda fatto di legno e paglia era completamente distrutto, e la porta d'ingresso era marcia. Ginny ricordava vagamente la casa com'era quando erano vivi i proprietari, gli anziani signori Ederle. Era una casetta graziosa e ordinata, con vasi di gerani fucsia e rossi alle finestre, il rampicante di rose bianche e di clemantis viola sul pergolato, gli scuri dipinti di un bel verde bottiglia brillante e la porta con il battente dorato sempre ben lucidato.

La signora Ederle trascorreva i pomeriggi seduta fuori dall'abitazione e invitava chiunque passasse di lì a fermarsi da lei per fare quattro chiacchiere bevendo la sua famosa limonata. Diverse volte Ginny aveva accompagnato la nonna a far visita all'arzilla vecchietta, sbocconcellando un biscotto mentre le due donne conversavano.

Negli anni Bardolino era cambiata, ma Ginny aveva assorbito l'amore di sua nonna per quella che una volta era una quieta cittadina, con le sue acque verde scuro, le anatrelle e i cigni. Sebbene anche lei appartenesse a quel gruppo di giovani che si erano trasferiti nella città veronese in cerca di ambienti più ricchi di opportunità e stimoli, Ginny aveva lasciato il cuore in quel luogo magico e pieno di fascino.

«Quanti ricordi...», sospirò Ginny. «È un vero peccato che i figli degli Ederle non abbiano curato la casa e abbiano lasciato che si riducesse in questo modo.»

«Peggio per loro, meglio per noi», sentenziò Tilly. «L'hanno messa in vendita per pochi spiccioli.»

«Immagino. Guarda com'è ridotta», rabbrividì Ginny. «Non oso pensare a quello che troveremo dentro.»

Azzurra sorrise. «C'era di tutto e di più quando siamo andate a vederla io e Tilly, ma abbiamo espressamente chiesto all'agente immobiliare che fosse data una ripulita. Quindi, non c'è niente, neanche una mosca.»

«Siete sicure?» domandò Swami.

«Certo, tesoro», rispose l'illustratrice. «Sappiamo che hai il terrore di ragni e topi. È per questo che abbiamo chiesto di sgomberare tutto. Ti senti più tranquilla, ora? Vogliamo entrare?»

«Forza, Swami, di certo nessun scarafaggio ti mangerà», la derise Ginny.

«Sempre simpatica, Ginny. Va bene, entriamo», acconsentì l'indiana con riluttanza.

Tilly mise la chiave nella toppa e aprì la porta che cigolò sui cardini. Una volta varcata la soglia, Ginny cominciò a sentire serpeggiare nelle sue vene una strana eccitazione. Anche il poco sole che filtrava dalle imposte faceva risplendere il pavimento in cotto pulito da poco.

Le stanze al pianterreno erano ampie e ben illuminate. Non era difficile immaginare le pareti dipinte di un bel pesca, molto luminoso, con il parquet in legno chiaro.

La sala da pranzo dava sul retro della villetta. Dalla portafinestra si vedeva il giardino. Sarebbe stato bello mettere una grande vetrata e sistemare i tappetini per lo yoga in direzione della piccola oasi verde che avrebbero potuto trasformare addirittura in serra. L'illusione di trovarsi all'aperto avrebbe dato un'impressione di serenità alle clienti, pensò Ginny.

Tilly prese la mano a lei e a Swami e le trascinò in cucina.

«Che ne dite? Che ne dici, Swami?» chiese con entusiasmo.

«La stanza è enorme, anche se i pensili e gli elettrodomestici sono vecchissimi e malandati. Sto già immaginando cosa ne potremo fare!» esclamò Swami.

«Hai già cambiato idea, vero? Stai già pensando di portare i piatti grassi che cucini nel tuo ristorante! Ma non è questo lo spirito che vogliamo passare alle nostre donne», le disse Ginny.

«La cucina indiana non è grassa, Ginny, o almeno non tutta. Nel mio ristornate faccio delle pietanze salutari e di altro e alto livello, comunque. E poi, no, non ho cambiato idea, se tu mi avessi lasciato continuare, ti sarebbe stato chiaro quello che intendevo, e cioè che potrei cucinare cibi salutari e in linea con i desideri del mondo femminile. Potremmo mettere un bancone e dei tavolini e butterei giù le pareti per farne un unico spazio con la stanza del cucito.»

«E la cucina?» domandò Tilly.

«Potremmo farla al piano di sopra e creare la zona pranzo sulla terrazza. Se non ricordo male quella terrazza ha una vista lago spettacolare.»

Tilly batté le mani, emozionata. «Grandissima idea, Swami. Andiamo a vedere.» Si incamminò fuori dalla stanza e su per le scale che portavano al piano di sopra.

Ginny e la rivale rimasero da sole.

«Come vanno le cose a casa?» chiese Ginny.

L'amica si irrigidì impercettibilmente, ma si costrinse a mantenere il controllo. «Benissimo. Ieri sera io, Gabriele e il bambino siamo andati al compleanno di Thomas, un nostro amico della montagna con cui Gabriele va ad arrampicare ogni tanto. Vuoi vedere le foto?»

Ginny sentì un bruciore fortissimo allo stomaco. Altro che impegno di lavoro! Ecco perché Gabriele aveva rimandato la loro cena! Per andare al compleanno di questo Thomas con Swami e il loro figlio. Bastardo! Imprecò a denti stretti, mentre l'amica estraeva il cellulare e le mostrava le foto della serata. In tutte, Gabriele era sorridente al fianco della moglie, il braccio attorno alla sua vita e il bambino in braccio.

«Siamo una bella famiglia, non credi?» disse Swami, sorridendo all'immagine sul cellulare.

Un silenzio carico di tensione seguì le sue parole, ma l'indiana parve non notarlo.

«Ragazze, cosa state facendo? Sono qui che vi aspetto!» La voce di Tilly dal ballatoio del secondo piano spezzò la loro incomunicabilità del momento.

«Arriviamo!» urlò Swami, avvicinandosi alla porta. «Ah, Ginny, a proposito di cibi salutari, farebbero bene anche a te: negli ultimi tempi, ti trovo un po'...», fece una pausa, «come dire, appesantita», e sorridendo lasciò la stanza senza nemmeno aspettare la risposta dell'amica.

Maledetta! Imprecò l'altra. *Ridi pure per ora, ma alla fine sarò io a ridere.*

Malvolentieri raggiunse Tilly, Azzurra e Swami al piano di sopra. Swami stava dicendo: «Qui farei la cucina e metterei un vetro affinché le clienti possano vedermi cucinare. L'idea è che le donne vengano qui con le amiche, facciano yoga o pilates e poi si siedano là fuori a mangiare qualcosa e a rilassarsi guardando il panorama mentre mangiano un'insalata o un piatto vegano e bevono un centrifugato o uno smoothie. Avete idea di come si risolleverebbe l'umore?»

«E con le nostre collezioni, potremmo addirittura offrire un servizio di personal stylist, io mi offro», disse Azzurra, alzando la mano.

«È un programma allettante per chi ha molto tempo a disposizione e per chi ha tanto denaro da spendere», osservò Ginny. «Non per fare l'avvocato del diavolo, ma prima di imbarcarci in un'impresa del genere dovremmo pensare bene al target che vogliamo attirare: vogliamo un target di nicchia o vogliamo prendere una grande fetta del genere femminile?»

«Ci abbiamo pensato, non credere», replicò Tilly. «Per quanto riguarda il lavoro mio e di Azzurra, potremmo fare dei corsi di cucito per le clienti. Per te e Swami, potreste offrire dei pacchetti per chi vuole coccolarsi o mettersi in forma, ma anche proporre una lezione di pilates o di yoga unita a un pranzo veloce per chi vuole sfruttare l'ora di pausa pranzo.»

Ginny la guardò con sorpresa. Tilly aveva davvero una risposta a tutto.

«Ci tieni proprio tanto, eh? Hai pensato a ogni cosa nei minimi dettagli.»

Tilly scrollò le spalle. «Cosa vuoi che ti dica, sento che è arrivato il momento di dare una svolta alla mia vita e ho pensato di partire dalla mia realizzazione professionale. Il resto verrà da sé.»

«La penso allo stesso modo», annuì Azzurra. «Sento anch'io questa spinta a lasciare un segno, il mio segno, nel mondo. Sono stanca di essere la figlia di mia madre, io voglio essere Azzurra l'imprenditrice.»

«Esatto», le diede man forte Tilly. «Persino mio figlio smetterebbe di fare battute cattive sul mio lavoro.»

«Che cos'ha che non va?» protestò Ginny a quel punto, indignata.

«Oh, be', lo sai com'è Mattia quando si arrabbia. Dice che non ho combinato granché nella vita.»

«Non è vero! E tu comunque non dovresti permettergli di dirti quelle cattiverie.»

«Be', non ha tutti i torti», sospirò Tilly. «Rispetto ai grandi sogni che avevo da ragazza, direi che non ne ho esaudito neanche uno, lavorativamente parlando.»

Azzurra la guardò con complicità. «So come ti senti, tesoro, ma non badare a quello che ti dice Mattia, lo sai che ti vuole bene, è soltanto un ragazzo arrabbiato, ma non le pensa per davvero quelle cose.»

«Sì, lo è. Arrabbiato, intendo. È un periodo difficile e particolare per lui, è pieno di dubbi e insicurezze sul suo futuro ed è più facile per lui prendersela con me.»

«È quello che mi aspetterà con Andrea?» se ne uscì Swami.

Ginny la fulminò con lo sguardo. Come al solito Swami non riusciva a capire quando fosse il momento di chiudersi la bocca e finiva per mancare di tatto.

«No, tranquilla, suo fratello non è affatto così», le disse Tilly.

«Passerà, Tilly», la tranquillizzò Ginny.

L'amica annuì, ma sembrava che l'atmosfera si fosse in qualche modo rovinata.

«Va bene, ora possiamo tornare a concentrarci sul posto?» disse Azzurra, impaziente e sbrigativa. «Ginny, Swami, ora che avete visto la casa, che ne pensate?»

«Per quanto mi riguarda, vi riconfermo la mia disponibilità e la mia adesione all'impresa», confermò Swami.

«Penso che sia un progetto ambizioso», rispose Ginny, circospetta.

«Non per noi», replicò Tilly. «Possiamo farcela, Ginny. Ricordi quanto brillavamo alle superiori? Ci invidiavano tutti per come e quanto eravamo unite. Dimostriamo al mondo che lo siamo ancora e che possiamo spaccare il mondo.»

Azzurra e Swami fecero segno di sì con la testa.

«Magari voi due», disse Ginny, indicando Azzurra e Tilly, «non siete soddisfatte dei risultati che avete ottenuto, come avete detto, nessuna di voi ha realizzato quello che si era prefissata, ma io…»

«Tu sì, invece?» intervenne l'indiana. «Se non ricordo male, a quest'ora dovresti essere all'altro capo del mondo e a capo di un team di biologi super famosi.»

Ginny incrociò le braccia al petto, il voltò le diventò paonazzo. «Hai ragione, Swami, non lo sono diventata, ma non perché non ci sia riuscita, semplicemente perché ho cambiato prospettiva. Ho preferito prendere un diploma in naturopatia e dedicarmi alla mia crescita spirituale. Tornando a noi», sospirò, ansiosa di lasciar cadere il discorso per non litigare con la moglie del suo amante, «la vostra idea richiede un impegno costante e tempo a disposizione che potrei non avere. Ho il lavoro alla sanitaria e le mie lezioni di pilates. Inoltre, tra un po', l'uomo di cui sono innamorata verrà a vivere con me e vorrei dedicarmi un po' a noi.»

«Lo capiamo, ma non vorresti dedicarti alla tua evoluzione spirituale h/24? Con noi lo potresti fare, Ginny. Puoi organizzarti il lavoro e gli orari come meglio credi. E poi ci vorrà comunque del tempo per sistemare il posto», disse Tilly.

«Mi era sembrato di capire che aveste fretta di concludere.»

«E l'abbiamo. Ieri io e Azzurra abbiamo firmato un'opzione di acquisto per la casa che scade fra un paio di settimane», le rivelò Tilly a quel punto.

«Allora datemi quindici giorni per decidermi.»

«Cos'è che saprai fra quindici giorni che non sai ora?» obiettò Swami.

«Avrò il tempo di elaborare la cosa, mettere giù un'analisi di mercato, fare delle proiezioni», le spiegò Ginny.

Tilly sorrise, trionfante.

«Allora sei dei nostri, mi pare di capire.»

«Più o meno. E poi voglio vedere se riesco a organizzarmi con il lavoro alla sanitaria, se magari papà può liquidare una parte delle mie quote societarie. In questo modo, avrei anche del denaro per poter investire nella nostra attività.»

«Alleluia!» esclamò Azzurra, chiaramente entusiasta.

«Non ho ancora detto di sì. Vi prego, datemi quei quindici giorni, dopotutto sono solo quindici giorni, cosa vi chiedo?»

Le amiche si scambiarono un'occhiata perplessa.

«Va bene», acconsentì Tilly. «Tanto tra una settimana al massimo sarai già pronta a buttarti nell'impresa con noi.»

«Come mai sei così sicura?»

«Perché ti conosco e so che anche tu vuoi un posto tutto tuo dove poterti esprimere al meglio. Però capisco che devi prenderti del tempo per decidere dopo averci ragionato sopra.»

«Ti ringrazio.» Abbracciò le amiche e cominciò a scendere le scale a passo svelto. «Vi chiamerò presto. Ora devo andare, il lavoro mi reclama. Buona giornata, ragazze.» E, andando via, giurò a se stessa che non avrebbe dato la decisione alle sue amiche un solo minuto prima della scadenza dei quindici giorni.

CAPITOLO 14

Gabriele non riusciva a credere di essere finito in una situazione così pesante: Ginny stava diventando troppo pressante con le sue continue richieste, questo suo comportamento lo stava portando quasi a desiderare di prendersi una pausa da lei.

Si conoscevano dall'ultimo anno delle superiori, quando lui e la madre si erano trasferiti da Lucca dopo il divorzio dei suoi. Ginny era stata la prima con cui aveva legato, si erano conosciuti a scuola e lui si era subito sentito attratto dalla sua allure, da quel suo esser dolce e grintosa allo stesso tempo. Quello che lo aveva fatto capitolare era che con lei non sapevi mai cosa aspettarti: delle volte poteva essere la dolce Candy Candy e delle altre Wonder Woman, un connubio che lo eccitava e spiazzava e che gli faceva desiderare di scoprire tutto di lei.

Era stata lei a introdurlo nel suo giro di amicizie e doveva a lei se era riuscito a superare la separazione dei suoi. Senza di lei non ce l'avrebbe fatta. Vedere sua madre soffrire così tanto dopo che il padre li aveva abbandonati per un'altra donna, lo aveva fatto impazzire e chiudere i rapporti con lui.

Aveva amato Ginny dal profondo del cuore per quei cinque anni e pensava che sarebbe stato per sempre. Ma poi lei era andata a studiare a Parma e lui invece non solo aveva fallito l'ammissione a Harvard, ma era entrato in crisi, si era preso un anno sabbatico e alla fine era rimasto a Verona e si era iscritto a Giurisprudenza. E per un po' le cose tra lui e Gin erano andate bene, si scrivevano, si telefonavano e si vedevano non appena potevano. Ma poi suo padre era morto e lui era finito in depressione di nuovo. Ginny non c'era, sempre così impegnata con la sua nova vita universitaria, fatta di convivenza con le amiche nell'appartamento che aveva trovato in affitto, serate nei pub, lezioni all'università, tutte cose che la tenevano distante anche in quei weekend in cui sarebbe dovuta tornare a casa. E lui si era sentito solo, molto solo. Perso addirittura e se non fosse stato per Swami non ce l'avrebbe fatta.

Era stata lei a tirarlo fuori dal baratro in cui era sprofondato. Era stata lei a insistere perché riprendesse in mano gli studi che aveva deciso di abbandonare e ad aiutarlo poi a laurearsi. Ed era sempre stata lei a stargli accanto quando tutto sembrava sfuggirgli di mano.

Quando si erano conosciuti, Swami non l'aveva particolarmente colpito, ma quella primavera quando l'aveva rivista dopo che aveva fatto rientro da Parigi dove aveva studiato per quattro anni Nouvelle Cuisine e lavorato con i migliori chef, l'aveva trovata cambiata. Era fiorita ed esplosa in tutta la sua bellezza. La sua bellezza asiatica era come malvasia, un dolce succo che attirava come fuchi la fauna maschile. Era diventata sofisticata, attraente, sensuale come se la capitale parigina le avesse impresso il suo marchio indelebile di "grandeur".

Si erano avvicinati come due naufraghi che avevano trovato lo stesso salvagente a cui aggrapparsi. Swami aveva il cuore spezzato per Fabien, il suo capo chef che l'aveva tradita con la nuova responsabile di sala del locale in cui lavorava, e Gabriele proveniva dal lutto per la morte del padre. Era bastato quel grande grande vuoto ad accomunarli. Gabriele aveva il suo, di vuoto, uno spazio nero e profondo che si era ingrandito con la dipartita del genitore ma che si era fatto strada piano piano dentro di lui dopo che il padre e la madre avevano divorziato. Non aveva mai accettato la loro separazione, per lui la famiglia era tutto, nel bene e nel male, era convinto che si dovesse tenere duro e andare avanti sempre. Per i suoi genitori non era stato così, o meglio per il padre, che una mattina aveva preparato la valigia, lo aveva preso in disparte e gli aveva annunciato che non sarebbe più tornato a casa. Il diciottenne Gabriele avrebbe dovuto comprendere, per l'età che aveva, ma era stata proprio quell'età, quella maturità che lo avevano invece portato a parteggiare per le lacrime che la madre stava versando sul letto, chiusa in camera. Non aveva perdonato colui che fino ad allora era stato il suo eroe, il suo idolo, l'esempio da seguire, e si era visto costretto a prendere le parti della madre, che da quel momento in poi non si era risparmiata di parlare male dell'ex marito. Il loro legame ne aveva fatto le spese, Gabriele aveva eretto un muro e non gli aveva più permesso di avvicinarsi. I loro rapporti erano diventati sempre più sporadici: qualche settimana durante le vacanze estive, nelle quali limitava al minimo le loro conversazioni, e poi qualche compleanno, telefonate poche, fino al completo allontanamento nell'età adulta.

Quando il padre era morto, Gabriele aveva ventidue anni e la sua vita aveva subito una battuta d'arresto, come se il suo mondo interiore si fosse frammentato in tanti piccoli pezzi che si erano sparsi dentro di lui senza riuscire a trovare il quadro perfetto. Galleggiavano qui e là all'interno del suo corpo, ogni tanto si avvicinavano e si univano, senza mai riuscire a trovare una loro collocazione. Se avesse dovuto dare un nome al risultato che si creava dopo la loro unione, Gabriele avrebbe detto che assomigliavano molto ai quadri di Picasso.

Swami era arrivata in quel momento, quando entrambi avevano bisogno di riscattarsi, di dire a loro stessi che tutto era ancora possibile. Swami gli era stata vicina e lui aveva fatto lo stesso con lei. Giorno dopo giorno, Swami, che si era dichiarata decisa a non lasciarsi più avvicinare da nessun uomo, si era aperta di nuovo e lo aveva fatto grazie a lui. Gabriele, dal canto suo, si era lasciato affascinare dalla delicatezza di lei, dalla sua solarità e positività. Non c'era voluto molto affinché si innamorasse di lei. La parte più difficile era stato chiudere Ginny. Ma a quel punto non gli si sarebbe stato più possibile tornare indietro. Lui e Swami erano legati a doppio filo, e delle volte nemmeno riusciva a capire il perché, ma sentiva che gli sarebbe stato difficile separarsi da lei. E le cose erano andate bene per un po', almeno fino a quando avevano deciso che era arrivato il momento di mettere su famiglia.

Swami era impaziente di avere un figlio, le lancette dell'orologio biologico erano diventate per lei come un martello pneumatico che non le dava tregua. Doveva avere un figlio a tutti i costi, incluso quello di rovinare la loro relazione. E alla fine aveva ottenuto entrambe le cose: era rimasta incinta e aveva quasi distrutto il loro rapporto.

Gabriele non desiderava ardentemente un figlio: se accadeva, bene, altrimenti non era fondamentale per lui diventare papà. Ma per lei tutto questo era intollerabile, ai suoi occhi la vita era fatta di tappe: diploma, laurea, matrimonio e figli. Per lui e Swami, il figlio era arrivato a quarant'anni suonati, ma non aveva importanza, l'importante era esserci riusciti. Purtroppo, da quando era nato Andrea, lui si era sentito sempre più escluso dalla vita della sua dolce metà e, malgrado avesse provato a far funzionare le cose, non andava bene per niente. Lui si sentiva troppo vecchio per fare il papà. Non lo era anagraficamente, a quarant'anni l'uomo era ancora nel pieno della giovinezza, ma non per lui. La sera, quando rientrava dal lavoro, era stanco e spesso di malumore, e Andrea succhiava tutte le sue energie. Era un bambino vivace che necessitava di continue attenzioni e lui si stancava con molta rapidità e aveva sempre la sensazione che Swami lo trattasse più come un babysitter che come un padre.

La cosa peggiore poi era che Swami non lo eccitava più, non gli dava più brividi e per lui era diventato un problema. Era per questo che si era iscritto su Tinder, aveva bisogno di emozioni, di sentirsi sempre sulle montagne russe all'interno di una relazione, altrimenti si sarebbe stancato e annoiato.

Ginny era stata quella ventata di aria fresca di cui aveva bisogno. A livello comunicativo si erano sempre capiti ed era stato facile ritrovare quella loro sintonia. Sessualmente, lei era una bomba, non aveva mai incontrato una donna così fantasiosa e trasgressiva come lei. Quando erano giovani, Ginny non era così, era sempre stato molto bello fare l'amore con lei, ma mai come ora. Lui era curioso di sapere, ma soprattutto voleva sapere se fosse stato il suo ex marito a operare il cambiamento in lei.

«Posso farti una domanda?» le aveva chiesto una sera dopo l'amore.

«Certo, spara.»

«Dove hai imparato tutte quelle cose?»

«Per quelle cose intendi le mie arti amatorie?» Aveva riso di lui, Ginny. Del suo sentirsi imbarazzato.

Aveva annuito.

«Ho seguito dei corsi di Tantra. Sai cos'è?»

«Più o meno.» Poi si era messo sopra di lei e aveva mormorato. «Vuoi spiegarmi meglio nei fatti?»

L'unico neo, almeno negli ultimi tempi, era la continua pressione a cui lo stava sottoponendo. Com'era accaduto l'altro giorno, dopo che lui aveva annullato la loro cena, ma non si ricordava nemmeno più del compleanno di Thomas e del fatto che lui avesse invitato alla sua festa sia lui che Swami. Non avrebbe mai potuto dire a Swami che non poteva andare per un imprevisto sul lavoro, non gli avrebbe mai creduto, soprattutto ora che era diventata paranoica e attenta a ogni suo movimento. Sua moglie aveva cominciato ad avere dei sospetti: quando lui era al telefono, lo controllava con la coda dell'occhio di continuo e, quando lui poggiava il telefono sul divano o sul tavolo, lei vi si aggirava intorno come una iena famelica. Era per questo che la chat di Ginny riportava il nome di un uomo: Armando! Doveva fare più attenzione, non era pronto a dire a Swami che aveva una relazione con un'altra donna, a maggior ragione visto che questa donna era Ginny, e poi non era sicuro di voler metter fine al suo matrimonio. Non voleva che un domani Andrea pensasse che si era comportato come suo padre aveva fatto con lui.

Parcheggiò sotto casa e si prese qualche minuto per chiamare Ginny. Sapeva che avrebbe voluto parlare e parlare e parlare… Ginny riteneva che soltanto attraverso la comunicazione si potessero risolvere i problemi. Lui non amava affrontare le situazioni e spesso le rifuggiva perché sapeva che inesorabilmente portavano a screzi e difficoltà e preferiva, se possibile, navigare in acque tranquille.

Compose il numero e ascoltò il suono degli squilli che ben si accordava con quello del suo cuore: assordante, frastornante e allarmante.

«Gabriele», rispose l'amante.

Gabriele avvertì subito dalla voce che non sarebbe stato facile.

«Gin, tesoro, come stai?»

«Non sto molto bene. Ho visto tua moglie, oggi.»

Il cuore cominciò a battergli più velocemente. Swami non gli aveva detto nulla. Perché si erano viste? Ginny aveva forse spiattellato tutta la verità in faccia all'amica? Si era vendicata per la sera prima? Oppure Swami aveva scoperto che Ginny era la sua amante? Gabriele era un tipo sospettoso, lo era sempre stato, non si fidava degli altri e viveva sempre come se fosse un agente segreto in missione.

«Ah, sì?» cercò di simulare la sorpresa e di nascondere lo stordimento. «Com'è andata? Cosa avete fatto di bello?»

Dall'altra parte gli arrivò il silenzio.

Ecco, gliel'ha detto!

Ma, se così fosse stato, Swami gliene avrebbe cantate di tutti i colori! Non poteva essere. *Oppure sta aspettando che entri in casa per non darmi la possibilità di preparare una scusa plausibile. No, non è da Swami, lei è istintiva, sanguigna,* si disse. E allora perché diamine Ginny non rispondeva?

«Gin, ci sei?»

«Sì, certo, sono qui. Non eravamo sole, c'erano anche Azzurra e Tilly. Vogliamo aprire un'attività tutte e quattro insieme. Un caffè ristorante con annesse macchine da cucire dove le donne possano venire a cucirsi gli abiti e una zona per lo yoga e il pilates.»

«Oh, interessante. Swami non me ne ha parlato.»

«Non te ne può aver parlato perché l'ha saputo soltanto

oggi, proprio come me. Tilly e Azzurra hanno avuto l'idea, hanno anche già trovato il posto.»

«Ah, sì? E dove?»

«A Bardolino. Ricordi la casa degli Ederle?»

«Sì.»

«Ecco, lì. Ci sto facendo un pensiero. Tua moglie invece ha già accettato.»

«Bene.» Gabriele non sapeva cosa dire. «Immagino che me lo dirà.»

«Dove sei stato ieri sera che hai dovuto annullare il nostro appuntamento?»

«Te l'ho detto, un imprevisto sul lavoro.»

«Non è vero, mi hai mentito, ammettilo.»

«No.»

«Invece sì. Non hai il coraggio di dirmi la verità.»

«No, non ti nascondo niente!»

Gabriele sentì Ginny sospirare. «Gabriele, so benissimo che ieri sera sei andato con tua moglie e tuo figlio al compleanno di Thomas. Me l'ha detto Swami, e mi ha pure mostrato le foto. Sei molto felice in quegli scatti. Non mi sembri per niente l'uomo che ne ha fin sopra i capelli della moglie, come continui a dirmi.»

Gabriele si appoggiò allo schienale del sedile e chiuse gli occhi. "No, non sarebbe stato facile… per niente…"

«Gin, per favore… Non questa sera, non ancora…»

«Per favore *un cazzo*, Gabriele! Cosa credi che sia, una stupida? Cosa credi, di poter continuare a trattarmi così?»

«Non potevo non andarci, cerca di capire. Come avrei potuto giustificare la mia assenza? Swami si sarebbe insospettita.»

«Potevi dirmelo, no? Come sempre, ti sottrai alle tue responsabilità. Possiamo finirla con queste stronzate oppure devo vedere ancora a lungo uscite in famiglia? No, dimmi, perché almeno mi organizzo per rifarmi una vita. Non con te, naturalmente. Ma poi, scusami, il bambino non deve essere a letto per le otto di sera? Non è quello che Swami ha dettato in casa vostra? Andrea deve essere a letto entro le otto! E invece l'altra sera andava bene stare fuori fino a tardi. Cazzo, quella donna è la festa della contraddizione!»

Ginny era un fiume in piena e lui come sempre non sapeva come farvi fronte, come arginare tutta quell'acqua prorompente, dilagante e devastante.

«Comunque, Gabriele, sei la solita merda. Non dici le cose e lasci che le venga a scoprire. Peggiorando come al solito la situazione. Bravo! Non capisci e nemmeno impari dai tuoi errori. Persevera pure. Quando mi sono rotta i coglioni, ti do un bel calcio in culo così puoi sperimentare la bellezza della solitudine nella nuova casa che ti prenderai, sempre se avrai il coraggio di dire a tua moglie che non la vuoi più.»

Gabriele scosse la testa e strinse le mani sul voltante. Dio, delle volte Ginny lo faceva proprio imbestialire. Non ce la faceva più a tollerare i suoi insulti e le sue continue pressioni. Prima o poi, se non si fosse data un freno, sarebbe stato lui a darle un bel calcio nel culo!

«Sai cosa penso?» continuò l'amante. «Che benché sia tu che Swami siate infelici insieme, nessuno dei due vuole che nulla cambi. Siete il ritratto dell'ipocrisia. Mi dici un sacco di stronzate, mi prometti che farai cose e poi *puff*, niente di niente, anzi questo schifo, tu e lei, la bella famigliola felice. Mi hai deluso, Gabriele. Sappi, però, che non accetterò più cose di questo tipo, fai le tue valutazioni. Io non accetto più nulla. Inizia a dedicarmi dei weekend, oppure sei fuori dalla mia vita. E non ti sto facendo delle pressioni, è semplicemente un dato di fatto.»

«Era solo il compleanno di un amico, Gin. Perché te la prendi tanto? Ci ha invitati la sera e siamo passati. Una foto non vuol dire niente, dai. Siamo stati lì poco.»

«Perché me la prendo tanto, hai pure il coraggio di chiedermi? Perché devi cominciare a uscire con me, devi mettere uno stop a Swami. A proposito, ti fermi mercoledì oppure devi correre a casa come tutte le domeniche che vieni da me, mentre Swami è fuori a farsi i cazzi suoi? Puoi dedicarmi un giorno completo oppure devo sempre accontentarmi delle briciole? Dimmi, Gabriele!»

«Cercherò di fermarmi.» Gabriele era stufo, voleva riagganciare ed entrare in casa dove Andrea e Swami lo stavano di sicuro aspettando. Doveva mettere fine a quella telefonata prima che degenerasse ancora di più.

«L'ultima domenica che sei stato qui da me, mi avevi promesso che ti saresti fermato anche a cena», piagnucolò Ginny.

«Dai, tesoro, non fare così, non piangere. Quella domenica sono venuto molto presto. Ora cerca di stare tranquilla e guardati un bel film in tivù.»

«Un bel film in tivù? Ma sei impazzito? Tranquillizzarmi? Sono incazzata nera! Perché non mi hai detto che saresti andato al compleanno? Di sicuro lo sapevi da tempo.»

«Non ero sicuro di riuscire ad andarci con il lavoro», tentò di giustificarsi lui.

«Con il lavoro? Ti ricordo che io e te avevamo un appuntamento! Che cazzo dici! Tu dovevi venire da me, lo avevamo deciso, stabilito! E poi smettila, inventi sempre e solo scuse.»

Gabriele allontanò il telefono dall'orecchio e lo fissò, le urla di Ginny che gli arrivano da un posto lontano, molto lontano. Mise il pollice sull'immagine della cornetta rossa e la premette. Per quanto stentasse a credere di averlo fatto per davvero, le aveva chiuso il telefono in faccia, ora si sentiva più sollevato. Sapeva che poi ne avrebbe dovuto affrontare le conseguenze, ma quella era un'altra faccenda a cui avrebbe pensato domani. Ora voleva soltanto rientrare e non pensare più a niente: né a Ginny con le sue continue lamentele e rimostranze e tantomeno all'infelicità del suo matrimonio.

CAPITOLO 15

Ginny teneva ancora il telefono in mano. Non riusciva a credere che Gabriele avesse chiuso la comunicazione in quel modo. Sapeva che non era caduta la linea perché, da quando lui aveva riattaccato, lei aveva provato più e più volte di richiamarlo, ma le rimbalzava sempre lo stesso messaggio con quella voce metallica che, se avesse potuto, avrebbe ucciso: *il telefono della persona chiamata potrebbe essere spento.*

Bastardo!

Sentiva il respiro mozzarsi in gola, non riusciva a inspirare e a far circolare l'aria nei polmoni. Se non si fosse calmata, avrebbe avuto una crisi di panico, di sicuro. E non era proprio il caso che accadesse. Doveva fare qualcosa, altrimenti sarebbe diventata matta. *Potrei andare sotto casa sua e fare una piazzata*, si disse. *Potrei chiamare Swami e raccontarle ogni cosa. Potrei postare una nostra foto su Facebook*. Erano tutte ipotesi che le si affacciavano alla mente, ma che poi restavano sospese come tanti palloncini nell'aria. Palloncini che però lei non riusciva ad acchiappare. Eppure, era ormai allo stremo della pazienza e, se Gabriele non avesse cominciato a rigare dritto, qualcosa di molto spiacevole sarebbe accaduto, di questo era certa.

Meditò di mandargli un vocale, l'ennesimo "cazziatone" in quel lugubre periodo della loro relazione, ma poi decise che forse era meglio fare altro, quantomeno per cercare di ammansirsi e acquietarsi. Ma a essere sincera aveva bisogno di parlare con qualcuno e sfogarsi. Telefonò a Tilly, incrociando le dita.

«Ciao, Ginny, che succede?» disse l'amica, non appena sentì il suo tono agitato.

«Oh, ho litigato con Armando.» Si ricordò di cambiare il nome di Gabriele. Dio, quanto avrebbe voluto raccontare almeno a Tilly tutta la verità, di lei, di Gabriele, del casino che era diventata la sua vita nel dover continuare a fingere con tutte loro, nell'essere costretta a nascondere il suo amore al mondo. «Posso passare da te, Tilly? Ho bisogno di uscire di casa, altrimenti impazzisco.»

«Certo, vieni pure, ti aspetto, anzi, io e i ragazzi ti aspettiamo.»

Che Dio ti benedica, Tilly, avrebbe voluto urlare ma, per *bon ton*, si trattenne.

Anche Tilly, come lei, abitava a Verona, si era trasferita quando si era sposata e alla separazione aveva mantenuto la casa, visto che l'aveva ricevuta in regalo dal padre. Non appena entrò nell'abitazione dell'amica, sentì i figli di Tilly discutere: si stavano bonariamente insultando, mentre la loro madre cercava di farli smettere.

«Vieni, Ginny, non far caso a loro, sai come sono fatti», le disse Tilly con un sorriso stanco. Ginny conosceva la fatica dell'amica nel crescere due adolescenti tempestosi come Mattia e Nicola. Il suo ex marito non le era di molto aiuto, anzi per niente, né economicamente né emotivamente.

«Mattia, Nicola, ciao», disse lei, guardando i due ragazzi che si spintonavano, ridendo a crepapelle. Sapeva che, se lei e Tilly non li avessero fermati, quello che era cominciato come un gioco sarebbe finito in lite.

«Ragazzi, basta, forza, venite a tavola con me e Ginny. E cercate di comportarvi bene», disse loro la madre.

«Dai, Mattia, siedi qui vicino a me e raccontami qualcosa della tua vita amorosa.» Mattia era il minore tra i due, il più effervescente e il più vivace e il più interessato all'universo femminile.

«Mi leggi le carte, Ginny? Devo chiederti di tre ragazze.»

Ginny sorrise. «Addirittura tre! Prima mangiamo e poi te le faccio», gli rispose, posando lo zaino sulla poltroncina rossa all'entrata. La lettura dei tarocchi era la sua grande passione, lo faceva per diletto fin da quando era solo un'adolescente ed era ben disponibile con chi si rivolgeva a lei per avere un responso, che fosse di lavoro o d'amore.

Si sedettero tutti e quattro al lungo tavolo di legno scuro e iniziarono a mangiare. Tilly aveva preparato una torta salata di zucchine, filetto con patate in padella e insalata di pomodori. Ginny convogliò tutta la sua attenzione sui ragazzi e per un attimo le sembrò di poter quasi dimenticare quello che le aveva fatto Gabriele. Dopo la cena, prese le carte e le lesse a Mattia, mentre Tilly sistemava la tavola insieme a Nicola che brontolava perché secondo lui il fratello non faceva mai niente.

«Allora», le domandò l'amica una volta che i figli si erano ritirati nelle loro rispettive stanze. «Cos'è successo con Armando?»

«Mi ha sbattuto il telefono in faccia e poi lo ha spento.»

Tilly strabuzzò gli occhi. «Davvero? Come? Perché?»

«Stavamo litigando e io gli stavo facendo il cazziatone e lui come al solito ha visto bene di chiudere la nostra discussione», commentò Ginny con amarezza.

«E tu perché gli stavi facendo l'ennesimo cazziatone?»

«L'ennesimo! Dai, Tilly, non dire così!» Ginny si sentiva offesa dalle parole di Tilly.

«Non te la prendere, ma negli ultimi tempi non ne lasci passare una, a quell'uomo.»

«Certo che non gliele lascio passare! Guarda come mi tratta. A maggio mi aveva promesso che avrebbe lasciato la moglie, avrebbe preso una casa e avrebbe iniziato una vita di coppia con me. Siamo a settembre e non è successo niente di tutto questo e capirai bene che sono stanca, ormai. Dopo tre anni, pretendo che lui faccia la sua scelta.»

«Concordo con tutto quello che hai detto, Ginny, ma mi sembra che tu stia girando intorno al punto focale.»

«Che sarebbe?»

«Che tu molto probabilmente hai delle aspettative che lui non ha alcuna intenzione, almeno per il momento, di esaudire. Scusa se te lo dico, ma mi sembri una falena impazzita che continua a ferirsi contro la luce.»

«Io voglio stare con lui, ho bisogno di stare con lui. E lui invece mi sfugge, scappa, diventa evasivo, elusivo. E non capisco il perché. È tutta colpa di quell'arpia della moglie. È lei che lo sta manipolando. E poi mi chiedo il perché, a quella donna non interessa un accidente di lui.»

«Tu come lo sai che a lei non interessa un accidente di lui?»

«Me l'ha detto lui!»

«E tu gli credi?»

«Sì, Armando non mi mentirebbe mai.» E già mentre lo diceva si ricordò della bugia che lui le aveva raccontato la sera del compleanno di Thomas. Poteva essere poi così certa della sua sincerità?

«Ne sei così sicura? Ti ricordo che Armando l'hai conosciuto in chat, prima di tradire la moglie con te, chissà da quanto tempo già lo faceva.»

Ginny se ne stette in silenzio. Non soltanto perché non poteva dire all'amica che lei sapeva ogni cosa visto che Armando e Gabriele, ma anche e soprattutto perché in cuor suo sapeva che Tilly aveva ragione.

«Ti è mai venuto in mente che forse Armando non è ancora pronto per il cambiamento?»

«E allora che me lo dica!»

«Sì, hai ragione, dovrebbe essere onesto, ma forse è confuso.»

«No, Ginny! Non può e non ha il diritto di sentirsi confuso. Dopo tre anni, uno deve sapere cosa vuole.»

Tilly sospirò. «E se non avesse il coraggio di dirti veramente quello che prova?»

«Stai forse insinuando che il suo sentimento non è uguale al mio, che non mi ama?» Ginny sentiva di avere le guance in fiamme e provava la sensazione di star precipitando nella tana del Bianconiglio.

«Te l'ha mai detto? Che ti ama, intendo.»

«Oh, be'… non proprio. Mi ha detto che mi vuole bene, che ha un sentimento profondo per me. Vorrà pur dire che mi ama, no?»

«No, Ginny, non significa che ti ama.»

«Ti stai sbagliando, lui mi ama.»

Tilly si alzò e andò a prendere una bottiglia di vino bianco. Ne versò un po' nei bicchieri e ne porse uno all'amica.

«È un invito a ubriacarmi?»

La padrona di casa sorrise. «È più che altro un invito a rilassarti. Posso essere sincera con te?»

«Certo», disse l'altra, sorseggiando il liquido ambrato.

«Perché non provi a guardare la cosa da un'altra angolazione? Mi spiego meglio. Ti sei messa insieme a un uomo che è già impegnato e per il quale sei ovviamente una seconda scelta. Perdonami se sono così diretta, Ginny, ma Armando non ti mette mai al primo posto. Preferisce dispiacere te, piuttosto che la moglie. E qui ci vedo una scarsa autostima in te stessa. È come se tu non avessi fiducia in te e la prova di ciò è che stai cercando in lui la conferma del tuo valore perché non riesci a trovarlo in te stessa.»

Ginny fece di sì con la testa. «Mi ha detto che dovrei mettermi a dieta. Dice che se divento una "strafiga" lui non mi lascerà mai», ammise d'un fiato.

«Mi dispiace, tesoro. Direi che Armando non è proprio un gentleman. E credo anche che tu l'abbia idealizzato. Gli hai conferito delle caratteristiche che lo rendono unico.»

«Lui è unico, Tilly.»

Un sorriso amaro si dipinse sulle labbra dell'amica. «Lo sai, vero, che non c'è persona che ti capisca più di me. Sai quanto ho amato Michele e quanto lo avessi messo su un piedistallo. Fino a quando la proiezione che avevo di lui non si è scontrata con la realtà. Ed è stato in quel momento che ho avvertito su di me tutta la rabbia, la frustrazione e la disillusione. Tutte cose che non avevo mai dovuto affrontare perché, nei nostri cinque anni di relazione, non avevo mai realmente avuto a che fare con Michele, ma soltanto con l'immagine ideale che mi ero creata di lui. È quello che sta succedendo a te, e comprendo che tu stia rifuggendo questa verità, è l'unico modo che hai per salvarti dalla disillusione.»

Ginny si strinse nelle spalle. «Sono confusa. Sono esausta.»

«Per quanto tempo pensi di poter ancora rinunciare a te stessa pur di farti amare da lui?» insinuò Tilly.

«Sto rinunciando a me stessa, vero?»

Tilly annuì. «È che hai la sindrome della crocerossina. Pensi che, con il tempo e con la tua presenza, lui cambierà. Peccato che, se Armando non ha intenzione di cambiare, non potrai farci assolutamente niente. Se lui non ha intenzione di accoglierti, non potrai cambiare le cose. E nel frattempo chissà quante energie dovrai ancora sprecare, quanto ancora dovrai umiliarti, quanto ancora dovrai rinunciare a te stessa. La verità è che a volte rimaniamo incastrati in un amore non corrisposto perché attendiamo disperatamente che l'altro ci riconosca o magari riconosca semplicemente quello che c'è stato.»

Ginny aveva il cuore dolorante, distrutto, le parole di Tilly l'avevano marchiata, incisa e lei ne sentiva tutto il dolore lancinante, come lava che le penetrava nelle vene e la bruciava tutta. Quelle parole vibravano dentro di lei, c'era poco da dire e da mentire. Tilly aveva colto nel segno perché ci era passata anche lei, anche se ora ne era uscita.

«Concordo con tutto quello che mi hai detto, ma non so come uscirne.»

«No, non lo sai, perché non sei ancora pronta. E non c'è niente di male in questo. Si vede che devi ancora rimanere in questa situazione per un po' per capire ed elaborare.»

«Ti fa ancora male? Di Michele, intendo.»

Tilly ci pensò su un attimo e poi esclamò: «No, non più. Quando a maggio gli ho detto di non farsi più sentire, ero convinta delle mie parole. Non ne potevo più. Sai benissimo quanto io sia rimasta agganciata a lui anche nell'anno in cui siamo rimasti in separazione. Lui era il mio il mio uomo pur nell'assenza. Io lo amavo ma lui no e, malgrado lo sapessi, lo sentissi dentro di me, continuavo a sentire la sua presenza. E la cosa grave era che questa presenza era talmente forte che aveva assunto una vita tutta sua. Io avevo una relazione fantasma, non reale, ma ugualmente intensa. Tutto questo mi ha portato a volermi isolare dal mondo e mi ha impedito di conoscere persone nuove, perché per me quella relazione era vincolante.»

«Mi sono persa qualcosa, Tilly.»

«Cosa?»

«Quand'è che sei diventata così saggia?»

Tilly aggrottò la fronte. «Da quando ho mandato a 'fanculo quel bastardo.»

Scoppiarono a ridere e si versarono un altro bicchiere di vino.

«Fai qualcosa per te stessa, Ginny. Non permettere a quell'uomo di monopolizzare tutta la tua vita. Coltiva le tue passioni.»

«Stai forse cercando di convincermi a entrare in società con voi? Manca ancora un po' allo scadere dei miei quindici giorni. Non mettermi fretta.»

«Ti farebbe bene entrare in società con le tue amiche», le disse Tilly, pacata. «Avresti un posto tutto tuo dove poter dare lezioni di yoga e pilates.»

«Lo so, non è necessario che tu me lo ripeta.»

«Quindi, hai intenzione di accettare?» esclamò l'amica, speranzosa.

«Chiedimelo fra una quindicina di giorni.»

«Dai, sai già che accetterai la nostra proposta. Stai solo facendo la difficile.»

«Sto valutando i pro e i contro. E se dovessimo litigare? E se questa società ci allontanasse anziché unirci?»

Tilly si accigliò. «Non dire stupidaggini. Siamo noi! E anche se dovessimo discutere per qualcosa o non trovarci d'accordo, sono sicura che troveremmo una soluzione. Sai, credo che guarderesti la tua relazione da un'angolazione più ottimistica se solo tu avessi delle prospettive più interessanti. Avere una tua attività, infondere tutte le tue energie in un progetto che ami, ti farà ritrovare il tuo equilibrio.»

«E il mio peso di una volta», continuò Ginny, triste.

«Lascia perdere il tuo peso e quello che ti ha detto Armando. Pensa a te, Ginny. A quanto puoi darci e dare a te stessa con l'attività. E vedrai che perderai anche quei chili di troppo. Ne sono sicura.»

Ginny ascoltava l'amica che parlava con convinzione. Voleva disperatamente crederle ma, dopo la giornata tremenda che aveva avuto, le era rimasta soltanto l'energia necessaria per bere il vino e meditare sulle parole di Tilly.

Alla fine si alzò e l'abbracciò con calore.

«Grazie per la tua disponibilità.»

«Scherzi? A che servono le amiche? Tu e le altre mi avete sostenuta moltissimo quando è finito il mio rapporto con Michele. È il minimo che possa fare per te! Però ora non andare a casa a piangerti addosso. Pensa a quello che ti ho detto.»

«Promesso», rise Ginny. «Mi faccio una doccia e poi vado a letto, sono distrutta. E domattina, mi metto a fare due conti per vedere se tu e Azzurra avete ragione o se siete completamente impazzite.»

«Bene!» esclamò Tilly con approvazione.

«Non ho ancora accettato», l'avvertì Ginny a quel punto.

«Ma stai per farlo. Chiamo subito Azzurra e Swami per dar loro la buona notizia.»

A sentir nominare il nome di Swami, a Ginny cominciarono a prudere le mani. Quella stronza che aveva il suo uomo!

«No, non chiamarle! Mi telefonerebbero e mi darebbero il tormento, togliendomi la concentrazione.»

«Va bene, aspetterò fino a domani mattina.»

«Buonanotte, Tilly.»

«'Notte, Ginny.»

CAPITOLO 16

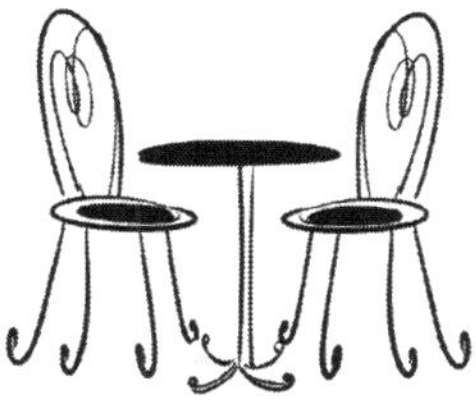

Ginny si fermò alla gelateria "La Romana" per consolarsi con un affogato al cioccolato prima di riprendere il suo lavoro alla sanitaria. Era esausta; quella mattina Gabriele non si era fatto sentire, aveva troppa paura dell'ennesima lavata di capo. E lei aveva aspettato fino a quel momento, voleva dargli la possibilità di rimediare, di recuperare, di chiederle scusa, invece niente, soltanto un assordante silenzio.

Decise che era arrivato il momento di agire, ma prima aveva bisogno di una dose di cioccolato. Nel corso degli anni aveva imparato che non c'era difficoltà che un gelato al cioccolato coperto da una montagna di panna e di crema gianduia non potesse far dimenticare, almeno per qualche minuto.

E nessuno faceva gli affogati meglio di "La Romana".

Sapeva che il gelato era l'ultima cosa che avrebbe dovuto mangiare, che era davvero il caso di mettersi a dieta, ma da quando erano iniziati i problemi con Gabriele si era ingozzata di ogni genere di schifezze per compensare.

Si sedette a un tavolo vicino alla vetrina ed emise un sospiro di sollievo. Chiuse gli occhi mentre aspettava di essere servita, cercando di rilassarsi e di trovare la calma necessaria per scrivere a Gabriele. La cameriera le servì la coppa e lei vi si buttò sopra. Cucchiaiata dopo cucchiaiata, sentì la tensione abbandonarla, mentre un piacere dimenticato le aggrediva le papille gustative e giù giù nel profondo di lei.

Quando ebbe finito, sorrise soddisfatta e prese il cellulare, andando sul profilo di Gabriele. Guardò l'ultimo accesso e pensò che era tutta la mattina che era online: *con chi cazzo sta chattando?* Senza indugiare oltre, scrisse:

Ginny: Ciao, amore, come stai?

La riposta arrivò immediatamente:

Gabriele: Io sto bene, tu?
Ginny: Mi manchi…
Gabriele: Anche tu… ma abbiamo dei problemi, non possiamo negarlo…
Ginny: Cosa proponi?
Gabriele: Non lo so, ma sono stanco di sentirmi sotto pressione. Lo sono a casa con Swami e lo sono anche con te. Ho voglia di leggerezza, Gin. Ho bisogno di staccare, altrimenti impazzirò.

Ginny sentì la vita mancarle dentro, tutta l'euforia che aveva recuperato con l'affogato se ne stava andando, esaurendosi di nuovo. Si alzò, pagò la consumazione e uscì in strada. Poi scrisse:

Hai ragione e penso anch'io che abbiamo bisogno di un po' di tempo per noi. Sto rischiando anch'io di perdere la ragione. Prendiamoci una settimana per darci tempo e riflettere su cosa fare della nostra storia una volta per tutte.
Gabriele: ok.

Ginny scosse la testa e mise via il telefono. Tutto quello che aveva saputo rispondere Gabriele era stato un semplice, banale, insulso "ok", che racchiudeva però tutto il suo pensiero sul loro rapporto. Avvertiva che ormai erano arrivati quasi al capolinea, non c'era più molto margine di azione: o Gabriele sceglieva da che parte stare altrimenti la loro storia non avrebbe avuto un seguito. Gli aveva dato un ultimatum? No, non lo era, si disse. Aveva soltanto consigliato che si prendessero del tempo e lui aveva acconsentito, senza "ma" e senza "se".

Quando rientrò in negozio, suo padre era già sulla soglia, pronto a subissarla di richieste.

«Cosa c'è, papà? Hai bisogno di qualcosa?» domandò, andando a sistemarsi dietro la sua scrivania.

Suo padre si tolse gli occhiali e cominciò a strofinarli con la t-shirt. Quando faceva così, Ginny sapeva che sarebbe partito il pippozzo. «Ginny, ti sei dimenticata che oggi sarebbe venuta la signora Arduini per prendere le misure del busto. Ti ha aspettata ma, visto che non tornavi e te la prendevi con molta calma, abbiamo dovuto mandarla via. Puoi richiamarla e fissare un altro appuntamento, scusandoti naturalmente per l'inconveniente.»

Ginny sbuffò. «La signora Arduini si è sbagliata. Il nostro appuntamento non era per oggi, ma per domani. Guarda qui», disse, mostrando la data dell'incontro sulla sua agenda. «La devi smettere, papà, di partire sempre dal presupposto che sono io quella che sbaglia a priori.»

«Non ho detto questo, solo che negli ultimi tempi sei più distratta del solito e pensavo che ti fossi confusa. Ma non vedo il caso di farne un dramma.»

«Be', non è così e non è vero che sono più distratta, sono solo stanca della tua poca considerazione nei miei confronti.»

Il padre si guardò intorno, gli altri impiegati avevano smesso di lavorare e li stavano fissando. «Non penso che questa sia la sede opportuna per discuterne.»

Ginny sapeva che suo padre la credeva una tremenda pasticciona e per questo per tutta la vita aveva cercato di dimostrargli il contrario e che sapeva fare il suo lavoro bene quanto lui e che meritava di essere qualcosa in più che un elemento decorativo del suo ufficio e negozio. Se fosse stata un maschio, lui avrebbe dato per scontate le sue capacità. Ma ahimè per lui, aveva avuto due figlie femmine, lei e Sara che però aveva deciso di prendere tutt'altra strada, andando a lavorare in banca.

Il punto poi era che, con Sara, il padre aveva un altro rapporto, era più malleabile e più tollerante che nei suoi confronti. Ed era alquanto irritante, per Ginny, che lui non vedesse mai i difetti di sua sorella… e non dimenticasse mai i suoi.

L'aveva deluso? Sì, certo, ma non poteva continuare a rimanere sposata con Flavio se non lo amava più, sempre che lo avesse mai amato veramente, poi. E suo padre doveva ormai farsene una ragione. Flavio era il figlio che non aveva mai avuto e per suo marito lui era il padre che cercava. Bene, che continuassero a tessere la loro relazione padre e figlio, ma che lasciassero in pace lei. Invece sia suo padre che Flavio non facevano che biasimarla, il primo per aver fatto soffrire il figlio prediletto, il secondo per averlo lasciato.

Strinse i pugni e disse: «Hai ragione, papà, questa non è la sede più adatta, ma non preoccuparti, ti lascio libero.»

L'anziano uomo la guardò sorpreso. «Cosa intendi?»

«Intendo che me ne vado. Mi licenzio.»

«M-ma non puoi!»

«Certo che posso, sono libera, no? Quello che posso darti è un preavviso di un paio di settimane, non un giorno di più.» Un sentimento di euforia la investì dalla testa ai piedi e, se non fosse stato che si trovava in negozio con intorno altre persone, si sarebbe messa a ballare la samba.

«M-ma come farai a vivere?»

Lei sorrise. «Non preoccuparti, papà, ho già dove andare. Anzi, sai cosa ti dico? Mi prendo il pomeriggio libero. Ciao.» E così dicendo se ne andò, lasciando il padre a bocca aperta.

Una volta fuori dal negozio, prese in mano il cellulare e chiamò Tilly.

«Ginny», le rispose subito l'amica.

«Sto seriamente pensando di essere dei vostri», disse senza nemmeno salutarla.

Un urlo dall'altra parte del telefono le trapanò l'orecchio. «Sìì! Sono strafelice! Oddio, Ginny, ti immagini, noi quattro! Le Quattro Moschettiere!»

«Oggi è stata una giornata infernale e sono quasi determinata a dare una svolta alla mia vita.»

«Giornata infernale con Armando?»

Tutte le volte che Tilly nominava Gabriele chiamandolo Armando, Ginny aveva sempre un attimo di spaesamento e doveva ritrovare il proprio centro prima di esclamare: *Ma chi diavolo è questo Armando che mi nomini sempre?*

«Non solo, ci si è messo anche mio padre e io sono stanca, sfinita, non ce la faccio più. Mi sono licenziata!»

«Wow, Ginny! Così, di punto in bianco. Come l'ha presa tuo padre?»

«Dovevi vedere la sua faccia, non capiva più niente, ha persino balbettato, ci credi?»

«Immagino sia stato un duro colpo.»

«Sì, lo è stato, ma io ho bisogno di andarmene. Già era difficile anche quando c'era mia madre, ma almeno lei riusciva a mediare tra me e lui. Da quando è morta, lui è peggiorato tantissimo.»

«Gli manca, Ginny.»

«Lo so, ma devo fare qualcosa per me, devo pensare a me. Da quanto tempo è che non faccio più niente per me stessa?»

«Una vita?»

«Direi proprio di sì. Sono stanca delle indecisioni delle persone, Tilly. Prima ho detto ad Armando che mi prendo una pausa di una settimana e poi voglio che mi dica cos'ha deciso di fare con la moglie. O sta con lei o sta con me.»

«L'hai messo alle strette.»

«Be', non lo chiamerei un mettere alle strette. Credo di avere il diritto di voler essere l'unica donna, non credi?»

«Sì, lo meriti, Ginny. Ma sai come la penso. Ho sempre l'impressione che questi ultimatum siano delle specie di manipolazioni.»

«Manipolazioni? E perché mai? E se parliamo di manipolazione, non credi che anche lui mi abbia e mi stia ancora manipolando?»

«Allora, Ginny, lasciami dire due cose. Partendo dal presupposto che siamo tutti manipolatori, se continui a criticare il tuo uomo perché non fa quello che tu vorresti, perché lo desidereresti diverso da come è, giudichi, commenti, disapprovi, o gli rivolgi frasi come "Se mi ami, devi farlo. Dopo tutto quello che ho fatto per te", be', ti rendi conto che questa è manipolazione e che tu stai manipolando?»

«Sì, lo faccio, ma è lui che mi ci porta. Se lui mi desse quello che gli chiedo e che è mio diritto avere, non lo farei! Non sono mica una manipolatrice, io!»

Tilly sbuffò. «Ginny, posso finire? Erano due le cose che volevo dirti, se ben ricordi.»

«Okay, continua», rispose di malavoglia.

«Per ogni manipolatore c'è un altro che accetta di farsi manipolare perché, come in ogni relazione, le cose si fanno sempre in due. Quindi, per favore, non cadere nella trappola del vittimismo, non sentirti Cappuccetto Rosso che è stata attaccata dal Lupo Cattivo. Sai bene anche tu che non ti serve, non ti serve per crescere. Chiediti piuttosto come puoi agire su di te, perché ti sei legata a quel tipo di uomo, cosa puoi fare per uscire da questa relazione e far sì che non si ripeta in futuro. Ricorda, non si è mai solo manipolatore o soltanto manipolato.»

«Ma io lo voglio, quest›uomo», piagnucolò Ginny.

«E io torno a ripetere che forse Armando non è pronto per cambiare, per fare il passo che vuoi e di cui hai bisogno tu. Rifletti su questo, Ginny.»

«Cercherò…»

«Bene. Senti, cosa ne dici se domani andiamo a rivedere la proprietà?»

«Ti spiace se vado da sola? Ho bisogno di vedere la casa in solitudine.»

«Oh, no certo, vai pure. Vuoi che chiami io Ursula?»

Ursula era la proprietaria dell'agenzia immobiliare a cui si erano rivolte Tilly e Azzurra e che tutte loro conoscevano da sempre.

«No, non preoccuparti, la chiamerò io. Ti chiamo non appena sono stata lì e se ti va ci vediamo con le altre per mettere giù un piano di attacco.»

«Affare fatto! Avviso subito Azzurra e Swami. Benvenuta a bordo, Ginny.»

«Tilly, puoi aspettare a parlare con Swami e Azzurra, per favore?»

«Va bene, come vuoi. Buona serata, Ginny.»

CAPITOLO 17

Ginny era seduta al tavolo del salotto, sommersa da fogli pieni di conti e con la calcolatrice davanti quando sentì suonare il campanello. Erano le otto passate e non potevano che essere le sue amiche. Sapeva che non le avrebbero dato tregua dopo che Tilly aveva spifferato a tutte loro che anche lei avrebbe fatto parte della loro attività. Perché, anche se l'aveva pregata di non dire niente, era chiaro che non aveva resistito.

Guardò i suoi tre gatti spaparanzati sul divano e si diresse alla porta. La aprì e, come da copione, trovò Tilly, Azzurra e Swami che la fissavano gongolanti.

«Ti ho portato la mia famosa torta al cioccolato», annunciò Swami, porgendole il contenitore come se fosse un'offerta di pace.

«E noi abbiamo portato da bere», disse Tilly, protendendo il braccio con un Novello di Bardolino.

«Festeggiamo qualcosa?» chiese a quel punto Ginny con finta innocenza mentre le faceva accomodare in soggiorno.

«Ho detto a Ursula di preparare il contratto per la proprietà degli Ederle», annunciò Tilly. «Sarà nostra prima della fine del mese.»

«Non è fantastico? Apriamo la nostra attività!» esclamò Azzurra, euforica.

Ginny avrebbe voluto condividere il loro entusiasmo, ma era irritata per quella che le sembrava una prevaricazione. «Ti avevo chiesto di aspettare, Tilly. Ti ho chiesto di andare a vedere la proprietà di nuovo prima di dare il mio sì.»

«Non ci sei andata ieri?»

«No, ho avuto da fare e non ce l'ho fatta.»

«Comunque è sottinteso che accetterai. Perché aspettare?» replicò Swami.

«Per educazione», sbottò Ginny. «Non potete venire qui e dare per scontato che io abbia già accettato!»

«Ma me l'hai detto tu, l'altro ieri, che eri dei nostri!» esclamò Tilly. «Cos'è cambiato? Ci hai ripensato? Tuo padre ti ha fatto cambiare idea?»

«Assolutamente no! È solo che vorrei essere ascoltata e mi piacerebbe che la mia opinione contasse qualcosa.»

«Certo che conta qualcosa, anzi, conta moltissimo. È per questo che ho detto a Ursula di preparare il contratto. Quando ci siamo sentite l'altra sera, ho sentito dalla tua voce che vorresti imbarcarti in quest'impresa con noi, ma sei confusa, perciò ho pensato che per te sarebbe stato più semplice se ti avessimo messo davanti al fatto compiuto, senza il peso di dover prendere una decisione.»

«Non ho bisogno che mi si metta davanti al fatto compiuto. So benissimo prendere le decisioni da me! Non voglio essere forzata o che continuiate a invadere i miei spazi.»

«Okay, va bene. Nessuno vuole forzarti o venire a invadere i tuoi spazi», la blandì Azzurra. «Se proprio non te la senti, faremo noi tre.»

Ginny sbuffò di nuovo, spazientita. «Non è questo che voglio. Però sarebbe carino che prima di autoinvitarvi a casa mia, mi faceste uno squillo. E soprattutto che mi ascoltaste, vi ho chiesto quindici giorni e voglio quei quindici giorni.»

Le amiche si zittirono e nella stanza calò un silenzio irreale, un'atmosfera pesante.

«Scusaci se ci siamo permesse di venire senza avvisarti. Non pensavamo di recarti così tanto disturbo. Non c'è problema, ce ne andiamo», disse Tilly.

«Non fare l'offesa ora, Tilly», la redarguì la padrona di casa. «Sentite, vi chiedo scusa, sono stata maleducata. Perdonatemi, è solo che sto passando un brutto periodo con Ga… ehm, Armando, e sono di cattivo umore.» Si maledì, mordendosi la lingua: se non avesse prestato più attenzione, prima o poi avrebbe spifferato il nome di Gabriele, fregandosene delle conseguenze.

«A chi lo dici», se ne uscì Swami.

Tutte loro si voltarono e puntarono gli occhi sull'indiana.

«Che c'è?» chiese lei. «Non guardatemi così, sembra che abbia detto un'eresia.»

«Hai problemi con Gabriele?» domandò Ginny, guardinga.

Swami annuì. «Penso che abbia un'altra.»

«Ma va'!» esclamò Azzurra. «Gabriele, no. Non mi sembra proprio il tipo da intrattenere relazioni parallele. È un uomo troppo incasinato e sempre con la testa fra le nuvole.»

«Negli ultimi tempi è strano.»

«Strano in che senso?» la interrogò Tilly.

L'amica fece spallucce. «Non te lo so descrivere con esattezza, ma mi risponde sempre male e poi è distante, molto distante, sia da me che da Andrea. Comunque è più una sensazione, la mia. Non ho prove che mi stia tradendo.»

«E se lo facessi pedinare?» continuò Azzurra.

Oddio, e se Swami lo facesse per davvero? Pensò Ginny. *E se ci scoprisse? Mi vorrebbero ancora in società con loro? Non credo. Azzurra e Tilly non me lo perdonerebbero mai! Però, di sicuro Swami caccerebbe Gabriele fuori di casa e a quel punto lui sarebbe tutto mio.*

Non avrebbe più scuse per continuare a dirmi che si sente in colpa con lei e il figlio.

«No, non mi va. Se lui lo facesse a me, mi arrabbierei», rispose infine la donna.

«Perché non gli parli?» propose Tilly.

Swami sbuffò. «Ci ho pensato. Ma cosa potrei mai dirgli: scusami, Gabriele, hai per caso un'altra? È chiaro che se ce l'avesse negherebbe, no?»

«Be', non è detto», intervenne Ginny con il cuore che batteva come le campane a festa.

«No?» chiesero le amiche all'unisono.

«No, perché, se veramente avesse un'altra, così facendo, con la tua domanda, gli daresti la scusa per dirti tutta la verità.»

«Sì, sempre che lui voglia stare con quell'altra donna», commentò Azzurra.

«Se uno tradisce è perché non sta più bene o non ama più la persona con cui sta», disse Ginny, lapidaria.

«Mmm, quello che sta succedendo a te, immagino», disse Swami, tagliente.

«Cosa stai insinuando?»

«Oh, non sto insinuando nulla, niente di niente. Sto soltanto dicendo che, considerato che tu te la fai con un uomo sposato, pensi che quell'Armando sia innamorato di te.»

«Certo, è così, Swami. Altrimenti non lo farebbe. Perché continuare a intrattenere una relazione da tre anni con me se non fosse innamorato di me? Potrebbe continuare a cambiare donna, non credi? Se è con me, significa che prova un sentimento.»

Swami arricciò il naso come se avesse appena inalato puzza di marcio. «Non sempre è così, Ginny. Magari sta con te perché non ha voglia di continuare a cambiare, è una fatica, soprattutto con l'andare avanti dell'età. Quello che facevi a vent'anni non ti va più di farlo dopo i quaranta. Oppure sta con te perché il sesso tra di voi è soddisfacente, è un qualcosa di assicurato, che sa che può fare con regolarità quando magari con la moglie non lo fa più.»

«Stai parlando di Armando o di Gabriele? Cos'è, non fate più sesso, Swami?»

Silenzio.

Azzurra e Tilly spostavano il loro sguardo da Ginny a Swami come se stessero assistendo alla finale di Wimbledon. O forse sarebbe meglio dire l'esito di un incontro di wrestling. Entrambe con il fiato sospeso in attesa della vittoria dell'una e della sconfitta dell'altra.

«E lo sai perché le mogli a un certo punto non fanno più l'amore con il proprio uomo? Perché arrivano quelle come voi che li ammaliano e li incantano con il sesso estremo! Siete come le sirene di Ulisse. Delle meretrici che godono nel distruggere famiglie intere.»

Per Ginny fu come se Swami le avesse appioppato una sonora sberla in faccia ma, per quanto sconvolta e scioccata dalle sue parole, non si lasciò intimorire e contrattaccò. «E tu ti sei mai chiesta perché questi mariti si lasciano ammaliare e incantare così facilmente? Forse perché voi donne sposate, sempre troppo prese dalla vostra vita, fatta soltanto di figli, non badate più a loro, li lasciate soli e concedete loro troppa libertà.»

«Noi non concediamo proprio un bel niente! Noi siamo stanche, noi ci sentiamo sole perché quegli uomini, che sono i nostri mariti, i padri dei nostri figli, quando il gioco si fa duro, mollano e si buttano fra le gambe di donne come voi! Sei una rovina famiglie, Ginny, mettila come vuoi, dimmi pure che ti sei innamorata, ma la sostanza dei fatti non cambia. Tu stai portando via un marito e un padre a una famiglia.» Swami aveva cominciato a gesticolare in modo furioso e sembrava un'invasata.

«Io non sto proprio portando via niente a nessuno! Armando, Gabriele, sono tutti uomini insoddisfatti del loro ménage famigliare. Noi sfasciafamiglie, come ci chiami tu, ci prendiamo il bello e il brutto di questi maschi, il peggio anche, mi permetto di dire, considerato che riceviamo soltanto le briciole.»

«E allora, se sono le briciole che ricevete, smettetela di importunarli, smettetela di mettervi in mezzo! E lasciate in pace questi padri di famiglia.»

«Ah, quindi ora la colpa è tutta nostra se voi perdete i vostri mariti?»

«In parte sì! Vi dovreste comportare con più moralità. Non appena venite a sapere che sono sposati, dovete darvela a gambe e chiuder loro la porta in faccia. Invece, cosa fate? Aprite braccia e gambe e fate di tutto per strapparli alle loro donne e ai loro figli», le abbaiò contro Swami.

«Proprio tu parli?»

Swami divenne rossa come un papavero. «Non capisco di cosa tu mi stia accusando.»

«Be', dovresti saperlo benissimo invece. Gabriele stava con me quando si è messo con te.»

La rivale stava per difendersi quando Ginny la fermò. «E non venirmi a dire che fino a quando non ha chiuso la storia con me, tra di voi non c'è mai stato niente perché non ti credo.»

Swami fece per dire qualcosa, ma poi vi rinunciò e scosse la testa.

«L'amore non sempre si può controllare, Swami. Ti innamori e, nel momento in cui ti capaciti di quello che sta capitando per davvero, la frittata è bell'e fatta. Non è semplice per nessuno, te lo posso assicurare, nemmeno per noi che stiamo dall'altra parte della barricata. Noi siamo quelle che sopportano, che pazientano, che tollerano ogni loro comportamento e siamo sole, Swami. Passiamo le feste, le vacanze e i weekend nella solitudine più completa. Lasciatelo dire: non faresti cambio con me di sicuro.»

«No, non lo farei, ma non è questo il punto. Cerco di partire sempre da un presupposto.»

«Che sarebbe?»

«Non mi metterei mai in una situazione come la tua. Io sono onesta e ho a cuore anche chi non conosco. Hai idea di quanto soffrano le donne che vengono tradite?» Le lacrime cominciarono a scenderle lungo le guance e in un attimo fu scossa dai singhiozzi.

«Sei seria, Swami? Le donne che vengono tradite? Tu sei stata una di quelle donne che tradiscono! Mi hai portato via Gabriele!»

«Io… no… io…» L'indiana aveva il volto di una sfumatura rosso fuoco e le tremava il labbro mentre si portava una mano alla bocca.

«Sii onesta con me o meglio con te stessa, Swami. Facciamo un bel gioco della verità. Prima non hai risposto. Com'è che vi siete messi insieme, tu e Gabriele?»

Swami cominciò ad agitarsi sulla sedia. Tilly e Azzurra sembravano a disagio e come se volessero darsela a gambe, ma poi sopraggiunse la curiosità e puntarono gli occhi sull'amica in attesa della sua risposta.

«È stata… be', sapete… una cosa così. L'ho visto al pub in centro, ero appena tornata da Parigi. Avevo il cuore spezzato, l'uomo di cui ero innamorata mi aveva tradita e lasciata per un'altra donna. Lui era lì con gli altri della compagnia.

Abbiamo cominciato a parlare. Lui aveva perso il padre e aveva bisogno di parlare, di confidarsi… e io lo stesso.» Fece una pausa e poi continuò: «Tu non c'eri, Ginny e lui si sentiva molto solo.»

«Ma non dirmi?» Ginny voleva apparire ironica ma sapeva che la sua voce era risultata tagliente e carica di rabbia.

«Ti assicuro che prima di metterci insieme abbiamo aspettato che lui chiudesse con te, Ginny. Te lo posso giurare.» Swami era seria e il rossore del volto si era attenuato. «All'inizio non faceva che parlarmi anche di te, di quanto fossi fantastica, di quanto gli piacevi, di quanto fosse innamorato di te.»

Ginny non voleva sentire questo. Faceva più male di quanto avesse previsto. Bevve un sorso di vino, combattendo con le emozioni che si agitavano nel cuore come panna montata. Gelosia. Risentimento. rimpianto. Rabbia. Sarebbe stato tutto dannatamente comprensibile se non si fosse trattato di Swami e Gabriele. Due persone che si sentivano sole, alla deriva. Una partenza lenta. Un'amicizia che si era trasformata in qualcos'altro…

«Non volevo che accadesse e ho provato a resistere. Gli ho anche detto che dovevamo fermarci, che stavamo giocando col fuoco. Ma lui sosteneva che eravamo amici e che non c'era niente di male a vederci e frequentarci.» Sembrava imbarazzata in modo orribile. «Certo, se tu fossi rimasta qui, lui non mi avrebbe nemmeno guardata. Come poi era successo anni prima.»

«Non dire puttanate!» Ginny si sforzò di ridere in tono gioviale. «Era chiaro e naturale che perdesse la testa per te! Eri diventata una vera bellezza, hai classe, il successo e un lavoro che va a gonfie e vele.»

«Sì, ho i soldi, se è questo che intendi. Ma ti assicuro che mi sono sudata tutto quello che ho», replicò rigida Swami.

Gli occhi di Swami cerarono quelli di Ginny e di colpo lei seppe con certezza che aveva altro da dire e che lei non voleva ascoltarla. Non voleva sentire i dettagli sordidi di come fossero arrivati a tradirla nel modo più ignobile per un fidanzato e quella che era stata una delle sue migliori amiche. Non voleva sapere di come la passione fosse sfociata fra loro dirompente come uno tsunami, di quanto fosse stato più forte di loro per fare un passo indietro.

E ora era giusto che lei si fosse ripresa Gabriele. Era quello che le spettava, dopotutto, per tutte le sofferenze che aveva patito quando lui l'aveva lasciata.

«Mi dispiace, Ginny, per come sono andate le cose. Io non volevo… ma credimi, non faresti cambio con me. Di Gabriele non ti puoi fidare. Sono convinta che mi abbia già tradita in passato. Ma ho preferito guardare avanti e dirmi che prima o poi sarebbe passato. E in effetti è stato così. Lui è sempre tornato da me. Ma ora, sento che è diverso.»

Le due spettatrici si guardarono in silenzio, poi, contemporaneamente, andarono verso l'amica e l'abbracciarono.

«Su, su, tesoro… Non puoi essere sicura che Gabriele abbia un'altra. Magari sono solo delle tue supposizioni», mormorò Tilly, accarezzandole i capelli.

«Sì, ha ragione Tilly. Magari è soltanto sotto pressione al lavoro ed è meno concentrato su di te e Andrea», proseguì Azzurra. «Perché non gli controlli il telefono?»

«Credo che non sia il consiglio migliore, Azzurra…», le disse Tilly, lanciandole un'occhiataccia. «Tesoro, che ne dici se te ne torni a casa? Rimandiamo tutto, non c'è fretta. Vai da Andrea e Gabriele, hai bisogno di stare con la tua famiglia.»

Ginny roteò gli occhi, la rabbia che le infiammava il viso diventato rosso. Finiva sempre così, tutte intorno alla povera Swami, quella che lei, volente o nolente, si trovava a far soffrire. E sempre per Gabriele. Quando Swami avesse scoperto la verità, allora sì che sarebbe scoppiato il finimondo.

«Bene, noi andiamo. Ginny, ci sentiamo nei prossimi giorni. Azzurra, tu che fai?» domandò Tilly.

«Ti va di fermarti?» chiese la padrona di casa.

«Ehm… sì, perché no?»

Azzurra salutò Swami, ma le due rivali in amore non si degnarono neanche di uno sguardo.

«Hai esagerato», disse Azzurra, una volta che le due amiche se ne furono andate.

Ginny scrollò le spalle. «Ho soltanto espresso il mio punto di vista. È chiaro che non la pensiamo allo stesso modo, siamo agli antipodi, io sono l'amante e lei la moglie. Non credevo che avrebbe reagito così. Però tu dovresti capirmi più di Tilly e Swami. Sei stata anche tu dall'altra parte della barricata.»

«Sì, comprendo come ti senti a essere sempre la "non scelta", ma sono diversa da te, Ginny.»

«Certo che sei diversa da me, fortunatamente lo siamo tutti, gli uni dagli altri», le sorrise, passandole un bicchiere del vino che aveva portato proprio Azzurra.

«Quello che voglio dire è che non ho mai preteso che Gianmaria prendesse una decisione. Non gli ho mai dato un ultimatum perché lasciasse la moglie e, a essere onesti, lui non mi ha mai illusa», disse lei, sorseggiando il liquido rosso rubino.

«Come facevi? A non pretendere che lui si decidesse?»

«Non lo so, mi veniva naturale. Ho sempre pensato che fosse una scelta che riguardava soltanto lui.»

«Be', io amo troppo Armando per non voler che scelga. La deve smettere di stare con il piede in due scarpe.»

Azzurra inspirò a fondo. «Ginny, non puoi costringere nessuno a essere ciò che non vuole essere. E qui mi sembra che Armando abbia dei problemi a darti quello che tu desideri. Credo che a un certo punto le cose vadano oltre le nostre possibilità. Quello che ho imparato nel mio rapporto con Gianmaria è che non puoi forzare l'altro a cambiare o a essere chi vuoi che lui sia. Purtroppo, e mi viene anche da dire per fortuna, il cambiamento e le decisioni che riguardano la nostra vita vengono sempre presi in solitaria, per quanto questo possa dispiacere l'altro. Delle volte le persone nemmeno si accorgono del male che ci provocano, poi è chiaro, tu ci stai male e vorresti mandarmi a 'fanculo, ma le cose stanno così. Lui non decide da una parte ma neanche tu decidi.»

«In che senso neanche io decido? Certo che decido, io voglio stare con lui, voglio una vita, una progettualità con quest›uomo. È per questo che lo sto spingendo al limite, ho bisogno di stare, di vivere, di dormire con lui. Tu non volevi questo con Gianmaria?»

Azzurra scosse la testa.

«Com'è possibile? Forse allora non lo amavi!»

L'illustratrice sorrise. «No, è proprio perché lo amavo troppo che non facevo pressioni. Non volevo essere fonte di ulteriori problemi per lui. Desideravo che si sentisse libero e che venisse da me non perché costretto, ma perché lo voleva. Quello che non gli perdono non è neanche il fatto che si sia messo con un'altra, ma che non mi abbia tutelato in tutto questo, che non sia stato onesto con me.»

«Siamo diverse, senza dubbio», commentò Ginny, alzandosi dalla sedia e cominciando a sistemare la tavola.

Azzurra si alzò a sua volta, il messaggio le era arrivato forte e chiaro: la serata si era conclusa, Ginny la voleva fuori di casa.

«Sarà meglio che vada. Il viaggio fino a Bardolino è lungo.» Si alzò e si incamminò verso la porta. «Grazie per la serata.»

«Grazie a te, buonanotte, Azzurra.»

«Buonanotte, Ginny.»

Quando richiuse la porta, Ginny vi si appoggiò contro e chiuse gli occhi. Che diavolo stava facendo? Si chiese. Gli eventi stavano precipitando e prima poi la verità le sarebbe scoppiata in faccia, non soltanto a lei ma anche a tutti gli altri.

CAPITOLO 18

Ginny stava aspettando Gabriele da ore. Dopo la settimana di pausa che si erano presi mentre lei era alla gelateria, si erano rivisti e avevano deciso di non poter stare l'uno senza l'altra. Purtroppo però i ritmi della loro relazione era sempre gli stessi ed era sempre lui a scandirli. Come stava accadendo in quel momento. Avrebbe dovuto essere da lei già in tarda mattinata, ma poco dopo le nove l'aveva chiamata per dirle che doveva recarsi a un pranzo di lavoro, non poteva sottrarsi in alcun modo, ma che intorno alle tre del pomeriggio sarebbe stato da lei, costasse quello che costasse. Eppure, malgrado la promessa, alle tre esatte l'amante le aveva inviato un messaggio per dirle che doveva rientrare in azienda e mandare alcune mail importanti.

«Perché non vieni a farlo qui da me? Ho anch'io il Wi-Fi», gli aveva scritto.

«Non posso perché ho bisogno di avere sotto mano alcuni documenti che si trovano nel mio ufficio. Pazienta ancora un po', sarò lì tra poco, per le cinque di sicuro. Non vedo l'ora di vederti», era stata la sua risposta.

Le cinque erano passate da un po', pensò Ginny, guardando l'orologio appeso alla parete della cucina che segnava le sette di sera. Si sentiva sconsolata, possibile che Gabriele avesse sempre una scusa o che il fato si mettesse fra di loro per non farli mai stare insieme? Che fossero questi tutti segnali che era arrivato il momento di mettere un punto alla loro storia? Lei credeva nelle coincidenze, era convinta che nella vita nulla accadesse per caso e che si dovesse sempre prestare attenzione alle indicazioni che ci arrivano dall'universo.

Il suono di un messaggio sul cellulare la distrasse dalle sue farneticazioni.

Gabriele: Sto arrivando, Gin, tesoro mio…

Ginny prese il telefono, lesse e lo chiuse senza neanche rispondere. Doveva mantenersi calma, altrimenti la serata sarebbe finita come molti dei loro ultimi incontri: un bel cazziatone con tanto di litigio. No, doveva mandare giù e fare in modo che Gabriele si rilassasse e si attaccasse ancora di più a lei. E lei sapeva come fare. Il sesso. Lui perdeva la testa a letto, il sesso con lei era qualcosa che lui non aveva mai provato, né con altre donne né con Swami.

Ginny, in effetti, aveva constato fin dal loro primo incontro che, in quanto a prestazioni sessuali, Gabriele era molto carente, era come se la madre lo avesse messo al mondo con un difetto congenito. Il suo modo di fare l'amore era frettoloso, non si perdeva in preliminari che considerava inutili, e sembrava che conoscesse soltanto la posizione del missionario. Ma ci aveva pensato lei e con molta pazienza, in tre anni, i loro rapporti ne avevano fatta, di strada.

Quando suonò il campanello, Ginny era pronta: aveva indossato una vestaglia in seta nera, perizoma in pizzo dello stesso colore e tacco dodici. Non appena Gabriele entrò, lei era appoggiata allo stipite della porta del salotto in una posa sensuale che prevedeva viso inclinato a destra, gamba sinistra piegata verso l'interno e braccia alzate.

«Buonasera, straniero», mormorò, slacciando la cintura della veste da camera e mostrando il seno nudo.

«Oddio, Gin, sei una visione.» Gabriele chiuse la porta con un calcio e si avvicinò a lei, prendendole il viso tra le mani e iniziando a baciarla con voracità.

Ginny sentì la lingua di lui mescolarsi alla sua mentre le sue mani si aggrappavano al colletto della camicia di Gabriele. Lui brontolò in segno di approvazione e l'attirò ancora di più a sé. Tremavano entrambi, senza potersi controllare.

«Non vedevo l'ora di essere qui con te, tesoro», sospirò, strofinandole le labbra sulla guancia, fino all'orecchio.

«Anch'io», rispose, sincera. Il respiro di Ginny era corto, affannoso.

Gabriele strinse il lobo del suo orecchio tra i denti e tirò leggermente. «Mi sei mancata», sussurrò, risalendo il bordo dell'orecchio di Ginny con la lingua e poi di nuovo giù, sfiorando con le labbra il punto sensibile al di sotto del lobo. Il suo respiro caldo scatenò un incendio fra le gambe di lei.

«Ho voglia di scoparti. Sei pronto?»

«Dio, Gin!» Gabriele lasciò andare un sospiro, e le sue labbra ritornarono su quelle di Ginny, riducendola al silenzio.

Era troppo bello. Ginny era in preda alle fiamme e si rese conto che le facevano male le mani per averle strette con troppa enfasi sulla sua giacca. Mollò la presa, spostandole dietro il collo di lui per accarezzare la peluria bionda sulla nuca. Gemette, liberandogli la bocca. «È un sì?» Gli occhi azzurri fissi su di lui.

«Sì.»

Ginny annuì anche lei in modo impercettibile, lo baciò sul naso, sulla guancia, sulla fronte e poi tornò alla bocca.

«Devo averti tutto, Gabriele. Di' che posso averti tutto.»

«Prendimi», bisbigliò lui sulle sue labbra.

«Oh, lo farò.»

La bocca ben ferma sulla sua, lo strinse ancora di più a sé e lo trascinò attraverso il salotto, finché lei non ebbe la schiena contro la parete. Le loro lingue danzavano in maniera selvaggia, le mani di Ginny scendevano lungo la schiena di Gabriele. Voleva un contatto più intimo. Afferrò i lembi della camicia e la strappò, facendo saltare i bottoni. Gabriele fece appena un passo indietro per constatare la fine che aveva fatto l'indumento e poi, sorridendo, lo gettò a terra.

Ginny lo tirò verso di lei: doveva averlo!

I loro corpi sbatterono l'uno contro l'altro mentre divorava la sua bocca.

«Gin...», ansimò Gabriele senza staccarsi, respirando affannosamente. «Mi fai impazzire.»

«Mettiti contro il muro», gli ordinò.

Un lampo di bramosia attraversò il volto di Gabriele nel momento in cui eseguiva il volere dell'amante.

Lei si tolse la vestaglia e il perizoma, ma non i tacchi e annegò nello sguardo pieno di desiderio e di lascivia di lui. Dopodiché cominciò ad armeggiare con la cintura dei pantaloni di Gabriele e a sbottonarli. Le nocche sfiorarono l'erezione, facendolo sussultare. Serrò gli occhi. Lenta, Ginny aprì la patta, infilò la mano nei suoi boxer, sfiorò la massa di peli biondo scuro. Lui fremette, alzando lo sguardo al soffitto. Il petto si gonfiò e lei si allungò a lambire con la lingua la pelle sopra il suo sterno.

«Sei mio, Gabriele. Tienilo sempre a mente. Niente e nessuno riuscirà mai a dividerci.»

«Mmm», mugugnò Gabriele, mentre lei faceva girare la lingua attorno al capezzolo e tirava fuori la mano dai boxer.

Li afferrò per il bordo e li abbassò sulle anche ben tornite. Il suo pene si eresse libero.

"Santo cielo, è enorme!" L'estremità era gonfia, umida e puntava dritta verso di lei.

Ginny si mise in ginocchio, facendo scivolare le mani sulle sue cosce, mantenendo il contatto visivo mentre lo faceva. Poi prese la mano di Gabriele e mormorò: «Toccati.»

Lui obbedì e passò la mano sul membro con lunghe, lente carezze, il respiro che gli si spezzava a ogni tocco. Vederlo toccarsi le faceva sentire mille aghi e spilli piantati nell'inguine e la temperatura corporea che saliva velocemente. Gabriele usò la mano libera per carezzarle il viso.

Ginny schiuse le labbra, gli accarezzò il retro delle gambe per afferrargli le cosce. Lui continuò ad accarezzarle il viso e si posizionò sulla sua bocca. «Lo prenderò tutto, e tu verrai nella mia bocca», sussurrò lei. La sua lingua scattò fuori per leccarne la goccia cremosa. «Ingoierò tutto.» Lo vide stringere le palpebre, serrare la mascella così forte che Ginny pensò potesse scoppiargli una vena sulla tempia. Rafforzò la presa sulle cosce e lo tirò in avanti.

«Cazzo, Gin!» Gabriele digrignò i denti mentre Ginny ritirava la bocca e sfiorava maliziosa con le mani il davanti delle gambe fino ad arrivare ai testicoli. Lui gemette con la testa inclinata all'indietro, il bacino tremante. Stava facendo fatica a mantenere il controllo.

Con movimenti leggeri, l'innamorata fece scorrere la punta delle dita, avanti e indietro, sulla congiunzione dello scroto. Guardò i tendini del collo di Gabriele irrigidirsi quasi fino al punto di rottura. Le piaceva. Lui era inerme e vulnerabile e lei aveva il controllo assoluto. Era alla sua completa mercé. Un bel cambiamento, considerati gli ultimi avvenimenti, in cui lei era stata alla sua mercé.

Spostando la mano alla base del pene, lo afferrò con decisione, fece scorrere la lingua sulla punta e depose un bacio morbido proprio in cima. Guardò su e incontrò lo sguardo di Gabriele che cominciò a tracciare dei lenti cerchi tra i suoi capelli. Ginny leccò il suo membro in tutta la sua lunghezza, traendo un immenso piacere dai suoi sussulti e dai rapidi respiri strozzati che gli sfuggivano fra i denti.

Ma Ginny voleva di più, voleva che lui non potesse più fare a meno di lei. Così, spostò di nuovo la mano dietro la sua coscia e lo strattonò di colpo nella sua bocca.

«Oh. Mio. Dio, Gin!»

Lo sentì sfregarle il fondo del palato, poi fece scorrere delicatamente i denti sulla sua pelle tesa mentre arretrava.

«Sì, prendilo fino in fondo, piccola», ringhiò, immergendosi ancora in lei.

Ginny chiuse gli occhi e assorbì l'assalto. Sentì il pene gonfiarsi e pulsare nella sua bocca. Sapeva che stava per venire. Si tirò indietro, lo prese con le mani e cominciò a massaggiare, leccare e succhiare la punta palpitante al ritmo dei suoi respiri brevi e secchi.

«Sei pronto?» disse Ginny con la voce arrochita. Chiuse le labbra attorno all'erezione vibrante mentre le schizzava uno spruzzo bollente e cremoso dritto in gola. Lo prese, tutto. Ingoiò senza lasciarlo, guardando in su, per vederlo abbandonare la testa all'indietro e urlare un grido rauco di soddisfazione. Gabriele rallentò i movimenti del bacino fino a un ritmo più regolare e pigro, calmando piano piano l'eccitazione. Lei leccò e succhiò via la tensione.

L'amante aveva il respiro pesante quando guardò in basso, gli occhi azzurri annebbiati, vacui. Si piegò verso di lei e le diede un bacio di totale appagamento. «Sei incredibile, Gin.»

«Sei mio per sempre, amore mio.»

«Buono a sapersi», ribatté lui, sarcastico.

«Non provare a fare il furbo con me, Gabriele. Dobbiamo chiarire ancora molte cose, io e te.»

Si spostarono sul divano e si abbracciarono stretti.

«Scusa per il mio comportamento delle ultime settimane. Ti prometto che rimedierò e che presto dirò a Swami che voglio chiudere il nostro matrimonio.»

Ginny si strinse ancora di più a lui. «Lo farai davvero?»

Lui annuì e le sorrise, ricoprendole il viso di baci.

«Fai l'amore con me, Gabriele», disse Ginny, sognante, guardando il suo membro di nuovo duro.

Gabriele non se lo fece ripetere e la penetrò adagio, tra i sospiri, le labbra semiaperte e umide. Ginny gemette di puro, deliziato piacere al suo riempirla fino in fondo e agganciò le gambe alla sua vita. Era così bello averlo dentro. Per un momento pensò che se fosse morta adesso, sarebbe morta felice.

«Dove sei stata tutto questo tempo, Gin? Quando stiamo così, mi fai desiderare di rimanere qui con te per sempre», gemette Gabriele, affondando ancora di più dentro di lei.

«Ti ho aspettato. Promettimi una cosa.» Faticava a parlare per l'intensità dell'eccitazione.

«Cosa?» Gabriele non era più lucido, sembrava in uno stato allucinatorio.

«Resterai con me per sempre? Ho bisogno di sentirtelo dire, Gabriele.» Mosse il bacino in cerchio, permettendogli di penetrarla fino al centro di se stessa.

«Oh Dio, resterò.» La sua voce tremò di piacere ed emozione.

«Sto per venire», ansimò Ginny.

«Ti prego, aspettami.»

«Non ce la faccio. Sto partendo.» Irrigidì le gambe attorno al suo corpo e andò in pezzi. Gridò forte e intrappolò il suo labbro inferiore tra i denti, mordendo.

Gabriele urlò, si sollevò in ginocchio, si inarcò all'indietro e poi affondò con violenza, liberandosi a sua volta e svuotandosi dentro di lei.

«Cristo, Gin, mi fai morire!» Affondò il viso nel collo di lei, muovendo lento il bacino, avanti e indietro, prolungando ogni grammo di piacere.

«Ti amo, Gabriele.»

«Ti adoro, piccola.»

Ginny si accoccolò contro di lui, era stanca e aveva voglia di dormire, il sesso l'aveva spossata. Chiuse gli occhi e l'ultimo pensiero prima di abbandonarsi al sonno fu che, al suo "ti amo", lui le aveva risposto con un "ti adoro". Non andava bene per niente… affatto!

CAPITOLO 19

La mattina dopo, Ginny si svegliò piena di euforia e di gioia. Guardò l'uomo accanto a lei e percepì l'amore invaderle tutto il corpo. Era possibile amare così tanto una persona come lei amava Gabriele? Passò le dita fra i capelli dell'amante e ripensò alla serata prima, a tutta la passione che entrambi avevano sfoderato come spadaccini provetti.

Gabriele aprì gli occhi e le mostrò un sorriso che lasciava intendere tutta la sua soddisfazione per la notte appena passata.

«Buongiorno, tesoro.»

«Buongiorno a te, amore mio. Dormito bene?»

«Divinamente.» Si rizzò a sedere, le diede un bacio sulle labbra e corse in bagno.

Ginny si stiracchiò, pensando a tutti i momenti che avrebbero passato insieme non appena Gabriele avesse detto a Swami che voleva separarsi. Sarebbe stato stupendo sotto ogni punto di vista: andavano d'accordo, condividevano gli stessi interessi e sotto le coperte erano una bomba esplosiva. Cosa poteva volere di più da una relazione? Certo, che lui si liberasse della moglie una volta per tutte.

Il suono di un messaggio sul telefono di Gabriele la riportò al presente. Osservò l'oggetto illuminarsi sul comodino. Chi poteva mai scrivergli alle sei del mattino? Non si trattava di lavoro perché per quello Gabriele utilizzava un altro cellulare con un altro numero.

Un altro messaggio ancora.

E ancora.

Tin.

Tin.

Tin.

Ginny cominciò a insospettirsi e si avvicinò al telefonino. Vide che erano messaggi su Telegram. Le prudevano le mani da quanto desiderava mettere le dita sull'oggetto incriminato. Sapeva che non era corretto, ma di Gabriele non ci si poteva di certo fidare e, non appena sentì l'acqua della doccia scorrere e lui cantare, lo prese e vide l'anteprima del messaggio sullo schermo.

Si trattava di una certa Crystal che gli chiedeva quando avrebbero potuto vedersi.

Il cuore cominciò a batterle forte nel petto mentre la rabbia si impossessava di lei. Ancora chattava con altre donne? E chi cazzo era questa Crystal? Da che diavolo di universo usciva? Con il telefono in mano, si incamminò verso il bagno e spalancò la porta.

«Chi cazzo è Crystal?»

Gli occhi di Gabriele si spalancarono e, mentre l'acqua gli scorreva sul corpo, esclamò: «Crystal? E chi è?»

«Non fare l'idiota con me, Gabriele! Chi cazzo è questa Crystal che ti scrive alle sei del mattino su Telegram?»

«Hai guardato il mio telefono? Come ti sei permessa?» Il fedifrago aveva chiuso l'acqua ed era uscito dalla cabina, avvolgendosi l'asciugamano intorno ai fianchi. Poi, aveva allungato il braccio e aveva lottato con Ginny per riprendersi il cellulare. Lei lo teneva stretto come fosse Gollum con l'anello.

«Certo che mi sono permessa! Credevo che tu l'avessi finita con queste puttanate! Ancora hai bisogno di chattare con altre donne?»

Gabriele aveva cominciato a vestirsi in tutta fretta. «Non è niente, Gin. È soltanto una vecchia conoscenza.»

«Di che tipo?»

«Cosa?»

«Che tipo di conoscenza? Una tua vecchia amante? O un'amante fresca fresca?»

Lui cominciò a raccogliere le sue cose, era pronto per andarsene. «Una vecchia amante. Sono stato con lei prima ancora che Andrea nascesse.»

«E come mai ti scrive ancora? Vi siete sentiti?» Ginny era entrata nei panni della Santa Inquisizione.

«Così…»

«Così? Che cazzo di risposta è *così*? Mi prendi in giro, Gabriele? Pensi che sia una povera stupida?»

«Gin…» Gabriele sospirò. «Non è successo niente. Siamo stati insieme tre o quattro volte quando ci siamo conosciuti, poi la nostra storia è finita, ma siamo rimasti amici. Ogni tanto ci sentiamo per sapere come stiamo.»

«Le hai scritto tu o è stata lei?»

«Lei.»

«Fammi leggere tutta la chat.»

«Assolutamente no!»

«Se non hai niente da nascondere, perché non vuoi?»

«Perché la ritengo una violazione della mia privacy.»

«Be', e io ritengo che tu violi di continuo la mia dignità con il tuo comportamento, quindi ti chiedo gentilmente di farmi leggere i vostri messaggi. Almeno così poi mi metto tranquilla.»

«Gin, non hai bisogno di leggere le mie chat per metterti tranquilla, ti devi semplicemente fidare di me.»

Ginny scoppiò in una risata isterica. «Fidarmi di te? E come? Dimmi come e lo farò!»

Gabriele scrollò le spalle. «Non lo so, devi trovare tu il modo, altrimenti così non ne verremo fuori.» Indossò le scarpe e chiuse la zip della sacca.

«Dove stai andando?»

«In ufficio.»

«M-ma come? Avevi detto che avremmo passato la giornata insieme. Che mi avresti portato fuori a pranzo!»

«Sì, hai ragione, ma mi è appena arrivato un messaggio dall'ufficio e hanno indetto una riunione dell'ultimo minuto.»

«Balle! Il tuo telefono dell'ufficio era sul comodino accanto all'altro e non è arrivato alcun messaggio!»

«Gin, per favore, non rendere le cose ancora più difficili. Siamo stati così bene questa notte, vedi di non rovinare tutto come al solito.»

Ginny non credeva alle parole dell'amante. Come poteva rivolgersi a lei così?

Cercò di immettere ossigeno nei polmoni prima di soffocare. «Io rovino tutto come al solito? Ma sei andato via di testa? Tu, piuttosto, ti rendi conto di come ti stai comportando?»

«Certo che lo so, ma quando fai così e diventi ossessiva, mi fai desiderare di andarmene immediatamente. Ti ho ripetuto che non c'è niente con questa Crystal e tu continui a non credermi. Come pensi mi possa sentire io? Sempre sotto la lente d'ingrandimento, attento a non fare un passo falso altrimenti Ginny comincia a dare di matto.»

«Dare di matto io? Mi dispiace, Gabriele, ma non ti credo quando dici che ti ha contattato lei, sei stato tu. E per cosa? Per noia, voglia di sentirti apprezzato, voglia di giocare e flirtare. E il fatto che tu non voglia farmi leggere la chat la dice lunga sul genere di conversazione che avete avuto. Probabilmente a sfondo sessuale, altrimenti non avresti nessun problema a farmela leggere.»

Gabriele la guardò sconsolato, ma non proferì parola.

«Ma siccome racconti bugie, e la donna che ti sta vicino a un certo punto diventa la mamma cattiva che ti punisce, se io avessi visto con i miei occhi i vostri scritti, non avresti più potuto mantenere la versione che mi hai dato. È abbastanza semplice, il discorso. A questo punto la mia domanda è: pensi di andare avanti così per sempre?»

«Gin… per favore.»

«Per favore, un cazzo! Ma mi chiedo: davvero hai bisogno di avere una donna ufficiale e un corollario di altre donne con cui chattare e nell'eventualità scopare? Cosa pensi, che io non abbia spasimanti?»

«Immagino che tu li abbia.»

«Esatto! Ma la differenza è che io do loro il benservito, visto che non sono interessata e che sto con te. Ma la differenza tra me e te è che io so quello che voglio. Tu?»

«Dobbiamo parlarne adesso?»

«Sì! Non ti lascerò andare prima che tu abbia ascoltato quello che ho da dirti. Troppo facile, Gabriele.»

«No, Gin, ti sbagli, non è semplice affatto e non sto fuggendo.»

«Invece sì, hai sempre bisogno della tua via di fuga, che siano altre donne oppure una casa da comprare e, guarda caso, non te ne va mai bene una. È il tuo gancio psicologico. E mi chiedo se davvero io voglia stare con un uomo che non mi dà fiducia, che quando c'è la prima difficoltà è pronto a tradire, pensando in questo modo di punire la donna con cui ha deciso consapevolmente di condividere un pezzo della sua vita.»

«Non mi va di parlarne, devo andare.»

«Ecco, vedi? Non lo so più, Gabriele, non so più se voglio stare con te. Con un uomo che non mi fa leggere le chat, un uomo per cui, quando esce, mi dovrò sempre chiedere se è davvero con i suoi amici oppure con la Crystal di turno. Un uomo che mi fa prendere due giorni di ferie per arrivare alle otto della sera e ora se ne va quando mi aveva promesso che avremmo passato la giornata insieme. Un uomo per cui non sono la priorità.»

«Mi dispiace… mi dispiace…», ripeteva Gabriele con la testa bassa.

«È arrivato il momento che tu mi dimostri cosa sono per te, cosa desideri per noi, se e quanto mi ami e se sei disposto a metterti in gioco al cento per cento per costruire qualcosa insieme. Se così non fosse, lasciamo perdere.»

«Gin…» Gabriele avanzò verso di lei, ma Ginny lo fermò con la mano alzata.

«No, Gabriele, lasciami stare. Sono molto ferita e il fatto di poterti vedere solo nei tuoi ritagli di tempo mi rende esausta e, dopo Crystal, non riesco a vedere un futuro a queste condizioni.»

«Comprendo il tuo punto di vista e su alcune cose hai ragione, ma per me è un momento molto pesante e non so darti certezze.»

Ginny sentì le lacrime pizzicarle gli occhi, ma il nodo in gola non le permise di dire altro. «Non sai darmi certezze, certo… ti ricordo che non più tardi di questa notte mi hai giurato che avresti detto a Swami che vuoi la separazione.»

«Devo andare. Perdonami, ma mi stanno aspettando. Prendiamoci qualche giorno per riflettere.» Allungò il braccio per prenderle la mano, ma Ginny nascose le mani dietro la schiena.

«Ciao, Gin, ci sentiamo.»

Lei non rispose nemmeno e aspettò che la porta si richiudesse alle spalle dell'amato prima di scoppiare in singhiozzi. Possibile che non ci fosse mai niente che andasse per il verso giusto? Cosa doveva fare ora che lui le aveva detto di prendersi qualche giorno per riflettere? E se non l'avesse più voluta? Cos'avrebbe fatto? Lei voleva un rapporto, una famiglia e non poteva credere di aver buttato all'aria tre anni della sua vita.

CAPITOLO 20

Ginny si diede malata al lavoro e chiamò Tilly. Per quanto lei e il padre avessero concordato che avrebbe chiuso gli ultimi lavori in sospeso anche se si era licenziata, oggi proprio non ce la faceva a presentarsi.

«Tilly...» Era ancora in lacrime dopo la fuga di Gabriele.

«Che succede, Ginny? Perché piangi?»

«Ci siamo lasciati.» Si soffiò il naso nel telefono.

«Tu e Armando?»

«Chi diavolo è Armando?» singhiozzò.

«Come 'chi diavolo è Armando'? Okay, tesoro, sei sotto choc, raccontami cos'è successo.»

Tirò su con il naso e cominciò il racconto della notte passionale e della scoperta di Crystal.

«Mi dispiace, Ginny.»

«Ma può continuare a ferirmi in questo modo? Perché lo fa? Io proprio non capisco.»

«Hai mai pensato che potrebbe non riuscire a farne a meno?»

«In che senso?»

«Nel senso che essere un traditore seriale è nella sua natura e credo che, per quanto Armando ti possa anche scegliere un giorno, tu non riusciresti mai a fidarti di lui.»

«Io... be'... magari...»

«Cerca di essere onesta con te stessa: ti puoi fidare di un uomo del genere?»

Ginny non ebbe nemmeno bisogno di pensarci un attimo e rispose: «No.»

«A te la scelta, Ginny, su come vuoi vivere la tua vita. Sempre a preoccuparti che lui non ti tradisca o che chatti con qualcuna? Io penso che tu meriti un amore completo, so che sono i soliti cliché, ma è così che dovrebbe essere.»

«Sì, hai ragione, ma ora sono a pezzi per pensare a queste cose. Non ne posso più, Tilly, non so come uscirne.»

«Forse è venuto il momento di concentrarti soltanto su te stessa e lasciare Armando in stand by per un po'. So che è l'ultima cosa a cui vuoi pensare, ma cosa ne dici se andiamo sul lago, pranziamo con Azzurra e Swami e…»

«No, con Swami, no!»

«Oh…»

«Scusami, ma non voglio che ci sia Swami, Azzurra sì, ma lei no. Hai visto anche tu che negli ultimi tempi ce l'ha con me perché sono l'amante che sta distruggendo una famiglia.» Si affrettò a precisare.

Tilly sospirò. «Va bene, lo chiederò soltanto ad Azzurra, ma prima o poi tu e Swami dovrete chiarirvi, soprattutto in previsione della nostra collaborazione professionale. Altrimenti non funzionerà, Ginny.»

«Sì, lo so, ma non ora, ti prego.»

«Okay, okay, e poi magari Swami non è nemmeno libera.»

Quando Ginny e Tilly arrivarono a Bardolino, Azzurra le aspettava già "All'Unico", il ristorante cui erano solite andare e dove avevano prenotato.

«Ciao, ragazze, come va?» L'allegria e l'entusiasmo di Azzurra era di solito contagiosa, ma non questa volta, perlomeno non per Ginny.

«Tutto bene», rispose Tilly.

«Domanda di riserva?» domandò Ginny.

«Problemi con Armando?»

Ginny dovette mordersi la lingua per non esclamare di nuovo: "E chi diavolo è Armando?" Era stanca di mentire, voleva che tutto fosse alla luce del sole, voleva far partecipi le sue amiche del suo rapporto con Gabriele, era arrivato il momento. *Ma cosa vai dicendo?* Si disse. Vi siete appena lasciati! Altroché luce del sole, qui era tutto ancora più nascosto, celato nelle profondità degli abissi.

«E con chi altro?» si limitò a rispondere. «Sentite, vi ringrazio per essermi vicine, ma possiamo parlare di altro, oggi?»

Le amiche annuirono mentre tutte e tre prendevano posto al tavolo nel patio ricoperto di piante rampicanti con fiori dal profumo delizioso.

Dopo aver ordinato un bicchiere di vino bianco ciascuna e tagliata di manzo con contorno di verdure alla griglia, Tilly partì all'attacco:

«Ursula ha preparato il contratto. La proprietà sarà nostra prima della fine del mese.»

«Non è fantastico? Apriamo il nostro *Café Couture*!» esclamò Azzurra, euforica.

Ginny avrebbe voluto condividere il loro entusiasmo, ma era irritata per quello che era accaduto con Gabriele e di nuovo avevano fatto tutto loro, dando per scontato che lei avesse oramai accettato.

«Fammi capire, Tilly, tu e Azzurra mi avete portato qui con l'inganno di farmi distrarre dai miei problemi quando in realtà era tutto organizzato per farmi firmare il contratto?»

«Assolutamente no! Non c'è stato nessun inganno, vogliamo davvero che tu ti distragga e, con l'occasione, perché non unire l'utile al dilettevole? Mi dispiace che tu pensi che ti abbiamo raggirato. Non è affatto così.»

«Come ti abbiamo già detto l'altra sera a casa tua, se proprio non te la senti, faremo senza di te», aggiunse Azzurra.

Ginny sbuffò, spazientita.

«Non è questo che voglio, è che… oh, perdonatemi, sono un disastro!»

«Ginny», disse Tilly, toccandole il braccio. «Sappiamo quanto tu stia soffrendo in questo momento, e nessuno meglio di me e Azzurra ti può capire. Sai benissimo cosa abbiamo passato con Michele e Gianmaria. C'eri, eri lì con noi a tenerci la mano mentre soffrivamo le pene dell'inferno. E se adesso possiamo ricambiare il favore, lo stiamo facendo coinvolgendoti nell'impresa. Sappiamo anche quanto tu sia incasinata, turbata e devastata per decidere in tutta tranquillità, perciò, facciamo così, se proprio non te la senti, all'inizio puoi venire a lavorare per noi, ti pagheremo le lezioni. Noi lo apriremo comunque il centro pilates che tu sia con noi o meno e dovremo prendere un insegnante, potresti benissimo essere tu. Potrai sempre entrare in società più avanti. Che ne dici?»

Rabbonita, Ginny guardò l'amica con rispetto. «Mi dispiace… grazie per la comprensione, ma io voglio essere dei vostri.»

«Ti basta dire un semplice "sì", tesoro.»

«Sì», mormorò Ginny, dapprima timidamente e poi più forte, tanto che alcuni astanti si voltarono a guardarle, facendole ridere.»

«Perfetto! Benvenuta nel club, Ginny!» esclamò Azzurra.

«Forza, pensiamo al nostro progetto. Il nostro quartetto sta per rivoluzionare la propria vita e quella di questa amena cittadina di lago. Credo che la cosa meriti un brindisi», fece eco Tilly con entusiasmo.

Le tre amiche brindarono coi loro calici di vino.

«A noi», annunciò Azzurra.

«E alla nostra impresa», aggiunse Ginny.

«Ora manca soltanto di scegliere il nome», disse Tilly. «Così potremo mandare in giro la voce che stiamo per aprire il nostro *Café Couture*.»

«Dev'essere un nome semplice, che si ricordi immediatamente», continuò Ginny.

Tilly e Azzurra annuirono.

«*Café Couture for Four*», annunciò Tilly, solenne. «Che ne dite?»

Azzurra si illuminò in volto.

«Mi sembra eccellente.»

«Ginny… che te ne pare?»

«Sì, mi piace.»

«Pensate che bello se un giorno potessimo farne una catena, un *Café Couture* in ogni città», disse Azzurra.

«Prima pensiamo ad aprire questo centro. Non cominciamo già a sognare su progetti di espansione», l'ammonì Ginny, cauta.

«Che male c'è a pensare in grande? Una volta anche tu avevi sogni grandiosi. Hai perso l'abitudine», replicò Tilly.

Forse la sua amica aveva ragione, si disse Ginny. I suoi sogni erano sempre rimasti in secondo piano rispetto a quelli di suo padre prima, di suo marito dopo e ora di Gabriele, tanto che aveva dimenticato il piacere di avere grandi idee e progetti ambiziosi.

«Da oggi tutto cambierà», sentenziò. «D'ora in poi ricomincerò a sognare.»

«Chissà che nei tuoi sogni si faccia un posticino per un altro uomo», insinuò Tilly.

«Di sicuro», intervenne Azzurra. «Tutte noi ci auspichiamo di far saltare fuori quel posticino.»

«Me lo auguro proprio…», rispose Ginny, lo sguardo perso in lontananza verso la grande distesa d'acqua. Il pensiero tornò a Gabriele e agli avvenimenti della loro mattinata. Non che se ne fosse mai andato completamente, a essere sinceri, ma l'incontro con le amiche era stato un allegro intermezzo. Almeno fino a quel momento, era bastato il commento fuori luogo di Azzurra sul "posticino per un altro uomo" a riportarla nel baratro.

«Che ne dite di andare a rivedere la casa una volta finito il nostro pranzo?» propose Tilly.

«Sì!» disse immediatamente Azzurra.

Ginny era ancora immersa nei suoi tetri pensieri e non si diede pena di rispondere. Era davvero sicura di volersi imbarcare in una nuova attività che richiedeva tutte le sue energie? Se avesse dovuto rispondere con onestà, avrebbe detto no, che non se la sentiva, che l'unica cosa che anelava era rivolgere tutte le sue attenzioni a Gabriele e ad avere una vita con lui. Il resto non le interessava, ogni cosa la annoiava e la trovava inutile. Che fosse depressa? I segnali c'erano tutti. Apprezzava gli sforzi delle amiche nel volerle tirare su il morale, ma era tutto difficile e pesante da sostenere. Soprattutto, sarebbe stato complicato vedere ogni santo giorno Swami, pensandola a condividere la vita che sarebbe spettata a lei con Gabriele.

«Ginny?» la richiamò Tilly.

«Scusa, non ti ho sentito. Sì, certo, mi va, andiamo pure.»

Ecco, era fatta, non poteva più tirarsi indietro. Perché non si era fermata prima? Perché Tilly era stata così insistente che lei si era lasciata convincere! Ecco il perché. Ma che vai dicendo, Tilly ti ha proposto di lavorare per loro! Si toccò la tempia che aveva cominciato a pulsare, segnale che era in arrivo uno dei suoi maledettissimi mal di testa che l'avrebbe stesa per un giorno a letto. 'Fanculo vita di merda!

CAPITOLO 21

Quando Gabriele tornò a casa quella sera, era di cattivo umore: sul lavoro i problemi si moltiplicavano di giorno in giorno, per non parlare della discussione con Ginny che aveva rovinato ogni cosa. Perché le donne a un certo punto vogliono sempre di più? Maggiori certezze, maggiori promesse e addirittura una vita di coppia! Lui e Ginny stavano così bene, i primi tempi, scopare con lei era una vera goduria. Facevano cose che lui e Swami non avevano mai osato fare, con un trasporto e un senso di intimità che non provava da anni.

Ginny lo guardava, lo toccava, lo faceva sentire come un dio, il suo dio. E così si era illuso di provare per Ginny quello che aveva provato per lei quando erano giovani, e per un po' ne era stato davvero convinto. Era stato lì che si era sbagliato. Aveva creduto di esserne innamorato.

Entrò in salotto e trovò le luci spente, la stanza era illuminata da candele che emettevano bagliori e ombre nell'aria. La tavola era apparecchiata per due e un profumino delizioso di cibo si sprigionava tutt'intorno. Per terra c'erano dei petali di rosa posizionati a mo' di serpentina che portavano diritto nella zona notte.

«Swami, tesoro, ci sei?» Gabriele sentiva già il fuoco ardere dentro di lui. Il pene aveva cominciato a pulsargli in maniera incredibile. Era eccitato dall'iniziativa di sua moglie ed era una vita che non accadeva. Non appena varcò la soglia della camera da letto, trovò Swami distesa in una posa seducente in slip e reggiseno e reggicalze nero. Wow, il corpo di quella donna era ancora una bomba.

Anche lì c'erano candele profumate accese e una musica in sottofondo.

«Buonasera, marito mio», mormorò Swami, tirando giù la spallina del reggiseno.

«Dov'è Andrea?»

«Dorme dai miei, questa notte, abbiamo tutta la casa per noi.» Con l'indice gli fece cenno di avvicinarsi.

Gabriele avanzò verso di lei mentre si allentava la cravatta e si liberava della camicia. Sentiva l'acquolina in bocca come se non mangiasse da settimane. Un affamato di fronte a un pranzo prelibato e succulento. Si buttò sulla moglie e cominciò a baciarla con voracità.

Quanto era sensuale ed eccitante, Swami! Proprio come quando era rientrata da Parigi. Aveva quella bellezza felina e intrigante che all'inizio della loro storia lo aveva ammaliato e fatto capitolare. La spogliò con frenesia, lasciandola nuda, e per un momento si fermò a osservare il suo corpo alla luce soffusa delle candele: la pelle scura, lucida, sembrava quella di una dea indiana, una di quelle che lui e Swami avevano acquistato durante il loro viaggio di nozze a Mumbai, la città originaria della famiglia di sua moglie.

L'aria era impregnata dell'aroma di Javadhu, la fragranza indiana afrodisiaca chiamata anche Profumo del Paradiso. Anche Swami ne era permeata, dietro i lobi delle orecchie, sull'incavo del collo, sui polsi, sull'inguine, sul seno, sull'addome e Gabriele, già eccitato alla semplice vista della madre di suo figlio, sentì il piacere invadergli ogni singola cellula del corpo. Era proprio come ai primi tempi della loro relazione, quando esistevano soltanto loro due, quando le emozioni che sapeva dargli Swami non avevano eguali nella sua fino ad allora misera vita, quando ancora tutto era possibile…

Cos'era successo? Perché si erano distaccati così tanto da fare in modo che lui cercasse il piacere e il conforto in altre donne? Il pensiero di Ginny e della sua voluttà della notte precedente gli oscurò per un attimo la gioia del momento, ma si costrinse a scacciarli via dalla mente e tornò a concentrarsi sulla splendida creatura che gemeva sotto di lui.

«Gabriele, fammi tua, ti prego, non farmi aspettare oltre…», ansimò lei contro la sua bocca.

Gabriele si slacciò la cintura e si abbassò i pantaloni e i boxer, mostrando il pene eretto. Lo sguardo languido di Swami si appoggiò sul fallo mentre deglutiva.

«Ti piace, vero, piccola?»

«Da morire.» Lo prese con le sue piccole e delicate mani e lo sentì pulsare.

Gabriele avanzò carponi verso il viso della moglie con il sesso puntato verso le sue labbra. Voleva che lei glielo prendesse in bocca e lo succhiasse fin quasi a farlo venire. Esattamente come aveva fatto Ginny la sera prima, anche se sapeva che Swami non avrebbe mai ingoiato, per lei era fuori discussione, gli aveva sempre detto. Swami protese la bocca e la aprì, accogliendolo. Il respiro di Gabriele si fece affannato.

«Oh, sì, continua, non fermarti, mi fai morire, tesoro.»

Poco prima di raggiungere l'orgasmo, Gabriele si scostò, d'impulso afferrò la vita dell'amata e la penetrò con forza, facendole sfuggire un grido disperato.

«Oh, Dio», esalò Swami.

Lui la baciò con violenza, gemette mentre le loro lingue facevano una danza cerimoniale nelle bocche.

«Non sarò delicato, Swami. Ti avverto.»

«Sono tua.» Gli avvinghiò le gambe attorno ai fianchi, il corpo in fiamme.

Gabriele spinse come un toro inferocito, riempiendola fino in fondo.

«Dio!», urlò Swami.

«No, piccola, sono Gabriele, non Dio», ansimò tra una poderosa spinta e l'altra. «Bello, vero?»

Swami sorrise per la battuta e gli affondò le unghie nei muscoli.

«Swami?»

«Sì!» Lei aveva la testa, affannata, folle di piacere, mentre con ogni spinta il suo sguardo si faceva sempre più fosco e torbido.

«Dio, è così perfetto con te, lo è sempre stato. Te lo ricordi ancora, vero?» Gemette senza staccare le labbra, continuando quel ritmo serrato, vorace. «Te lo ricordi ancora?» ripeté.

«Non l'ho mai scordato!» strillò in mezzo ai colpi violenti.

A mano a mano che raggiungevano il culmine, Swami agganciò le cosce ai fianchi di lui, ogni muscolo del suo corpo si contraeva in attesa dello scatto. Gabriele tremò, mugugnò parole incoerenti contro la sua bocca.

«Per la miseria! Gabriele, ancora!»

Il marito aumentò il ritmo delle spinte, un ritmo mai sperimentato prima. E Swami venne attorno al suo membro, gridando il suo nome.

Il lamento che esplose dalle labbra di lui indicò che erano venuti insieme, il corpo di Gabriele sussultò contro quello della donna. Abbandonò la testa sulla spalla di Swami, il cuore che batteva veloce nel petto.

«Porca puttana!» bisbigliò, respirando piano. «È stato... è stato...» Non riusciva a trovare le parole da quanto era ancora stordito.

«Intenso?» gli venne in aiuto la moglie.

«Sì, intenso. Grazie, amore mio, grazie, mia dolce, Swami. Mi sei mancata», mormorò Gabriele con dolcezza, accarezzandole la schiena con entrambe le mani.

«Mi sei mancato anche tu, mio bellissimo uomo. Voglio che tu mi faccia una promessa, Gabriele.»

«Tutto quello che vuoi.» Si voltò a guardarla e puntò i suoi occhi pieni d'amore in quelli della sua dolce metà.

«Promettimi che da oggi in poi, anzi, da questa sera in poi, niente ci dividerà più. Che qualunque problema avremo, lo affronteremo insieme, basta silenzi, basta recriminazioni, soltanto noi due e il nostro amore.»

«Te lo prometto.» Le strinse le mani tra le sue e le sfiorò le labbra con un leggero bacio.

«Ti amo, Gabriele.»

«Ti amo anch'io, Swami.» Gabriele sentì una stretta al cuore. Amava sua moglie? Non sapeva dirlo con esattezza. Era sempre stato convinto che l'unica donna che avesse mai amato fosse stata Ginny, ma Swami era Swami. Quindi, se questo voleva dire amare, allora sì, la amava. Era l'unica donna che aveva saputo dargli uno spazio accogliente dove sentirsi a casa. L'unica che lo lasciava libero di essere quello che era. Sapeva che lei era a conoscenza delle sue scappatelle, se ne era accorto a Formentera, quando lei lo aveva apostrofato dicendo:

«So che non sei da solo. So che sei con la tua nuova ragazza. Ma fai pure, tanto tornerai sempre da me.»

Lui era rimasto spiazzato, ma non aveva raccolto e soprattutto non aveva ribattuto. Sapeva che, se l'avesse fatto, fra lui e Swami si sarebbe aperta una voragine e sarebbe iniziato un punto di non ritorno che lui non voleva affrontare. Aveva abbozzato e si era messo a ridere, cercando di sdrammatizzare. E lei lo aveva lasciato fare, ecco qual era la grande forza di sua moglie: lasciare che fosse, che "lui" fosse chi voleva essere.

Le scostò i capelli dalla faccia, baciandola ancora sulla bocca. «Hai fame?»

«Sì, molta.»

Dopo aver indossato lui i pantaloni della tuta e una t-shirt e lei una vestaglia blu notte in seta, si diressero in sala, dove la tavola era ancora apparecchiata. Swami scoperchiò i piatti dalla cupola d'argento e Gabriele ammirò la bravura di sua moglie in cucina: pollo al curry, Meetha Paan, foglie di betel arrotolate farcite di carne e verdure, e Masala Dosa: delle crêpe con un particolare ripieno piccante a base di patate, coriandolo, riso, lenticchie, curry, curcuma e cipolle.

«Ho già l'acquolina in bocca», disse il padrone di casa, buttandosi sul cibo. «Coccolami così ogni sera e sarò tuo per sempre.»

Swami sorrise, raggiante, sospirò e si sedette accanto al padre di suo figlio. «Lo farò.»

Gabriele sentì il suono del telefonino che aveva poggiato sul tavolino in entrata quando era arrivato e gli vennero i brividi. Un messaggio dopo l'altro. Ne contò una decina.

«Ma chi è che ti scrive a quest'ora?» gli domandò Swami.

Deglutì a fatica il boccone che aveva appena ingurgitato. «Oh, dev'essere il lavoro. La mia segretaria è rimasta in ufficio per finire una pratica urgente. Permetti che vada a controllare che non sia niente di grave?»

«Certo.»

Gabriele si alzò mentre il mal di testa si faceva strada in lui. Prese il cellulare che si illuminò: dieci messaggi di Ginny! Sapeva che si trattava di lei. Il respiro gli si mozzò in gola mentre procedeva nella lettura:

So che vuoi prenderti del tempo per riflettere, ma pensavo che mi avresti chiamata…
Non ti capisco più, Gabriele…
Siamo stati bene la scorsa notte, come non lo stavamo da troppo tempo
E tu che fai? Ti metti a chattare con un'altra donna?
Come credi che io possa continuare ad accettare tutto questo?
Tu lo faresti al posto mio?

«Tutto bene, amore?»
La voce di Swami lo riportò al presente.
«Sì, sì, rispondo e arrivo subito.»

Impegnato sul lavoro, non ho avuto un attimo di tempo
Mi dispiace tanto che tu stia male
Io ti voglio e ti vorrò sempre bene comunque

La risposta di Ginny arrivò immediatamente:

Io no, non a queste condizioni. Chiedo poco, soltanto di poter stare con te
Ma non è mai possibile.
Tre anni di briciole, di weekend solitari, di feste passate da sola
Di amore non corrisposto
Di dover essere sempre a tua disposizione
Tu non riesci a spostare i tuoi impegni lavorativi per stare con me
Per dormire con me

Per dedicare una giornata alla donna che ami
Per portarmi fuori a cena
Per festeggiare il tuo compleanno con me
No. Non mi vuoi bene
Avresti fatto di tutto per stare con me oggi
Mi spiace
Non è amore questo
Vedo anche che non hai nessuna voglia di chiarire

Gabriele: So che avrei potuto fare di più, è vero, ma mi trovo sempre fra due fuochi. E ancora non so cosa voglio fare.

Ginny: Non mi pare

Gabriele: Sì

Ginny: Scegli ogni volta Swami. È evidente che sai cosa fare

Gabriele: Non è vero. Scelgo tante volte te e sai bene come le pago. Finché sono qui, devo stare attento.

Ginny: Potresti essere a casa mia da mesi

Gabriele: Tu sei libera, Ginny. E non devi giustificarti con nessuno.

Ginny: Potevi cercare casa con calma.

Gabriele: Non è così semplice.

Ginny: Per scelta tua, non mia.

Gabriele: Sì, certo, ancora è così

Ginny: E quindi? Sei tu che scegli, non io. Se tu avessi voluto, saresti già fuori di casa. Io, al tuo posto, dopo le sceneggiate che ti ha fatto quando eravamo a Formentera, non sarei nemmeno tornata a casa. Sarei andata in un residence. Ma tu no. Sei stato zitto, asservito alla regina che ti tiene ancora per le palle. Vieni a prendere le tue cose in settimana. Poi penserai a quello che vuoi fare della tua vita. Senza di me, valuterai più serenamente con chi vuoi passare il tuo futuro prossimo

Gabriele: Se vuoi vengo domani, è domani, ma vedrò di inventarmi una scusa plausibile, così prendo anche le le mie cose.

Comunque, non voglio chiudere con te. Buonanotte.

Perché gli aveva scritto quelle ultime parole? Pazzo, pazzo, ecco cos'era. Le aveva detto che voleva del tempo e ora ecco che si era appena rimangiato tutto, ancora una volta. Perché? Con dispiacere, capì di essere dipendente da quella donna, non soltanto perché le voleva bene, ma anche perché aveva paura che facesse un gesto inconsulto e andasse da Swami.

«Gabriele, tutto bene?» La voce di Swami lo fece sussultare.

«Come? Oh, sì, scusami. Ho finito.»

Il mal di testa aveva cominciato a martellargli in testa in modo furioso. Doveva prendere una pastiglia quanto prima altrimenti non avrebbe chiuso occhio tutta la notte. Spense il telefono e ritornò al tavolo.

«Che succede? Sembra che la tua segretaria ti abbia rovinato l'umore.»

«Più o meno.»

«Vuoi parlarmene?»

Lui scosse la testa. «Mi è venuto un gran mal di testa. Ti dispiace se prendo una pastiglia e me ne vado a letto?»

Sul volto della moglie comparve la delusione, come una grande coperta pesante che non lasciava respirare.

«Swami, amore», disse Gabriele, prendendole il viso fra le mani. «Sono stato benissimo con te questa sera, ti prometto che d'ora in poi ci saranno altre serate come questa.» Poggiò la fronte contro quella di lei e chiuse gli occhi, assaporando l'alito caldo di Swami. Come aveva fatto a cacciarsi in quella situazione ingarbugliata con Ginny? Perché le aveva dato tutte quelle speranze? Perché non si era fermato prima? Doveva trovare un modo per uscirne incolume e soprattutto senza scatenare l'ira della sua amante. Chissà cosa poteva fare, andare da Swami e spiattellarle tutta la verità? Scosse impercettibilmente la testa. No, Ginny non sarebbe mai arrivata a tanto, *in primis* perché ciò avrebbe significato perderlo e, *dulcis in fundo*, sarebbe rimasta senza le sue migliori amiche. E lui sapeva quanto lei tenesse a loro… Doveva battere su quel tasto se voleva portare a casa la pelle….

CAPITOLO 22

Al risveglio, Ginny non trovò nessun messaggio di Gabriele. La delusione prese il sopravvento e cominciò a digitare sul telefonino:

Non ho chiuso occhio… ieri sera hai scritto che non vuoi chiudere con me. Come, Gabriele? Sono preoccupata, ieri ho compreso che sei ancora incerto su di me, sul nostro amore. L'amore prevede esclusività e reciprocità. E qui mancano per colpa e scelta tua. Mi tradisci e mi tratti come una prostituta da anni. Hai scopato con l'avvocatessa e Swami da quando mi frequenti.

Mi hai umiliato e tradito facendo sesso online con Crystal e chissà quante altre. Continui a cercare altre donne con cui chattare, scopare. Basta. Non accetto più queste continue umiliazioni

Continui a mettere una Swami qualsiasi davanti a me, a noi.

Continui a mentire, a tradire, a essere egoista e codardo

Mi tratti come se fossi un oggetto, una cosa che se non ritiri e vedi oggi, lo farai con calma quando ti fa comodo

Non cerchi di stare con me

In nessun modo

Non ti ricordi mai niente

Cosa faccio, dove sono, che impegni ho
Il nulla…
Ci siete soltanto tu e la tua squallida vita
Fatta di bugie e scuse
E conti da pagare
Tienitela questa vita
Io non la voglio
Io sono diversa
Sono migliore
Sono una Donna, non un oggetto
E non accetto che i miei sentimenti e la mia vita vengano fatti a pezzi da un bambino capriccioso e pauroso
Uno che non decide
Uno a cui ho donato il mio cuore
E che mi ha regalato tradimenti di tutti i tipi
Uno che continua a prendermi in giro

Ginny era un fiume in piena, non riusciva a trattenersi dallo scrivere un messaggio dietro l'altro, senza sosta, secondo dopo secondo, minuto dopo minuto, un torrente in piena… E più Gabriele non visualizzava, più lei si infervorava e digitava.

Uno che continua a mentire
A scegliere donne
Che sa non gli daranno la felicità
Ma va bene così
Perché tu hai paura di essere felice
Di crescere
Di essere Uomo
Di affrontare le conseguenze delle tue scelte sbagliate
Me inclusa

Continui a prendermi in giro
Mi dici che cambierà tutto e poi che non hai ancora deciso
No, Gabriele
No, grazie

Finalmente le spunte grigie diventarono blu, Gabriele aveva letto e ora stava scrivendo. Con un forte senso di angoscia che le attanagliava lo stomaco e la gola e che le impediva di pensare in modo lucido, Ginny lesse:

Parto per le nove e arrivo, sistemeremo ogni cosa

Ed ecco che la morsa si sciolse. Le aveva messo per iscritto che avrebbero sistemato ogni cosa! Che stupida che era stata.

Nel frattempo le arrivò un altro messaggio: era suo padre che le chiedeva a che ora sarebbe passata per andare al mare.

«Accidenti! Me l'ero scordato.» Lei e il padre avevano deciso di trascorrere la giornata insieme a Lignano Sabbiadoro, gliel'aveva chiesto lui, voleva parlarle delle quote societarie che le spettavano e anche convincerla a non andarsene. Ginny aveva provato a dirgli che non sarebbe tornata indietro, ma la faccia abbattuta del genitore l'aveva impietosita e non era riuscita a contraddirlo e anzi aveva anche accettato di fare questa gita fuori porta. A essere sincera, considerato come stavano andando le cose tra lei e Gabriele, alla fine aveva ritenuto che un cambio di ambiente, anche solo per una giornata, non potesse che farle bene.

Pensò a quale scusa inventare per il padre sperando che non ci rimanesse troppo male. Non poteva dare buca a Gabriele, dopotutto, per una volta che aveva l'ardire di passare una domenica con lei, sarebbe stata pazza a non approfittarne.

Ginny: Papà, scusami, ma non mi sento bene, ho un grande mal di testa e ho vomitato tutta la notte.

Papà: Hai febbre? Vuoi che passi da te?

Ginny: No, figurati! Ho soltanto bisogno di una buona dormita. Ti chiamo più tardi, appena mi sento meglio. E scusami tanto.

Papà: Non preoccuparti, riguardati. A dopo

Guardò l'orologio, erano le 9.10, Gabriele avrebbe già dovuto essere in auto. Potrei chiamarlo, si disse. Digitò il suo numero e rimase in attesa a vuoto. Gabriele non rispose. Riprovò, ma niente ancora. Possibile che non fosse ancora partito? Che Swami gli avesse creato dei problemi? No, da quanto ne sapeva, sebbene fosse domenica, lei e le altre dovevano incontrare la squadra di operai che avevano assunto per fare i lavori della casa da trasformare nel *Café Couture*. Si erano messe in testa di aprire entro Natale e non c'era tempo da perdere.

Riprovò a chiamare ancora Gabriele, inutilmente… Lui non rispondeva. Ginny cominciò a preoccuparsi ancora di più. E se avesse avuto un incidente? *Ma cosa vai dicendo, non pensarlo neanche per scherzo!*

Cominciò a digitare su WhatsApp un messaggio che cancellò più volte per non sembrare troppo ansiosa, anche se non riusciva a trovare una formula per non sembrarlo, dato che era terribilmente in agitazione, ma mentre scriveva ecco che le arrivò un messaggio.

Aveva il cuore in gola.

Lo aprì.

Gabriele: Tesoro, scusami, ma non riesco a venire. Vengo domani e mi fermo a dormire da te.

Ginny sbuffò, mentre una cocente delusione si aggrappava a lei come una pianta rampicante, strangolandola.

Ginny: Scusami, Gabriele, ma ti rendi conto che ho annullato una giornata al mare con mio padre per stare con te? Il minimo che tu possa fare è darmi una spiegazione. Ti chiamo, vedi di rispondere.

Premette il dito sul contatto di Gabriele e, dopo il primo squillo, il fedifrago rispose:

«Gin…»

«Gin, un cazzo! Posso sapere cos'è successo? L'arpia non ti lascia uscire?»

«Ti ho detto che non vengo, ci vediamo domani, tanto non cambia niente per te, mancano poche ore. Cosa vuoi che sia?»

«Gabriele, non è questione di cosa vuoi che sia, io domani lavoro e oggi avevo il tempo di stare con te senza dover sempre correre come una matta. Oltretutto domani mi consegnano il frigo, poi nel pomeriggio ho il dentista e devo anche lavorare. Capisci che è diverso dallo spirito di una domenica? Esigo una spiegazione.»

«Non pressarmi. Se ti dico che non posso venire, significa che non posso.»

«E io, caro Gabriele, insisto, perché esigo una spiegazione, ne ho bisogno. Non è per spaccarti le palle, è che non posso accettare un banale "no, non vengo". Ho bisogno che tu mi dica il motivo. È colpa di Swami? Immagino di sì, in realtà è sempre colpa tua che non riesci mai ad arginarla in nessun modo. Quindi, cosa stai facendo?»

Gabriele fece una pausa, le parve di sentirlo sbuffare, oltretutto, sembrava il verso di un elefante mentre si libera la proboscide dell'acqua raccolta. «Sì, è colpa di Swami.»

«Perdonami, Gabriele, Swami doveva andare via. Lo so per certo perché doveva incontrarsi con Tilly e Azzurra. Ha cambiato idea? Spiegami, ti prego. Perché, a essere sincera, ne ho due coglioni pieni di vivere la mia vita sottomessa a quello che decidi tu in base a quello che fa Swami. Capisci che la mia vita dipende da Swami? E non mi piace, proprio per niente.»

«Smettila di farmi pressioni, Gin.»

«E tu vedi di crescere, Gabriele. Smettila di fare il bambino, affronta le cose. Se non vuoi affrontare Swami, devi imparare ad affrontare me. Dai, dimmi, cos'è successo?»

«Non mi va di dirtelo. Smettila anche tu. Ora devo andare, mi stanno chiamando.»

In sottofondo, Ginny udì la voce di Andrea:

«Papà, vieni ad aiutarci a preparare la cesta per il picnic?»

«Ah, bene, stai andando a fare un picnic con Swami e Andrea?» domandò lei.

«Eh sì, Swami mi ha chiesto di accompagnare lei e il piccolo.»

«Perché?»

«Come perché? Sono mia moglie e mio figlio! La mia famiglia. E finché convivo, devo sottostare a delle regole.»

«Bene, Gabriele, allora finché convivi non farti più sentire da me. Mi hai veramente rotto. Quando sarai uscito di casa, se io ci sarò ancora, fatti vivo. Altrimenti no. Se tu volessi andare in affitto, tra una settimana saresti fuori di casa.»

«Ah, ma guarda, la settimana prossima andrò a vedere degli appartamenti da comprare e dalle foto mi sembrano molto belli. E se sono liberi, io faccio l'offerta immediatamente.»

«E il rogito quando lo fai?»

«Non lo so, dovrò aspettare di avere i soldi che al momento sono ancora impegnati nei titoli azionari che ho acquistato a luglio.»

«E quindi di cosa stiamo parlando? Di un cazzo, come sempre. Dai, Gabriele, non vuoi andare fuori di casa, non vuoi affrontare quella donna. Ma devi farlo perché, Gabriele, se non lo fai tu, lo farà Swami, perché lei ormai lo sa, sa che hai un'altra donna. Tu devi essere uomo, devi mostrarle rispetto, devi dirle quello che provi per lei e quello che vuoi fare della vostra relazione.»

«Swami sa di noi?»

«No, certo che no! Ma sospetta che ci sia un'altra. L'ha detto a casa mia qualche settimana fa.»

«Devo andare, Gin. Ci sentiamo.»

«Gabriele, non riagganciarmi il telefono in faccia. Non questa volta. Abbi pietà di me, per favore!»

«Gin… non ne posso più. Ho un figlio, devo pensare a lui prima che a me.»

«Tuo figlio, vostro figlio ha scelto di nascere nella vostra famiglia. Ha scelto di essere desiderato soltanto dalla madre, una madre che, tra l'altro, non lo vuole totalmente, ma che a un certo punto ha sentito le lancette del suo orologio biologico che correvano e allora si è messa in testa che era arrivato il momento di procreare. Io conosco Swami, molto bene, e forse meglio di te, vista la nostra lunga amicizia. E ti posso assicurare che è già stanca di essere madre, perché non è più giovanissima, perché avrebbe voglia di pensare a se stessa, proprio come te.»

«Gin…»

«No, fammi finire, adesso. Swami non vuole Andrea, lo voleva sulla carta, ma ora che ce l'ha si è già stufata. Perché i bambini, i figli, sono impegnativi, lo sanno tutti, anch'io che non ne ho. Ora ha un figlio, che se lo goda, anzi godetevelo. Buona vita, Gabriele. Domani vieni a prenderti le tue cose.»

Riattaccò senza neanche aspettare la risposta dell'amante. Scoppiò in singhiozzi per la rabbia e la tristezza. Ma non voleva assolutamente rimanere a casa a piangere per lui. Poteva andare dalle ragazze? Perché no? Swami non ci sarebbe stata, quindi non avrebbe dovuto fare buon viso a cattivo gioco davanti alla sua rivale.

Chiamò Tilly e le disse che le avrebbe raggiunte alla casa.

«Non dovevi andare al mare con tuo papà?»

«Dovevo, ma poi mi ha chiamata Armando per vederci, così ho annullato la gita al mare.»

«Ah, okay. Ma come mai non sei con Armando, allora?»

Ginny sospirò. «Mi ha bidonata.»

«Ah!»

E mentre montava in macchina e si metteva in strada, Ginny raccontò all'amica l'accaduto.

«Mi dispiace, Ginny. Posso dire che è un cretino?»

«Un coglione e una merda, ecco quello che è.»

«Dai, vieni, io e Azzurra ti stiamo aspettando. Ti faremo passare la rabbia e la nostalgia.»

«Grazie, Tilly, ne ho proprio bisogno.»

CAPITOLO 23

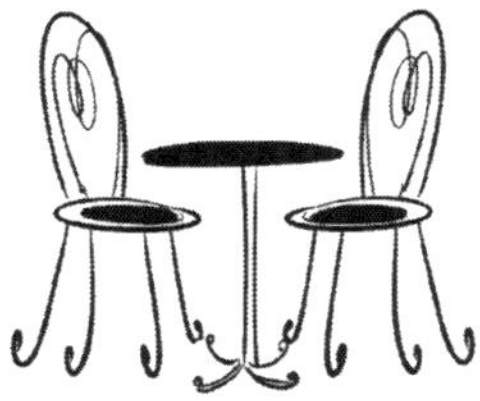

Quando Ginny arrivo alla proprietà, Tilly e Azzurra erano riunite con tre uomini. Ginny guardò le amiche con aria confusa.

«Credevo che fosse una riunione per fare semplicemente un elenco dei lavori necessari.»

«Non abbiamo tempo da perdere. Vi conoscete tutti, vero?» rispose Tilly.

Ginny annuì. In un piccolo paese come Bardolino, prima o poi tutti avevano un punto di contatto. Inoltre quei tre erano conosciuti un po' da tutti dal punto di vista professionale. Davide Cavalleri, con cui era andata a scuola, era il miglior costruttore della zona. Carlo Sartori era un bravissimo idraulico e Marco Zago uno stimato elettricista. Ginny sapeva che tutti e tre si facevano pagare bene, ma Davide era di sicuro quello che sarebbe andato loro incontro più volentieri e che alla fine avrebbe convinto anche gli altri due.

«Come hai fatto a radunare i migliori nel campo in così poco tempo?» esclamò Ginny.

Davide sorrise. «Quando una bella donna chiama, non la faccio mai attendere», scherzò.

Carlo aggiunse, imbarazzato: «Sono in debito con Tilly: se ho preso quel lavoro in Francia, lo devo solo e unicamente a lei, grazie alla sua conoscenza del francese.» Come

Swami anche Tilly aveva trascorso un anno nel sud della Francia prima di sposarsi e farsi una famiglia.

«E io ho ricevuto la promessa di avere una cena gratis nel miglior ristorante della zona», disse Marco.

Ginny si trattenne dallo sbuffare. Ti pareva che, ovunque andasse, saltasse fuori il nome della sua rivale in amore. Swami era come il prezzemolo, no, anzi, come quelle piante infestanti che si suddividevano a loro volta in tappezzanti, striscianti e instancabili arrampicatrici. Ecco, Swami era un mix di tutto questo!

«Oh, siamo sicure che Swami lo farà di buon grado», intervenne Azzurra, prendendo l'uomo sottobraccio. «E ora vogliamo parlare di lavoro?»

Per fortuna Ginny, sempre super organizzata, nonostante il periodo turbolento con Gabriele, era riuscita a stilare nei giorni precedenti un elenco preliminare dei lavori da fare, diviso stanza per stanza. I tre uomini la seguirono mentre lei snocciolava la lista e Tilly e Azzurra aggiungevano qualche spiegazione.

Alla fine del giro, Davide guardò Tilly con aria perplessa.

«Per quando volete che sia pronto tutto questo?»

«Vorremmo aprire a Natale», disse Tilly.

Tutti e tre avevano cominciato a scuotere la testa ancor prima che avesse finito la frase.

«Non basta il tempo», spiegò Davide con fermezza.

«Sono due mesi e mezzo», aggiunse Carlo. «Non è assolutamente possibile fare tutto questo in così poco tempo.»

«Cosa ci vorrebbe per aprire a Natale?» insistette Tilly, decisa a non lasciarsi dissuadere.

«Un miracolo», rispose Davide.

«Bene, allora fateci un miracolo», replicò Tilly, imperterrita.

«Io potrei farcela con l'aiuto di qualche operaio in più», dichiarò Marco. «Dai, Carlo, è una bella sfida. Non ti stuzzica?»

«Non vogliamo che i lavori vengano fatti a metà», intervenne Tilly. «È inutile che uno solo di voi si danni l'anima perché non potremmo aprire comunque senza che i lavori siano fatti da tutti e di pari passo.»

«Potrei farcela anch'io», ribatté Davide, colpito nell'orgoglio. «Ovviamente, dovrei chiamare anch'io dei collaboratori esterni.»

«E tu?» chiese Tilly a quel punto, rivolgendosi a Carlo.

Lui la guardò, rassegnato.

«Se loro due se la sentono, non sarò certo io a tirarmi indietro. Troverò il modo.»

Tilly lo guardò raggiante. «Sapevo che voi tre non mi avreste delusa. Non per niente siete i migliori. È per questo che vi ho chiamato.»

«No, tu mi hai chiamato perché approfitti del fatto che ho sempre avuto una cotta per te fin dalle elementari», borbottò Davide.

«È stato un bene che io non abbia accettato le tue proposte "indecenti" fin da allora. Ti è andata bene con Marta. Sei molto felice, siete molto felici.» Tilly gli strizzò l'occhio. «Grazie per quello che stai facendo, sei un tesoro.» Gli diede un bacio sulla guancia, poi si voltò verso Carlo e Marco. «Signori, rendeteci contente e fateci aprire il negozio per Natale. Fate avere al più presto a Ginny i vostri preventivi con la distinta dei lavori.»

«Bene, ragazzi, andiamo a metterci all'opera. Intanto vi offro da bere, così cercheremo di capire come poter accontentare queste tre belle ragazze», annunciò Davide.

«Facile, ci basterà mandare la nostra belle letterina a Babbo Natale e il miracolo sarà fatto», brontolò Carlo.

Una volta che i tre furono andati via, Ginny si voltò verso Tilly e la guardò con malcelata ammirazione.

«Anche se ho sempre pensato che tu fossi in gamba, non ti ho mai veramente vista all'opera. Sei un'ottima manipolatrice.»

«Sono stata con un fottuto manipolatore per cinque anni, vorrà pur dire qualcosa, no? Ma, al di là di questo, non ho manipolato nessuno», protestò Tilly. «Ho soltanto stuzzicato un po' il loro ego. Agli uomini piace sentirsi Dio.»

«Sono d'accordo», annuì Azzurra. «Però concordo con Ginny, è stato illuminante vederti in azione», aggiunse, strizzandole l'occhio.

Ginny sorrise alle amiche «Dolci fanciulle, credo proprio che la nostra società abbia cominciato a mettere i primi germogli.»

«Avevi dei dubbi? Te l'avevo detto che ci saremmo riuscite», disse Tilly senza falsa modestia.

«Ti ricorderò le tue parole quando a metà dicembre regnerà il caos», la rimbeccò Ginny.

«Spero proprio che tu ti stia sbagliando. Con quello che ci costa quest'attività, dovremo per forza finire i lavori nei tempi stabiliti», osservò Azzurra. «Direi che a questo punto tu debba cominciare a preparare un piano di marketing efficace, perché vogliamo il negozio pieno di clienti fin dal primo giorno.»

«Concordo», annuì Tilly. «Ginny, d'ora in poi hai nelle tue mani la parte organizzativa. Domani andremo a dare la caparra per la casa e, visto che domani il ristorante di Swami è chiuso per riposo, potremmo cenare tutte insieme per festeggiare. Potrei chiedere a Swami se ci ospita da lei, così non avrà problemi con Andrea.»

«Ehm, io forse domani sono impegnata.»

Tilly la guardò come se fosse una nuova forma aliena appena atterrata sulla Terra. «Non dirmi che domani ti devi vedere con Armando!»

«Non lo so con certezza, me lo sa dire in mattinata.»

Tilly alzò le mani verso il cielo come se fosse un sacerdote durante il sermone della domenica. «Vuoi forse dirmi che domani resteremo tutte in sospeso di sapere se potremo festeggiare finché il tuo amante non si degnerà di darti risposta?»

«Non arrabbiarti, Tilly. Hai ragione, ma non posso non vederlo. Lo capisci?»

«Certo, Ginny, tu sei libera di fare ciò che vuoi, ma il punto è un altro.»

Ginny incrociò le braccia, sulla difensiva. «E qual è il punto? Illuminami.»

«Io credo che tu stia sacrificando molto per quell'uomo. Prendi per esempio anche oggi, ti aveva detto che vi sareste visti e tu non solo hai rinunciato a venire qui con noi – preciso che ora ci sei, ma soltanto perché lui ti ha dato buca – ma hai addirittura bidonato tuo padre. E come è finita? Che lui ti ha avvisata all'ultimo momento che non poteva liberarsi. Ecco qual è il punto.»

Ginny abbassò le spalle e la testa, il peso del mondo era come un macigno che, rotolato giù dalla montagna, aveva trovato la sua collocazione perfetta proprio con lei.

«Concordo con quello che dici, ma non so cosa farmene. Io voglio stare con lui e, per quanto tutto questo mi faccia incazzare, non riesco a smettere di volerlo e di desiderare di passare la mia vita con lui. E comunque, non sono la sola ad aver dato buca, oggi. Anche Swami l'ha fatto.»

«Be', Swami era più che scusata», intervenne Azzurra.

«Sì? E perché? Perché aveva organizzato un picnic in famiglia?»

«E tu come fai a sapere che Swami aveva organizzato un picnic?» domandò Azzurra.

Dannazione! Imprecò Ginny tra sé. «Ehm…», mentre cercava di prendere tempo per trovare una scusa che suonasse plausibile. «È stato Gabriele. L'altro giorno è passato al centro pilates per una lezione e me l'ha raccontato.»

Tilly scrollò le spalle. «Comunque oggi è il compleanno della madre di Gabriele, Swami ha organizzato una festa per lei. Quindi lei ha più motivazioni plausibili delle tue per mancare.»

Per Ginny fu come ricevere una carrucola di sonore sberle in faccia. È il compleanno di sua madre! Bastardo! Doppiamente bastardo! Come poteva pensare di passare la giornata con lei? Era chiaro e ovvio che Swami non glielo avrebbe mai permesso. E poi lui, mai e poi mai avrebbe rinunciato a stare con la madre!

«Sì, come no, Swami ha sempre delle plausibili motivazioni, come le chiami tu.»

«Perché ce l'hai così tanto con lei?» la rimbeccò Tilly. «Perché è sposata ed è felice? Mentre tu sei un'amante?»

«Felice! Non mi sembra proprio.»

«E cosa te lo fa pensare, scusami?»

«L'altra sera, a casa mia, ha detto che Gabriele la tradisce.»

«Be', a quanto pare si è sbagliata perché ieri sera hanno passato una notte infuocata di sesso.»

Ginny smise di respirare quasi. Una notte infuocata di sesso, aveva detto Tilly? Ma come era possibile? Lei e Gabriele avevano appena passato una notte infuocata di sesso! Non poteva essere successo anche con Swami!

«E tu cosa ne sai?»

«Me l'ha raccontato lei questa mattina quando ci siamo sentite.»

«Non ci credo.»

Tilly e Azzurra si guardarono, perplesse e sospettose allo stesso tempo.

«Al di là del fatto che tu ci creda o meno, non capisco perché ti scaldi tanto. Dopotutto, la vita matrimoniale di Swami e Gabriele non dovrebbe riguardarti, no?»

Ginny si sentì colpita e affondata. «No, no, in effetti, non mi interessa. È solo che lei si lamentava di come stavano andando le cose tra di loro e ora improvvisamente vanno d'amore e d'accordo. Ero solo incuriosita da questo cambio repentino. Tutto qui.»

«Sicura che non ci sia dell'altro?»

«No, cos'altro ci potrebbe essere?»

«Mah, non lo so, dimmelo tu.»

«Oh, lascia stare, sono solo sotto pressione e sono infastidita da tutto. Che ne dite se andiamo a bere qualcosa?»

Tilly e Azzurra annuirono all'unisono, forse così l'atmosfera si sarebbe stemperata.

Quando arrivarono al locale sul lungolago, erano già le quattro del pomeriggio e la zona pullulava di persone che erano arrivate in massa per la tipica giornata fuori porta. Ordinarono tutte e tre uno spritz e, mentre aspettavano le bevande, Tilly e Azzurra presero a parlare di come avrebbero arredato il negozio, una volta finito.

Ginny non era interessata a tutto questo, cercava di sembrarlo, ma il suo pensiero era costantemente su Gabriele e Swami. Continuava a guardare il telefono per vedere se lui le avesse mandato un messaggio, ma veniva sempre delusa: Gabriele non si era più fatto sentire dalla mattina e non si era nemmeno più collegato su WhatsApp.

«Allora, Ginny?» le domandò Azzurra con gli occhi che le brillavano per l'entusiasmo.

«Oh, scusami, sì, tutto molto bello, sono d'accordo con voi.»

«Su cosa?» la rimbeccò Tilly.

«Come su cosa? Su quello di cui stavate parlando.»

Tilly roteò gli occhi. «Ginny, Azzurra ti aveva chiesto come pensavi di arredare la stanza per il pilates.»

«Oh… me l'ero perso.»

«Sì, come tutto il resto, d'altronde.»

«Perdonami, Tilly, ma perché sei così acida con me, oggi?»

«Forse perché sei qui ma non ci sei per davvero?»

Il cameriere interruppe la risposta di Ginny e, quando se ne andò, le sembrò che non valesse nemmeno la briga di prendersi il disturbo di farlo. Non aveva voglia di litigare con Tilly e se almeno una delle due non avesse fatto marcia indietro, si sarebbero mandate di sicuro al diavolo. E oggi le mancava solo di fare la guerra alla sua amica.

«Scusatemi, sono un disastro, un impiastro… perdonatemi, ma questa cosa tra me e Armando mi sta distruggendo, devastando sotto tutti i punti di vista.» Gli occhi di Ginny si riempirono di lacrime.

Tilly e Azzurra presero le mani dell'amica, una per parte, e le strinsero.

«Tesoro, perdonami, non volevo darti contro, è solo che vorrei che tu reagissi. Quell'uomo non merita un secondo del tuo tempo e delle tue attenzioni. Ti sta sfruttando, te ne rendi conto, vero?» le disse Tilly.

«Non lo so più, non so più niente, l'unica cosa che sento è un dolore proprio qui al centro del mio petto. Delle volte è così forte che penso che morirò d'infarto.»

«Ginny, passerà», le disse Azzurra. «Per mia esperienza ti dico che difficilmente gli uomini sposati lasciano le proprie mogli.»

«Il tuo l'ha fatto», piagnucolò lei.

«Sì, ma com'è finita? Si è messo con un'altra, una più giovane di me di quindici anni. È come se io mi fossi dedicata anni e anni al mio lavoro, rinunciando alle feste, alle vacanze che mi spettavano, macinando straordinari su straordinari con la promessa da parte del mio capo che, alla prima occasione disponibile, mi avrebbe dato una promozione. E poi sul più bello arriva questa, giovane, neanche tanto bella, ma con due tette grandi come mongolfiere e soprattutto brava nelle relazioni sociali. E alla fine, la promozione è andata a lei. Ecco, con il mio ex è andata esattamente così, ha scelto quella con le tette più grosse.»

«Ma scusa, non mi sembrava che lei avesse le tette più grandi delle tue», scherzò Tilly.

Azzurra e Ginny scoppiarono a ridere.

«Hai ragione, non le aveva, ma la metafora rende l'idea di quello che è accaduto. Mi dispiace, Ginny, ma la mia sensazione è che Armando abbia tutte le carte in regola per lasciarti lì come un mucchietto di cenere.»

Ginny annuì, ma non voleva crederlo, non voleva ancora perdere tutte le speranze, non voleva ancora cedere il passo. Doveva combattere fino alla fine, lo doveva a se stessa e ai tre anni in cui aveva investito tutto in questo amore. Ne andava della sua vita e non poteva rimanere con niente perché, se non fosse riuscita ad avere Gabriele, non le sarebbe rimasto nulla, neanche una ragione valida per vivere.

Quando lei e le amiche si salutarono e Ginny montò in macchina per rientrare a Verona, erano ormai le sette di sera e di Gabriele nemmeno l'ombra di un messaggio. Mise in moto, ma prima decise di chiamarlo: sapeva che poteva risultare pesante, ma lei aveva bisogno di sentirlo e parlargli.

«Gin, sai che non mi devi chiamare quando sono a casa. Swami potrebbe insospettirsi», le disse lui dopo aver risposto al primo squillo.

Ginny mandò giù la bile che le era salita in gola soltanto a sentire il nome della sua rivale e contò fino a dieci prima di rispondergli.

«Lo so, ma avevo bisogno di sentirti. Com'è andata la giornata?»

«Niente di che.»

«Divertito al vostro picnic?»

«Gin, non cominciare, per favore.»

«Potevi dirmelo che era il compleanno di tua madre.»

«Me l'ero scordato.»

«Sono stata male, oggi, molto male. Mi avevi promesso di trascorrere la giornata con me.»

«Non potevo, Gin, sai quanto tenga a mia madre.»

«Lo so, ma non devi più permettere a Swami di organizzarti la vita. Anche oggi, potevi andarci tu da tua madre? Perché deve esserci sempre lei di mezzo? Devi cominciare a staccarti da Swami, Gabriele. Lo capisci, vero?»

Lo sentì sospirare e immaginò la fronte corrucciata che faceva sempre quando qualcosa lo infastidiva.

«Ho parlato con Swami», buttò lui.

Il cuore di Ginny fece una capriola. Oddio, ci siamo, finalmente! «E...?»

«Le ho detto che le cose fra noi non vanno più bene, ed è da un po' di tempo che va avanti così.»

«E lei?»

«Be', era contrariata, ma non ha urlato né fatto alcun dramma. Abbiamo anche parlato di come poter gestire Andrea. Swami mi ha anche detto che è giusto così e che la mia presenza non è più gradita in casa e che, da quando è nato nostro figlio, lei ha capito di non amarmi più. Ora definiremo, è stato più facile di quello che credevo.»

«Bene, dai. Tu come ti senti?»

«Un po' sottosopra, ma anche sollevato. Ti chiedo soltanto di non farne parola con le altre e men che meno con Swami. Se ve ne parlerà lei, bene, altrimenti lascia perdere. Comunque ne parliamo domani, ora sono proprio stanco. Buonanotte, tesoro mio, e perdonami se oggi ti ho fatto ammattire.»

«Oh, non ti preoccupare. Ora è tutto passato. Buonanotte anche a te, amore.»

Ginny riattaccò e accese la radio mentre un sorriso le si stampava in faccia. Finalmente, Gabriele aveva avuto il coraggio di parlare! E ora la loro strada era spianata, ora sì che vedeva oltre, avanti, ora sì che il suo sguardo era lungimirante. E a breve avrebbe coronato il suo sogno di una vita insieme all'uomo che amava.

E intanto una vocina le urlava: *Ehi, ma sei scema o cosa? La notte scorsa hanno fatto sesso sfrenato! Te ne sei scordata?*

«No, non me ne sono scordata», disse ad alta voce come se la "vocina" fosse seduta nel sedile accanto a lei. «Ma magari Swami se l'è inventato.»

«Sì, come no! Ti piacerebbe! Svegliati, cocca, quell'uomo ti sta prendendo per il culo.»

«Zitta! Zitta! Zitta! 'Fanculo, spegniti, non voglio parlare con te.»

Alzò il volume al massimo e si concentrò sulla musica che usciva dalle casse.

Andra tutto bene, si disse, sta andando tutto bene. Gabriele ha detto a Swami che non la vuole più. E con questo pensiero conciliante, guidò serena fino a casa.

CAPITOLO 24

Il frastuono era assordante. Ginny chiuse la porta della cucina al piano di sopra, dove aveva installato temporaneamente il suo ufficio, ora che casa Ederle era ufficialmente loro. Grazie alle manovre di Tilly, gli operai avevano cominciato i lavori di demolizione. Ginny si rese conto di essere stata una povera illusa a credere di poter lavorare in mezzo a quel caos. Il rumore dei martelli pneumatici le stava facendo venire il mal di testa.

Si alzò e si versò un bicchiere di tè all'arancia dal thermos che si era portata dietro e poi si mise a osservare la grande distesa azzurra al di là delle finestre. La vista del lago le aveva sempre dato una sensazione di pace e sollievo, come se al solo guardarlo la sua angoscia dipanasse la propria matassa ingarbugliata.

Lei e Gabriele si erano visti il giorno prima e avevano passato la giornata insieme. Era stato bello? Se qualcuno le avesse fatto quella domanda non appena lui se n'era andato, avrebbe risposto di sì a pieni polmoni, ora invece non avrebbe saputo cosa dire. Quella mattina si era alzata con la tachicardia, si era svegliata nel cuore della notte e lo aveva trovato online: ci era rimasto per ben due ore! Con chi cazzo stava chattando? La tentazione di mandargli un messaggio dei suoi in cui partiva la lavata di testa era stata forte, ma poi si era fermata. Con il suo atteggiamento, alla lunga, Gabriele si sarebbe stancato.

Così era rimasta insonne a guardare il suo stato di "online" e nel frattempo aveva ripensato alla loro conversazione. Gabriele le aveva raccontato del suo discorso con Swami, di come sua moglie si fosse sentita sollevata nel sentirlo dire che tra loro era finita. Quando poi Ginny gli aveva chiesto cosa intendesse allora fare con lei, lui le aveva risposto che era confuso, che di sicuro aveva bisogno di stare un po' da solo, ma non nel senso che voleva lasciarla, ma desiderava prendersi del tempo per sé. Loro avrebbero continuato a frequentarsi e poi avrebbero pensato a un'eventuale convivenza.

Erano belle parole, no? Certo, si era ripetuta all'infinito come un mantra giornaliero, ma dentro di lei continuava a martellare un'inquietudine che non le dava tregua. Sapere che Gabriele era confuso la faceva sentire come una tigre impazzita dentro una gabbia.

«Hai un minuto?» le chiese Davide, affacciandosi con circospezione alla porta.

«Certo, entra. Ho la testa che mi scoppia. Come fai a sopportare tutta questa confusione?» gemette, massaggiandosi le tempie.

«Ci sono abituato, ma se vuoi un consiglio, usa i tappi per le orecchie, oppure lavora da casa finché non avremo finito le demolizioni.»

«E quando prevedete di terminare questa fase dei lavori?»

«La prossima settimana, ma poi il rumore non cesserà del tutto, perché useremo seghe e martelli. Secondo Tilly, non abbiamo tempo da perdere. La sua massima è: non è più tempo di perdere tempo! Le piace così tanto che la ripete di continuo. Mi chiedo a cosa si riferisca.»

«Conosci Tilly. È sempre stata un po' strana, ma ha ragione, se vogliamo aprire per Natale, non abbiamo tanto tempo.»

«Sì, lo so, e ti assicuro che ci stiamo dando dentro per fare il vostro "miracolo". Anche mia moglie non vede l'ora che apriate. Dice che mancava un posto simile a Bardolino. Vuole iscriversi al corso di cucito e di pilates. Comunque immagino che sarà da voi tutti i pomeriggi, anche senza il cucire e il rammendare, quantomeno per trascorrere un po' di tempo con le sue amiche.»

«Puoi dire a tua moglie di passare la prossima settimana. Prima avremo qualche iscrizione, meglio sarà per tutti. Con un po' di pubblicità riusciremo ad avviare subito più corsi.»

«Non è sicuro far venire qui le clienti, questo è ancora un cantiere e, se succede qualcosa, rischieremo grosso davvero.»

«Ci ho pensato», lo rassicurò Ginny. «Farò passare le persone dalle scale esterne e le porterò qui. Ti prometto che non permetterò a nessuno di mettere piede in casa finché tu non mi darai il tuo benestare.»

Davide si arrese e annuì.

«Però fai attenzione a non far venire gente dove stiamo lavorando. Te l'ho detto, può essere pericoloso.»

«Concordo, ma tieni presente che io ho la tua stessa scadenza. Per dicembre dovremo non solo aver finito i lavori, ma anche aver fatto le prime iscrizioni, altrimenti questa splendida casa sarà tanto vuota quanto costosa.»

«Hai ragione», acconsentì Davide. «Certo che tutti pensano che Tilly sia quella autoritaria, ma anche tu non scherzi quando si tratta di negoziare.»

«Grazie», sorrise Ginny. «E ora, se non c'è altro, scusami, ma devo rimettermi al lavoro. Ho una pila di cataloghi di attrezzature per il pilates da esaminare e sono già in ritardo con le richieste.»

«Agli ordini, signora!» gli fece l'impresario, mettendosi sull'attenti alla maniera dei soldati.

Ginny rise. «Smettila, Davide.»

Dopo che Davide fu uscito dall'ufficio, Ginny guardò la pila di cataloghi. Sapeva quali macchine fossero le migliori per il pilates, ma costavano un'enormità e poi non gliele avrebbero mai consegnate in tempo per l'apertura. Certo, avrebbe potuto fare i corsi senza, e per questo ne aveva già predisposto un paio nell'arco della giornata, ma il massimo lo ottenevi dalle attrezzature. Nel centro dove lavorava le avevano detto che a Brescia c'era un altro loro affiliato che stava cercando di liberarsi dei macchinari ed erano proprio del tipo che voleva lei. Non aveva il coraggio di chiedere ai suoi capi di mettere una buona parola per lei, considerato che, dopo averli informati che non avrebbe più lavorato per loro, non avevano preso bene la notizia ed erano diventati piuttosto freddi.

E se vi fosse andata di persona? Sì, era una buona idea. Decise di chiedere a Tilly di accompagnarla.

«Sì?» rispose in modo brusco l'amica quando Ginny le telefonò. Il suo tono le fece capire che era alle prese con una nuova creazione ed era concentrata.

«Ciao, Tilly, sono io», si annunciò lei, mentre il suo entusiasmo diminuiva rapidamente. Tilly detestava essere interrotta mentre lavorava. Ed era strano che avesse risposto perché di solito non lo faceva.

«Ciao, Ginny, come va? Sei alla casa? C'è un rumore allucinante!»

Ginny esitò. «Esatto! Siamo nel pieno dei lavori, ricordi? Per aprire a Natale. Anzi, ti ho chiamata proprio per questo. Mi serve una buona scusa per filarmela da qui, perciò ho pensato di fare una scappata a Brescia. Ti andrebbe di accompagnarmi?»

«Adesso?»

«Sei impegnata in una tua nuova creazione, non preoccuparti, io…»

«Veramente non mi dispiacerebbe fare una pausa», la interruppe Tilly. Dal suo tono, a Ginny parve di capire che fosse addirittura contenta dell'invito. «Cosa devi fare a Brescia?»

«Tastare il terreno», le confessò Ginny. «Vorrei andare al centro pilates affiliato al mio dove lavoro nel tempo libero, quando non aiuto mio padre al negozio. Mi hanno detto che sta per chiudere e vogliono sbarazzarsi dei macchinari che hanno. Non me la sono sentita di chiedere ai miei boss, sono già indispettiti che me ne vada, figurati se dicessi loro che vorrei comprare le attrezzature per noi. Sono curiosa però di sentire a quali prezzi vogliano venderle. E se fosse fattibile, potremmo acquistarli per il nostro centro.»

«Sì, mi piace l'idea. Andiamoci.»

«Okay, mi metto in macchina e passo a prenderti. Dammi una mezz'ora, il tempo di arrivare.»

Il centro pilates di Brescia era molto elegante ed esclusivo ma anche intimo e accogliente. Si accedeva attraverso una porta a vetri scorrevole e Ginny ebbe quasi l'impressione di entrare in un centro estetico: c'erano il parquet al pavimento, due stanze, una per il corpo libero e l'altra con quattro macchinari e uno spogliatoio con bagno attiguo. Ovunque c'erano candele profumate accese e incensi.

«Wow! È bellissimo!» esclamò Tilly.

«Sì! Ed è quello che vorrei per noi. Che ne dici?» Ginny aveva gli occhi che le brillavano per l'entusiasmo.

«Direi che potremmo farlo, che dobbiamo farlo. Faranno la fila per venire a fare pilates da noi.»

Una donna impeccabile e curatissima di un'età indefinibile andò loro incontro.

«Buongiorno, posso esservi utile?»

«Buongiorno, mi chiamo Ginny e lei è Tilly. Io insegno pilates a Verona e ho saputo che state per chiudere. Io e la mia amica Tilly stiamo per aprire un *Café Couture* a Bardolino dove abbiamo pensato di abbinare anche una sala per le lezioni di pilates. Saremmo interessate ad acquistare le vostre attrezzature.»

La padrona del centro allungò la mano e prese quella di Ginny. «Piacere, Ginny, io sono Claudia. Venite con me che vi mostro il centro e poi parleremo degli affari.»

Mentre facevano il tour, affollato di clienti, Ginny si arrischiò a chiedere: «Se posso chiedere, come mai chiude? Vedo che di gente ce n'è molta.»

«Oh, Ginny, cara, non si tratta di penuria negli affari, anzi, direi il contrario, ma io ho settantacinque anni e ho voglia di godermi gli ultimi anni in libertà», cinguettò Claudia.

«Settantacinque anni?» domandò Tilly, sorpresa.

Ginny sorrise all'amica con un'espressione che diceva: "Te lo dicevo io che il pilates fa miracoli."

«Certo, cara, settantacinque suonati.»

«Be', complimenti, lei è davvero una gran bella donna e dall'aspetto ancora giovanile. Gliene davo una sessantina», disse Ginny.

«Eh, magari! Non li dimostro, ma vi assicuro che li sento.»

«Come mai non vende il centro?» domandò Ginny.

Claudia si voltò a guardare le due amiche e disse: «Mio marito è morto due settimane fa per un male incurabile.

Ho passato l'ultimo anno in ospedale ad accudirlo. Prima di morire, mi ha fatto promettere di fare quel viaggio, il giro del mondo, che ci eravamo sempre ripromessi di fare insieme una volta andati in pensione. Be', quella pensione non è mai arrivata, lui ha lavorato qui con me finché ha potuto, ma rimandavamo sempre, c'era sempre altro di più importante da fare prima... Ma sapete cos'ho capito? Che non c'è niente di più importante dell'amore della persona che si ha accanto, della condivisione... Ora, lui mi manca tantissimo e voglio onorare la promessa. Questo centro non ha più ragione di esistere, era mio e suo, e voglio che venga chiuso definitivamente. Ecco il perché.» Gli occhi le erano diventati lucidi.

«Mi dispiace per il suo lutto, deve averlo amato molto.» Anche a Ginny si inumidirono gli occhi.

«Moltissimo. Ferran era la mia vita. Siamo stati insieme per cinquantacinque anni.»

Sia Tilly che Ginny non seppero cosa dire, ma d'altronde cosa si poteva rispondere, si chiese Ginny, a una donna che aveva perso l'uomo e il compagno della sua vita? A lei sarebbe sempre mancato tutto questo. Lei non avrebbe mai potuto condividere cinquantacinque anni della sua vita con Gabriele...

«Allora, Ginny, se tu e Tilly volete accomodarvi nel mio ufficio, vi sottoporrei la mia proposta.»

Quando le due donne salutarono la proprietaria avevano un sorriso magnifico stampato in volto. Claudia era stata fin troppo buona e aveva venduto i macchinari a un prezzo stracciato.

«Non voglio speculare, l'importante è che quegli attrezzi vadano in un posto dove saranno amati e trattati bene. E sento che tu Ginny ne farai un ottimo uso.»

Ginny abbracciò l'anziana. «Grazie, Claudia. È stato davvero un piacere conoscerla. Mi porterò sempre nel cuore il ricordo di questo momento con lei.»

«Buona fortuna per la vostra attività, care.»

«Buon viaggio, Claudia», augurarono all'unisono Ginny e Tilly.

Non appena ebbero messo piede fuori dal centro, Tilly prese l'amica sottobraccio.

«Che bella conoscenza.»

«Sì, molto. Claudia è una donna straordinaria. Non vedo l'ora di avere le sue attrezzature. Ci porterà bene, Tilly.»

«Sì, lo credo anch'io.»

In macchina, sulla via del ritorno a Verona, Ginny era pensierosa.

«Che succede, Ginny?» le domandò Tilly.

«Mi è venuto in mente un pensiero.»

«Quale?»

«Che mi sto annullando per Armando.»

«Benvenuta tra noi, Ginny, cara. Ci passiamo tutte, prima o poi, ma ti assicuro che un bel giorno ti svegli e capisci che la direzione che stai prendendo è sbagliata. Ecco, da quel momento inizia il cambiamento.»

«Ma non tutte le donne perdono di vista se stesse in una relazione», osservò l'altra.

«No, non tutte, ma la maggior parte sì. Molto dipende anche dall'uomo. Ci sono uomini che non permettono alla propria donna di annullare la propria personalità nella loro unione. Ma se mi chiedi se ne conosco, ti dico di no. Ecco, forse, Claudia. Da quello che ho potuto capire, il loro era un matrimonio fatto di condivisione, cooperazione e anche tanto amore.»

«Desidero anch'io un rapporto del genere.»

«E chi non lo desidera?»

«Ieri io e Armando ci siamo visti e mi ha detto che ha parlato con la moglie e che l'ha informata di volersi separare.»

Tilly ebbe un attimo di esitazione prima di dire: «Bene, dai, non sei contenta? Perché, scusa se te lo dico, ma non lo sembri affatto.»

«Sì, lo sono», si affrettò a rispondere.

«No, non lo sei. Ti conosco troppo bene. Forza, parla. Dimmi quali sono le tue perplessità.»

«Mi ha detto che è confuso e che sente il bisogno di stare da solo. Non vuole troncare con me, questo ci ha tenuto a precisarlo, ma desidera elaborare la separazione in solitaria.»

«Be', credo che sia positivo, no?»

«Sì, no, non so… oh, e va bene, no, anzi, non va bene per niente. Avrei voluto che lui mi dicesse che non vedeva l'ora di iniziare la nostra vita insieme e invece…»

«Perdonami, Ginny, ma sono dell'idea che sia più che corretto che Armando non venga subito a vivere da te o con te. La trovo una grande forma di rispetto nei confronti della moglie e del figlio, dovresti ammirarlo per questo.»

«E lo ammiro, sì. Ma perché è confuso? Tu, quando hai lasciato tuo marito e avevi già Michele, non ti sei presa del tempo per te, non gli hai detto che eri confusa. Perché lui invece sì? Se mi amasse per davvero, dovrebbe soltanto desiderare di stare con me.»

Tilly sospirò. «Sì, forse hai ragione. In effetti, a me interessava solo stare con Michele, tutto il resto, il mio ex e i figli, in quel momento veniva dopo. Volevo la mia felicità con lui. Però forse noi siamo donne, siamo più emotive rispetto agli uomini, e la viviamo in maniera diversa.»

«Boh, sarà anche come dici tu, ma non sono tranquilla. C'è un tarlo nella mia testa che mi fa stare sempre in allerta.»

«Senti, Ginny, perché non lasci andare e non vedi come procedono le cose? Smettila di fasciarti la testa, di continuare a rimuginare, a rivedere e a ripensare a ogni suo discorso e comportamento. Lascia fluire, ora pensa solo che un passo l'ha fatto, ha parlato con la moglie e le ha detto che vuole separarsi. Poi, magari tra qualche mese, o il prossimo anno, sarete insieme, in una nuova casa.»

Ginny annuì, pensosa. Le sarebbe piaciuto essere altrettanto ottimista, ma era difficile fidarsi di Gabriele. Le aveva mentito troppe e tante volte. Ma forse, come diceva Tilly, stava cambiando e diventando l'uomo che lei voleva al suo fianco.

CAPITOLO 25

«È stato un vero colpo di fortuna poter acquistare le attrezzature da Claudia», disse Tilly, mentre guardava Swami versare gli spritz per lei, Azzurra e Ginny.

Erano tutte a casa di Swami per aggiornarsi sull'avanzamento dei lavori e anche sugli avvenimenti personali della settimana.

Era quasi fine ottobre e le quattro amiche cominciavano ad avvertire una certa pressione per l'approssimarsi della data d'apertura, che avevano stabilito per Natale.

«Quando arriveranno i macchinari?» chiese Swami.

«Tra un paio di settimane. Davide mi ha detto che posso già metterli nella stanza dedicata al pilates. È praticamente finita», spiegò Ginny, bevendo un lungo sorso di spritz. Era agitata, stava aspettando con ansia il momento in cui Gabriele avrebbe fatto la sua comparsa. Sapeva che Swami gli aveva detto di occuparsi di Andrea e di lasciarle tranquille ma, conoscendolo, sarebbe di sicuro venuto a salutarla.

«Allora, Azzurra, hai più sentito Alessandro?» le domandò la padrona di casa.

Azzurra rimase con il bicchiere a mezz'aria, presa alla sprovvista, non sapeva bene cosa fare, se bere o lanciare il contenuto addosso a Swami. Tilly e Ginny si scambiarono un'occhiata eloquente. L'indiana si accorse della gaffe e cercò di rimediare.

«Azzurra, perdonami, fa' finta che non ti abbia chiesto niente. Sono una stupida.»

«Già…», le fece eco Ginny.

«Grazie, Ginny, carina come sempre», sbuffò Swami.

«Swami, tranquilla, non è successo niente. Ma non mi fa piacere parlare di Alessandro. Comunque, no, per rispondere alla tua domanda, non l'ho più sentito. Dopo il terremoto a Milano e il mio messaggio per sapere come stesse e la sua risposta in cui mi ha detto che sarei stata contenta se gli fosse accaduto qualcosa, silenzio tombale.»

Lo stesso silenzio tombale che riempì anche la stanza, calando sul quartetto come una coperta di polvere.

«Buonissima questa salsa, Swami. Cosa c'è dentro?» fece Tilly, inzuppandovi una chip di mais e mettendosela in bocca.

«È il chutney al pomodoro con zucchero, cipolla, aglio, zenzero, aceto e spezie varie.»

«Tutto squisito», disse Azzurra, cercando di riportare il buonumore nel gruppo.

Inutilmente.

Qualcosa si era spento, rotto.

Ginny lo sentiva nelle ossa, nell'anima. Swami era sempre la solita, fin da bambina si comportava in modo così poco rispettoso nei confronti delle altre. Chissà come mai, ma aveva sempre la capacità di fare o dire qualcosa nel momento sbagliato. E chissà perché, ma riusciva sempre a ferire qualcuna di loro. Come adesso! Sapeva quanto Azzurra avesse sofferto, dapprima con il suo ex e ora con Alessandro, possibile che non le fosse venuto in mente che la sua domanda sarebbe stata fuori luogo? Dio, se la faceva arrabbiare!

«Mamma, mamma. Siamo tornati!» Andrea entrò nella stanza correndo incontro alla madre e abbracciandola stretta stretta. Nella manina teneva un mazzolino di fiori. «Tieni, sono per te, da parte mia e di papà.»

Swami prese le roselline dalle mani del figlio e vi immerse il naso. «Amore mio, grazie, sono bellissime e profumatissime.»

Gabriele comparve sulla soglia anche lui. Sembrava imbarazzato e non sapeva dove guardare o, meglio, chi guardare.

«Ciao, ragazze.»

«Ehi, Gabriele, come stai?» domandò Tilly, alzandosi e andando ad abbracciare l'amico.

«Bene, Tilly, grazie. I tuoi ragazzi?»

«Bene, dai, mi fanno impazzire, ma li adoro, se non avessi loro, non sarei più io.»

Anche Azzurra strinse l'amico a sé. «È un bel po' che non ti si vede più in giro.»

«Ehi, Gin, come stai?» Gabriele l'aveva guardata di sfuggita e poi era andato a prendere un bicchiere.

«Bene, grazie», rispose Ginny, continuando a rimanere seduta.

L'aria nella stanza era diventata ancora più pesante e claustrofobica. Ginny si chiese se anche le altre si rendessero conto di quanto lei e Gabriele si stessero comportando in modo strano. Era così stanca che avrebbe voluto urlare al mondo della loro storia.

Gabriele si sedette sul divano con Andrea sulle gambe. «Come procedono i lavori?» domandò.

«Piuttosto bene», rispose Tilly. «Dovremmo riuscire ad aprire in tempo per Natale.»

«Possono iscriversi anche gli uomini ai corsi di pilates? Io ne avrei proprio bisogno, il mal di schiena mi sta distruggendo, negli ultimi tempi», continuò facendo fare il cavalluccio al figlio che rideva di gioia.

«Ti ho detto di no, Gabriele!» Swami parlò in modo precipitoso. «Solo noi donne. È un posto tutto nostro.»

Gabriele si strofinò la bocca, leggermente infastidito. «Ma hai idea di quanti uomini farebbero carte false per trovare un posto dove andare a tenersi in forma?»

«C'è la palestra giù al porto. Puoi andare là, se ci tieni tanto. Fanno pilates anche lì», disse categorica la moglie.

«Sì, ma non è il pilates di Gin», disse lui.

«E tu cosa ne sai del pilates di Ginny?», volle sapere la sua dolce metà.

«Oh, be'… io… non lo so, è che…» Gabriele era a disagio.

«È venuto in palestra a Verona dove lavoro e ha provato una lezione di pilates con me», si inserì subito Ginny.

«Oh… E perché non me l'hai detto?» L'indiana appariva turbata da questa notizia.

«L'ho dimenticato.»

«Dimentichi che vai da Ginny? A Verona per di più?» Swami alzò la voce.

Gabriele roteò gli occhi, senza nascondere il disappunto. «Ero in zona per lavoro e ho pensato di fare un salto. E poi, scusami, cosa sono tutte queste domande? Non sono mica sotto interrogatorio!»

«Quando mai», disse la moglie. Poi si voltò verso Ginny ed esclamò: «Brava, Ginny!»

Gabriele si alzò di scatto dal divano, facendo cadere il figlio a terra che si mise a piangere.

«Gabriele!» urlò Swami, soccorrendo Andrea che era più spaventato che altro. «Ecco. Sei contento?» Lo spinse via mentre consolava il bambino. «No, amore mio, non piangere, non è successo niente. Papà non l'ha fatto apposta.»

Il marito si avvicinò a loro e prese Andrea in braccio. «Scusami, piccolino, vieni, andiamo a dormire. Papà ti racconta una bella favola finché non viene la mamma a darti il bacio della buonanotte. Signore, vi auguro una buona serata.» Immusonito, se ne andò dalla stanza, non prima di aver guardato Ginny.

Ginny non riuscì a interpretare la sua espressione, non riusciva a capire se la reputasse responsabile di quello che era accaduto. Ma poi, perché avrebbe dovuto? Era stato lui a confondersi e a parlare troppo. Più tardi gli avrebbe scritto e glielo avrebbe chiesto.

Swami non era stata per niente carina nei confronti di Gabriele, si ritrovò anche a pensare Ginny.

Non si conosce mai la vera natura del rapporto di un'altra coppia, ma il loro sembrava comprendere una deprimente quantità di bisticci. Proprio come le raccontava lui durante i loro incontri.

L'atmosfera si era rotta in modo definitivo e Ginny non vedeva l'ora di uscire di lì. Azzurra e Tilly cercarono di risollevare la situazione, ma oramai la conversazione si trascinava, era stridente e lei e Swami rispondevano soltanto quando erano interpellate e anche in quel caso erano stringate. Lei, poi, per tutto il tempo che erano rimaste lì, aveva continuato a tenere d'occhio la porta, chiedendosi se sarebbe tornato, quasi sperando che lo facesse.

Quando fu in macchina con Tilly, entrambe non furono di molte parole. Era stata una serata faticosa: l'astio, il rancore e il risentimento tra lei e Swami erano palpabili, lo erano sempre stati, ma ora li potevi sentire, quasi toccare con mano, era come lo strato di polvere che si accumula sui mobili di una casa abbandonata.

«Sei stata molto silenziosa questa sera. Era quasi come se…» Tilly si fermò e riportò l'attenzione alla strada.

«Quasi come se?» domandò Ginny, voltandosi a guardarla mentre era intenta a cambiare la marcia.

«Oh, lascia stare, era soltanto uno stupido pensiero.»

«No, no, dimmi, Tilly, di' quello che stavi per dire.»

L'amica sbuffò. «Ho avvertito delle scintille in quella casa.»

«E certo, le scintille d'ira tra Swami e Gabriele. Le ho sentite anch'io.»

Tilly si prese un momento di silenzio e poi disse:

«No, non quelle, ce n'erano altre che andavano in tutt'altra direzione.»

Ginny cominciò a sentire il cuore batterle furioso nel petto. Tilly sapeva, Tilly aveva capito tutto. E per quanto questa rivelazione la sconvolgesse e le mettesse paura, paura del giudizio, si sentiva anche sollevata. Aveva così tanto bisogno di confidarsi con qualcuno che sapesse tutto di lei, di loro. Con qualcuno che avrebbe potuto vedere la situazione con maggiore lucidità e consigliarla anche. Non disse niente e aspettò che l'amica continuasse.

«La direzione era verso te e Gabriele.»

Ecco, l'aveva detto! Finalmente! Ginny buttò fuori l'aria come se l'avesse trattenuta per tre anni e due mesi.

«Tilly… io…», ma non le usciva niente. Era troppo. Cos'avrebbe pensato di lei?

«Cosa state facendo tu e Gabriele?»

Ginny deglutì. Poteva davvero fidarsi di Tilly e spiattellarle tutta la verità, la sola, pura e cruda realtà? Che era ancora innamorata del marito di Swami?

«Ginny? Forza, sputa il rospo.»

Erano oramai arrivate sotto casa di Ginny. Tilly spense la macchina e le puntò addosso i suoi occhi da gatta.

«Cosa state facendo?»

Cazzo, nessuno sapeva leggerle dentro come Tilly. A essere onesti, Tilly era una strega, la sola delle quattro ad avere sempre delle percezioni corrette. Se soltanto avesse voluto, avrebbe potuto darsi alla chiaroveggenza, ma era troppo mentale per farlo.

«Si tratta di Armando…», disse timidamente.

Tilly aggrottò la fronte, preoccupata.

«È Gabriele», sputò fuori.

La ruga al centro della fronte di Tilly si accentuò come se faticasse ad afferrare il senso delle parole appena udite.

«Cosa, è Gabriele? Non capisco.»

«Armando è Gabriele.»

Il tempo si fermò e si dilatò nello stesso momento.

Tilly non spiccicava parola. Le parole che doveva dire restarono intrappolate in gola.

E Ginny si maledì e pentì di aver spifferato la verità.

E desiderò che il tempo potesse riavvolgersi.

E potersi così rimangiare tutto.

Ma ormai il danno era fatto.

Sbatté gli occhi, furiosamente, desiderando con tutta se stessa che non ne traboccassero le lacrime.

«Come diavolo è possibile?» se ne uscì Tilly. Parlava come una ritardata mentale, o forse, si disse Ginny, lo shock era stato troppo anche per lei.

Era troppo. Ginny sentì le emozioni represse vincere la sua ferrea determinazione a trattenerle, e le lacrime le inzupparono il viso.

«Mi dispiace», mormorò. «Mi dispiace tanto.»

«Come hai potuto? Tu e Gabriele… per tutto questo tempo… Oddio, questa sera avevo capito che c'era qualcosa, ma che tu avessi una relazione con lui! Oh.Mio.Dio!

Per tre anni ci hai raccontato un sacco di balle. Ti sei pure inventata un nome, cazzo, Armando! Non potevi sceglierne uno migliore almeno?»

Per un attimo la situazione sembrò surreale e ci si sarebbe potuti anche fare una bella e grossa risata. Tilly aveva ragione, Armando era un nome di merda! Ma era stato il primo a venirle in mente.

«Cosa dirà la povera Swami quando lo verrà a sapere? Perché lo verrà a sapere, prima o poi... Ne sarà distrutta, lei e il bambino... Non si riprenderà, non questa volta.»

Ginny montò su tutte le furie. Anche in quella situazione, malgrado Tilly fosse la sua amica, quella che le era sempre stata accanto, pensava a Swami e alla sua reazione.

«Cazzo, Tilly, perché non ti preoccupi un po' anche per me?»

«Preoccuparmi per te?» Tilly scosse la testa e si premette le dita alle tempie come se volesse alleviare una di quelle emicranie feroci che di tanto in tanto la colpivano.

«Lei mi ha portato via il solo e unico uomo che abbia sempre amato! Non sono stata io! Anche se tutte voi pensate che l'abbia fatto. Gabriele si era innamorato di me alle superiori. E io di lui. Cosa pensi che avrei dovuto fare?»

«Forse non promettere a Swami che l'avresti aiutata nel conquistarlo? Ti ricordo che c'ero anch'io quella sera a casa tua quando lei ti chiedeva se tu avessi dei sentimenti per lui. Avresti potuto benissimo ammetterli e la questione sarebbe finita lì. Invece hai negato. È stato lì il tuo errore!» Tilly fece una risata vuota.

«Ho avuto paura di perdervi, lo capisci? Voi eravate tutto per me, le mie migliori amiche, le mie sorelle, la mia famiglia.» Un flebile tentativo per migliorare la situazione. Flebile e inutile, perché Ginny si accorse che Tilly non era dell'umore per apprezzarlo. «Ascolta, so che penserai che sono una persona ignobile, ma io lo amo! Ho cercato di resistergli, ma non posso, Tilly, non posso. Lui è sempre stato con me anche quando ero sposata con Flavio. Ho aspettato che tornasse, che mi chiamasse, che mi dicesse che si era sbagliato a lasciarmi e che mi amava.»

«Ginny, tra le quattro sei sempre stata quella più problematica. Quella fra di noi più mascherata, mai onesta e sincera fino in fondo. Quella che, per ottenere ciò che vuole, non guarda in faccia nessuno, anche quelle che chiami sorelle.»

«Oh, e invece la piccola e dolce Swami ha guardato in faccia me quando ha pensato bene di portarmi via Gabriele? Rispondi a questa domanda, Tilly! Perché tu e Azzurra dovete sempre essere dalla sua parte? E mai dalla mia?»

«No, hai ragione! Io sono dalla tua parte, ma tu sai benissimo l'infanzia che ha passato Swami con suo padre. Le botte, gli abusi e…»

«Degli abusi non ne abbiamo mai avuto certezza! Perché non è mai andata a denunciarlo?» Ginny era arrabbiata, ora, era stanca di dover sempre chiudere un occhio per l'indiana perché, a detta sua, era stata, oltre che picchiata, anche abusata dal padre. A un certo punto, aveva creduto che la narrazione di Swami fosse fatta con il solo scopo di attirare quell'attenzione che le era sempre mancata in famiglia.

«Ginny, sei ingiusta con lei! Sai benissimo che suo padre era un despota, un patriarca e Swami temeva addirittura per la sua vita!»

Ginny scosse la testa. «Gabriele la lascerà e, anche se all'inizio sarà difficile, poi le cose si sistemeranno.»

«È peggio di quanto pensassi.»

«Che cosa vuoi dire?»

«Quell'uomo non la lascerà mai!»

«Cazzate!» sbottò Ginny sulla difensiva, pentendosi di non aver negato tutto. «Lui mi ama e vuole stare con me. Lo sai che sta per comprare un appartamento? Lo dirà a Swami non appena avrà concluso l'acquisto e le dirà tutto, anche di noi.»

«Non dire queste cose, Ginny. Lui ti racconta un sacco di balle. Lo fa con lei e lo fa con te. Gabriele non va bene per te», continuò Tilly. «E non va bene per nessuno. Di sicuro non vale la tua amicizia con Swami. Anche anni fa, quando stavate insieme, era uno spregevole bastardo cornificatore.»

Ginny guardò Tilly con espressione offesa. «Non è vero», disse, arrabbiata. «Perché devi dire una cosa del genere?»

«Per tutto il tempo in cui è stato fidanzato con te, andava a letto anche con Mariasole. Te la ricordi, vero? Ogni tanto usciva anche con la nostra compagnia.»

Ginny spalancò la bocca. Non riusciva a credere alle sue orecchie. Non avrebbe mai detto che Tilly potesse cadere così in basso.

«Non era affatto così», disse. Voleva che Tilly lo capisse bene. «Era lei che lo pressava e che lo perseguitava. Lui non la voleva, non gli piaceva neanche. Diceva che era contro ogni tentazione.»

«Come sei ingenua, Ginny. Lui la portava a casa del mio ex marito quando tu eri all'università, a Parma. Una sera ero lì, Marco non mi aveva detto niente, gli ho fatto una sorpresa e mi sono accorta subito che c'era qualcosa che non andava. Lui voleva portarmi fuori, "andiamo a fare una passeggiata", continuava a dirmi. E poi ho sentito i versi, cazzo, le pareti erano così sottili in quella maledetta casa! Mi sono rifiutata di uscire e poco dopo Gabriele è uscito dalla stanza. Non ti dico la faccia che ha fatto quando mi ha vista. Mi ha pregato di non dirti niente. Che era stata una cosa così, senza importanza.» La squadrò con un'occhiata penetrante. «Davvero pensavi che vivesse in castità per amor tuo?»

Poteva crederci? Era sempre stato infedele? Non voleva pensarci adesso. Faceva troppo male. Non era pronta per scontrarsi con l'immagine ideale che si era creata di lui e che non corrispondeva affatto alla realtà. "Non ora, non ora, non qui", si disse tra sé e sé.

All'improvviso si sentì svuotata, derubata di tutte le certezze. «E perché non mi hai mai detto nulla? Perché non hai preso in mano il telefono per farmelo sapere?» La sfidò, rabbiosa. «Eri mia amica, teoricamente.»

«Intanto ti ricordo che in quel periodo non ci parlavamo neanche più. Tu avevi smesso di parlare con tutte noi, ti eri rinchiusa nella tua gabbia dorata con Gabriele e non te ne fregava più un accidente di noi!»

«Voi mi avevate estromessa! Tu, Azzurra e Swami! Potevo comprendere Swami, ma tu e Azzurra, mi dispiace, no! Io credevo in voi!»

«Ginny, tu hai dei problemi, noi non ti abbiamo estromessa. Tu, a un certo punto, hai smesso di rispondere alle nostre telefonate, ai nostri messaggi. Ho ancora un messaggio in cui ti chiedevo di vederci per parlare e tu neanche hai risposto.»

«Io… no… ma cosa vai dicendo?» Era confusa e ora metteva in dubbio anche la sua sanità mentale.

«E poi non mi avresti creduta e mi avresti accusata di voler mettere zizzania tra te e Gabriele per quello che era successo con Swami. Sai benissimo che, non appena mi azzardavo a dire una parola meno positiva su di lui, la prendevi come un insulto personale. Non mi avresti creduta.»

«E non ti credo nemmeno adesso.» Ginny aprì la portiera della macchina, era arrivato il momento di chiudere quella disastrosa serata. «Sei falsa.»

Tilly ignorò l'insulto. «Non la lascerà mai, Ginny. Hanno un figlio e, per quanto sia un gran pezzo di merda, al figlio ci tiene o, e qui voglio pensarla male, il figlio gli fa da scudo per non prendere una decisione. E ti assicuro che lui sta bene con Swami. È la donna che fa per lui.»

«Come fai a dirlo? La tradisce, l'hai sentito anche tu, vero?»

Tilly le lanciò un'occhiata che la trapassò. «Gabriele è un traditore seriale, che tu lo voglia ammettere o meno. Quando ancora non sapevo che si trattasse di lui, non mi avevi confidato che Armando chattava anche con altre donne e che ci era pure uscito? Tu sai benissimo che è uno stronzo egoista, lo era anche in passato! La differenza fra te e Swami è che Swami accetta tutta la sua merda, nel momento in cui ha deciso di stare con lui, ha preso il pacchetto completo, merda inclusa; tu, per quanto abbia accettato di tutto e di più pur di stare con lui, l'hai fatto sempre con la speranza che lui cambiasse e che alla fine scegliesse solo te.»

«Be', mi sembra giusto, no?»

«Eccome se lo è! E lui lo sa che con te non avrebbe vita facile, che non gliene faresti passare nemmeno una. Che ogni volta, al ritorno a casa, lo sottoporresti a un interrogatorio da far invidia ai servizi segreti. Uno come lui non riuscirebbe a tollerarlo. Con Swami si sente al sicuro, sente di poter fare i cazzi suoi e che lei non gli dirà mai niente, non lo caccerà mai e lo accetterà sempre e per sempre.»

«No, non ti credo! Tu sei gelosa che io possa essere felice, tutte voi lo siete. Vi siete sempre credute migliori di me. Io sono migliore di voi. Tu con i tuoi cazzo di sogni infranti, non riesci nemmeno a mantenerti. Se non fosse per i tuoi, staresti a fare la fame. E che dire di Azzurra? L'eterna figlia! Senza una cazzo di relazione, eterna amante e incapace di parlare con gli uomini. Swami, poi! La piccola fiammiferaia che ha fatto i soldi, ma che resta comunque la psicopatica che è sempre stata! Gabriele vuole stare con me. Lui mi ama e lascerà Swami, ne sono sicura.»

Tilly la fissò ancora con sguardo intenso.

«Okay, come vuoi.» La sua voce divenne strana, bassa e rauca. «Io e Azzurra siamo le fallite, Swami la psicopatica. Bene così, Ginny, tu sei la migliore. Peccato che tu stia andando a sbattere contro un treno in corsa. Buona fortuna!»

Ginny sentì il sangue che rifluiva dal suo volto, un sudore freddo che le imperlava tutto il corpo.

«Stronza!» gracchiò. «Stai alla larga da me, anzi state tutte e tre alla larga da me. Fottetevi voi e il vostro negozio di merda! Non voglio più vedervi!»

CAPITOLO 26

Che andasse al diavolo, quella stronza intrigante! A Ginny bruciava la gola mentre saliva come una furia le scale che portavano al suo appartamento. Il confronto con Tilly aveva cambiato tutto. La sua relazione segreta con Gabriele non era più sua, qualcosa che poteva godersi da sola. Tilly l'aveva resa volgare e rivoltante. E se l'avesse detto a Swami prima che lo facesse Gabriele? No, Tilly non l'avrebbe mai fatto. Era sempre stata dalla sua parte e, malgrado il modo in cui l'aveva trattata prima, era sua amica. Il problema era Azzurra, però. Perché se Tilly si fosse confidata con lei, era sicura che Azzurra lo avrebbe detto a Swami.

Gettò il giubbino e si mise il grembiule. Aveva bisogno di buttare fuori la rabbia. Anche se ormai sarebbe stato l'orario di andare a dormire, era l'ultima cosa che voleva fare, anche perché non sarebbe riuscita a prendere sonno. Era fuori discussione.

Dopo mezz'ora, la cucina era immacolata e stava attaccando il bagno con paglietta e flacone di Cif. Era contro i detersivi aggressivi – quel flacone doveva averlo comprato Flavio, che invece credeva che per eliminare germi e batteri si dovesse usare dell'acido muriatico – ma in quel momento sentiva la necessità di sgrassare e di fare piazza pulita. I rubinetti brillavano, il lavandino era più bianco del bianco, ma non era riuscita a cancellare l'enorme macchia che all'improvviso aveva rovinato la sua felicità.

Che diritto aveva Tilly di criticarla? E perché se la prendeva così tanto? Mica era suo, il marito! Cosa gliene importava se lei e Gabriele avevano una relazione? La solita bacchettona, ecco quello che era con il suo moralismo del cazzo. L'unica delle quattro che aveva aspettato il grande amore – che poi grande amore non era stato per niente, considerato com'era finito il suo matrimonio – per perdere la verginità.

Versò il liquido bianco sulle piastrelle del pavimento, strofinando in ginocchio per autopunirsi. Era da giorni, ormai, che passava il tempo facendo una lista dei difetti caratteriali di Swami, così tanto per placare la sua coscienza che le urlava che stava tradendo una delle sue migliori amiche e stava portando via una famiglia a un bambino di appena tre anni e mezzo. Ma poi Swami poteva ancora chiamarsi "migliore amica"? Dopo tutto quello che avevano passato? Dopo tutti i loro "non detti"? E quando una persona poteva considerarsi un'amica? Quando avveniva il passaggio da conoscenza a migliore amica? Dopo un caffè, un pranzo, una cena, telefonate fiume? No, lei e Swami non lo erano più da molto tempo. E forse non lo erano mai state, dopotutto.

Ritornò alle pecche di Swami, quali aveva trovato? Si raddrizzò e restò ferma sulle ginocchia, riflettendo. Be', prima di tutto, Swami aveva un atteggiamento snob, anche la sua famiglia ce l'aveva. Più di una volta aveva fatto commenti cattivi sul lavoro delle persone. Una volta, in terza superiore, erano andate in un bar del centro di Verona e la cassiera era stata molto scortese e maleducata con loro. Ginny se l'era presa mentre Swami aveva sorriso e le aveva detto: «Ginny, ma perché te la prendi tanto? Non serve, ti fai solo il sangue malato. Ti basta pensare a che lavoro fa. Una commessa, Ginny cara, come puoi pensare che sappia anche soltanto l'abc dell'educazione?»

E poi trattava Gabriele come uno schiavo, comandandolo a bacchetta. Glielo aveva detto lui ripetutamente, ma l'aveva visto anche lei quella volta alla cena a Bardolino e la sera prima in casa sua. Per non parlare poi del fatto che l'aveva praticamente obbligato a fare un figlio!

Era maleducata?

Era prepotente?

Era egoista?

Sì, Swami era tutte queste cose e lei si sentiva giustificata nel portarle via il marito e nello smettere di considerarla un'amica.

All'improvviso le venne in mente che avevano appena aperto una società insieme. Come avrebbe fatto ora? Senza dimenticare che si era anche licenziata e che aveva detto a Tilly di sparire dalla sua vita. Eppure, adesso che era così vicina ad avere un posto tutto suo dove poter dedicarsi a quello che amava, non voleva fare un passo indietro. Cosa poteva fare? Doveva assolutamente parlare con Tilly e cercare di rimediare. Sì, avrebbe fatto così, domattina la prima cosa che avrebbe fatto sarebbe stato chiamarla e invitarla per un caffè. O forse anche per un pranzo. Meglio, sì. Qui a casa sua? O in un locale? Ci avrebbe pensato su e poi avrebbe deciso la soluzione migliore.

Cominciava a sentire il pavimento freddo e duro sotto le ginocchia. Si alzò e passò lo straccio sullo specchio, guardando la propria immagine riflessa. I capelli, di solito lucidi, erano scarmigliati e arruffati, come se si fosse distesa su della paglia. Gli occhi poi avevano un'espressione da pazza allucinata, appena uscita da un manicomio. Assomigliava a Chaki, la bambola assassina!

Non richiesta e non voluta, una parata di ricordi si mise in marcia nel cervello di Ginny. Quando camminavano mano nella mano con Gabriele sulla via principale di Bardolino e lui la costringeva a una brusca svolta in uno dei vicoli vedendo Mariasole arrivare dalla direzione opposta. Quando aveva trovato Mariasole uscire dalla sua casa e lui le aveva spiegato che era venuta a prendere gli appunti di analisi matematica, visto che frequentava anche lei Economia e Commercio. Il modo in cui lui, ogni volta che sentiva suonare il campanello di casa, urlava alla madre di non aprire a nessuno mentre sbirciava dalle tende tirate. E altre cose, che allora le erano soltanto sembrate un po' strane, ma che adesso assumevano un senso preciso.

Prese il telefono e digitò il numero.

«Puoi parlare?» disse ancora prima che lui avesse aperto bocca.

«Swami e Andrea dormono nel lettone, io sono nell'altra stanza. Dimmi pure.»

«Solo una domanda. Quando stavi con me, ti scopavi anche Mariasole?»

«Che cosa?» Gabriele rise, stupito, ma non disse niente.

Un brivido attraversò il corpo di Ginny mentre si premeva con forza il telefonino contro la guancia, con il bisogno di sentire e farsi del male.

«Gin», disse lui alla fine. «Che cosa c'è?» Le sembrava di vederlo incassare la testa nelle spalle e strizzare gli occhi. «Perché diavolo… chi te l'ha detto?»

«Tilly, ma non è questo il punto. Dimmi la verità, Gabriele. Per una volta, sii sincero. Ripeto: ti scopavi Mariasole?»

Lui sospirò forte. «Sì.»

«Oh.Mio.Dio! Come hai potuto? Perché?»

«Ascoltami bene, Gin. Tu eri lontana e io mi sentivo solo, molto solo.»

«Smettila di dire puttanate, Gabriele! Sono stanca di sentire queste scuse, non sai fare altro che dire che ti sentivi solo e che io ero lontana. Dimmi qualcosa che non so, ti prego.»

«È stata una cosa breve e…»

«Quanto?»

«Gin…»

«Quanto?»

«Sei mesi.»

«Cazzo! Sei mesi, Gabriele! E la chiami breve? Breve è una settimana, due notti, un giorno, ma sei mesi sono un po' più di breve! Tu hai dei problemi, seri, serissimi problemi. Sei un fottutissimo traditore!»

«Gin…»

«E smettila con questo Gin, cazzo! Gin! Gin! Gin! Quanto tempo è passato tra lei e Swami?»

«Gin…»

Lei sbuffò.

«Scusami… ma perché dobbiamo andare a rivangare queste cose vecchie e stantie, ormai? Non possiamo concentrarci su noi due, sul nostro futuro insieme? Perdonami, Gin, per tutta la sofferenza che ti ho procurato, che ho procurato a noi stessi. La sto pagando, non vedi? La mia vita è un disastro, io sono un disastro come uomo, sono un fallimento su tutta la linea. Non sono un bravo padre, non sono un bravo marito e nemmeno un bravo amante.»

Ginny non sapeva se compatirlo per il suo dolore, che rispecchiava il proprio, o abbandonarsi alla delusione che le avevano procurato le traumatiche rivelazioni delle ultime ore. «È solo… pensavo che noi avessimo questo amore così bello, sublime e speciale. Un po' come un faro luminoso che svetta in mezzo al mare e che fa da guida ai marinai. Pensavo che tu amassi me e soltanto me. Invece per tutto il tempo o quasi tu mi hai tradita.» Riusciva a malapena a pronunciare quella parola.

«Non per tutto il tempo. Almeno non all'inizio. Che cos'altro posso dirti? Parliamo di cose successe quando avevamo poco più di vent'anni. Non posso negare di essere stato un bastardo, ma ti amavo allora e ti amo adesso, questo lo sai.»

Lo sapeva? Si chiese Ginny. Se le avesse detto quelle stesse parole qualche giorno prima, non avrebbe avuto dubbi nell'affermare che lui l'amava, ma ora ci mancava soltanto Mariasole. E che fosse dannata, ma aveva seri dubbi sulla credibilità delle sue parole. «So che magari starai pensando che sono una sciocca patetica a prendermela per cose accadute vent'anni fa, ma mi fa male sapere che non sono stata l'unica per te e…»

«Lo sei sempre stata, Gin. Ti prego di credermi», la interruppe Gabriele.

«Come farai con Swami? L'ho vista stasera, non ti lascerà andare tanto facilmente. E io sono preoccupata che poi tu non riuscirai ad andartene da lei e da vostro figlio.»

«Swami! Sempre e solo Swami. Io sono stufo. Stufo di piegarmi alla sua fragilità nervosa. Stufo di essere trattato come un servo, come un babysitter per Andrea. Me ne sarei andato anni fa se non mi fossi preoccupato che potesse compiere qualcosa di orribile contro se stessa e il bambino. Che il mio abbandono potesse spingerla oltre ogni limite», disse, amaro. «Cerchi di evitare che la gente soffra e nel frattempo mandi la tua vita a puttane.»

«E come pensi che non si spingerà oltre il limite, ora?»

«Non lo farà, perché sto cominciando a capire che mia moglie è molto più forte di quanto voglia far credere. L'ho studiata, negli ultimi tempi. Un attimo prima è distrutta e l'attimo dopo si è già ripresa. Ho finito di sacrificarmi.»

«Se lo dici tu.»

«Non litighiamo, Gin. Io voglio solo che tu sia felice. È quello che ho sempre voluto. Con te mi sono sentito me stesso di nuovo. Dopo che avrò lasciato Swami… quando avrò una mia casa… noi potremo pensare per davvero alla nostra vita insieme. Dammi fiducia, manca poco, Gin. Pazienta ancora un po' e io sarò tuo per sempre, questa volta.»

«Sì, va bene, un altro po' di pazienza. Va bene», ripeté lei.

«Ora vai a dormire, sono le tre di notte. Buonanotte, piccola, e sognami. Sono accanto a te. Sempre.»

Dopo aver riagganciato, Ginny si sentiva più calma e tranquilla anche se il tarlo dei tradimenti di Gabriele continuava a grattare dentro il suo cervello con lo stesso stridio dell'unghia sulla lavagna. Ma lo amava troppo per non riuscire a perdonarlo e per non costringersi ad andare oltre. Dal momento in cui aveva messo gli occhi su di lui, più di vent'anni prima, non era più riuscita a togliersi Gabriele dalla testa. Aveva invaso i suoi pensieri, rubato la sua anima, catturato il suo cuore. Non passava ora senza che lei desiderasse di fare l'amore con lui, svegliarsi al suo fianco, passare il resto della vita insieme. Dormiva poco, mangiava quasi niente, e questo era di sicuro un bene per la sua linea. Aveva voglia di dire a tutti della loro relazione. Cioè, tutti eccetto Swami. Quello spettava a lui. Era fuori discussione.

La mattina dopo si fece coraggio e chiamò Tilly.

«Ti va un caffè?» le propose Ginny.

«Mah, non so se sia una buona idea. Ieri sera sono volate parole grosse e sto ancora cercando di metabolizzarle.»

Okay, Tilly era ancora arrabbiata e faceva l'offesa. Tipico da parte sua.

«Tilly, mi dispiace per quello che ti ho detto ieri, non volevo offenderti, ma mi sono sentita ferita. Vediamoci, dai, vorrei chiarire.»

«Se proprio insisti, Ginny, ma non prometto niente. Ti aspetto al Duchi.»

Il Duchi era un pub in centro molto carino e accogliente.

Quando Ginny arrivò, Tilly era già seduta sui divanetti in pelle che la aspettava. «Tilly, ciao.»

«Ciao, Ginny.»

Dopo aver ordinato due cappuccini e due spremute d'arancia, Ginny attaccò:

«Sono mortificata. Non pensavo per davvero quello che ho detto di tutte voi.»

Tilly gonfiò il petto per immettere aria nei polmoni, quasi fosse in carenza di ossigeno. «Lo pensi eccome. L'ho sempre saputo, ma fa male sentirselo dire, anche perché quello che hai detto è proprio quello che penso io di me.»

«Tilly, davvero, non penso affatto che tu sia una fallita. E non lo penso neanche di Azzurra. È che questa storia con Gabriele mi sta facendo diventare matta.»

Il cameriere portò loro le ordinazioni e Tilly bevve un sorso della spremuta.

«Sai cos'è che mi dispiace di più? Di aver pensato di impiantare un'attività tutte e quattro insieme. Per tutti questi anni sono rimasta agganciata all'idea di noi che avremmo sfidato e conquistato il mondo. E qui mi sorge una domanda.»

«Dimmi.» Ginny mescolò il cappuccino e leccò il cucchiaino.

«Come pensi che potremmo portare avanti il negozio dopo che verrà fuori la storia fra te e Gabriele?»

«Be', sarà difficile i primi tempi, non lo nego, ma poi le cose si sistemeranno da sé. Ne sono sicura.»

Tilly aggrottò la fronte. «Davvero lo credi? Io no. E ti dico pure come andrà. Swami si arrabbierà e a quel punto detterà delle condizioni, le *sue* condizioni: dentro tu, fuori lei, o dentro lei, fuori tu. È a questo che vuoi arrivare?»

«No, certo che no!» La conversazione stava prendendo una piega che non le piaceva affatto. Lei voleva riappacificarsi con Tilly e invece la sua amica aveva altri programmi.

«Io tengo molto a questa attività, è la mia riscossa dal "fallimento", come l'hai chiamato tu, e non permetterò a nessuno, né a te né a Swami, di mandare tutto all'aria.» Tilly era determinata e Ginny dovette ammettere che non c'era margine di trattativa.

«Cosa vuoi che faccia? Che me ne vada ancor prima di aver cominciato?»

«Questa è un'opzione, oppure potresti fare un passo indietro con Gabriele.»

Ginny sgranò gli occhi. «Mi stai ricattando?»

«Se ti piace chiamarlo così, sì, ti sto ricattando. Ma non lo faccio per Swami e Gabriele, francamente penso che lei starebbe meglio senza di lui. Lo faccio per me e per Azzurra.»

«Non puoi chiedermi questo. Anch'io tengo molto al negozio, finalmente potrò avere un posto tutto mio dove insegnare pilates e yoga. Dai, Tilly, hai visto quante iscrizioni abbiamo già avuto? Se me ne vado io, come farete?» Sapeva di essere implorante, lo odiava, ma non voleva perdere quell'opportunità e dover tornare da suo padre con la coda fra le gambe.

«Troveremo qualcun altro, lo sai anche tu. So che sembrerà un cliché ma "nessuno è indispensabile".»

Ginny sembrò meditare sulle parole dell'amica per un momento.

«Io amo quell'uomo. So che non ti piace l'idea, ma è così e non posso costringermi a fare quello che mi chiedi.»

«Vedi, Ginny, non è una questione personale, non mi interessa chi ami. Certo, mi dispiace che sia proprio lui l'oggetto dei tuoi desideri: come ti ho già detto, Gabriele non mi è mai piaciuto. Troppo autoreferenziale, troppo concentrato su se stesso per pensare agli altri. Ma questo è affar tuo, io sono preoccupata per il negozio e prevedo già la bufera in arrivo, una bufera che investirà anche l'attività perché tu e Swami vi farete guerra senza risparmiarvi. Non ne usciremo e falliremo ancora prima di poter capire cosa sta succedendo.»

Ginny si mordicchiò l'unghia dell'indice, nervosa. «E se mettessi tutto in stand by? Se dicessi a Gabriele di aspettare quantomeno che l'attività abbia ingranato?»

«Ci vorrà un anno perché ingrani. Saresti davvero disposta ad aspettare tutto questo tempo?»

«Be', sì, perché no? Per me l'importante è che Gabriele esca di casa e lasci Swami. Non è necessario che il mondo sappia di noi due. Fondamentale è però che tu non dica niente a Swami e Azzurra. Sempre che tu non l'abbia già fatto.»

«Per chi mi hai preso, Ginny? Non l'ho fatto, no. Non voglio scatenare il pandemonio o mettere zizzania tra te e Swami.»

«Grazie.» Dio, quanto odiava implorare! «Allora, cosa ne dici?»

Tilly puntò gli occhi verdi in quelli azzurri di Ginny e annuì. «Voglio fidarmi di te, Ginny.»

«Non te ne pentirai.»

CAPITOLO 27

Ginny si era data da fare per tutto il mese di novembre e il primo di dicembre arrivarono gli attrezzi che lei e Tilly avevano comprato da Claudia. Voleva dimostrare a Tilly che poteva fidarsi di lei di nuovo e che l'attività era importante anche per lei. Dopo la loro conversazione al bar, lei e l'amica si erano tenute un po' in disparte l'una dalla vita dell'altra e, anche quando si incontravano con Swami e Azzurra per parlare dello stato di avanzamento dei lavori, entrambe cercavano di fare buon viso a cattivo gioco.

Le dispiaceva che Tilly se la fosse presa così tanto, dopotutto la cosa non riguardava lei, ma Swami e, per quanto si sforzasse, non ne capiva il motivo fino in fondo. Sperava soltanto che anche l'amica, come lei, mantenesse la parola data e che non spifferasse ogni cosa a Swami.

Ginny aveva parlato con Gabriele e gli aveva spiegato cos'era accaduto fra lei e Tilly e del patto che avevano fatto. Quando lui se ne fosse andato da casa, la loro storia sarebbe dovuta rimanere segreta, almeno per un po', fino a quando il negozio non avesse cominciato a ingranare. Gabriele le era sembrato sollevato, ma poco importava se potevano finalmente cominciare una loro vita insieme. Lui aveva trovato un appartamento vicino all'abitazione dove viveva con Swami e in settimana sarebbe andato a portare la caparra per fermarlo. Un brivido di eccitazione la percorse tutta, immaginava già i loro weekend insieme – naturalmente quelli che non doveva trascorrere con il figlio – le cene, le gite fuori porta e non stava più nella pelle.

«Swami cosa ti ha detto della casa?» gli aveva chiesto l'altra sera a casa di lei.

«Uhm, niente.»

«Come niente? Significa che ha accettato la cosa?»

Gabriele aveva cominciato ad agitarsi sulla sedia e aveva preso il bicchiere di vino, spostandosi in soggiorno. «Ti dispiace se vado a distendermi sul divano? Ho avuto una giornataccia al lavoro e sono molto stanco.»

Ginny era rimasta esterrefatta e lo aveva seguito. «Gabriele, che succede? Hai detto a Swami della casa o no?»

Lui si era seduto sul divano, aveva acceso la televisione e senza nemmeno guardarla aveva risposto: «No.»

«Come no?»

«No, Gin, non gliel'ho detto.»

«E perché mai?»

Lui aveva scrollato le spalle. «Voglio fare le cose con calma. Glielo dirò quando sarà mia. Se glielo dicessi adesso, la vita con lei diventerebbe invivibile e non voglio questo. Piano piano porterò le mie cose nella casa nuova e poi la affronterò.»

Ginny aveva fatto per ribattere, ma lui l'aveva fermata. «Per favore, possiamo almeno per questa sera non parlare di case, separazioni e Swami? Possiamo goderci questi momenti insieme senza rovinare sempre tutto, senza litigare? Sto comprando casa, no? Mi sto attivando per cambiare le cose fra noi due, ma ti prego, non farmi pressioni.»

Lei era rimasta spiazzata dalle sue parole e non aveva detto niente. Era ritornata in cucina a riassettare e poi lo aveva raggiunto sul divano. Come spesso accadeva nelle ultime settimane, Gabriele dormiva già. Non facevano quasi più l'amore e, quando lei gliene chiedeva il motivo, lui asseriva di essere molto, molto stanco e di star passando un brutto momento anche sul lavoro. Ginny cercava di essere comprensiva, ma c'era un puntino nero in tutta la loro storia che la disturbava e, per quanto cercasse di convincersi che tutto stava procedendo per il verso giusto, si sentiva inquieta e ansiosa.

Guardò gli attrezzi che erano quasi tutti ancora imballati, ed erano stati ammassati in un angolo di quella che sarebbe stata la sala pilates, ma Ginny aveva convinto Davide a sistemare un *reformer* davanti alle ampie vetrate che si affacciavano sul giardino, in modo che lei potesse provarlo.

Alla fine di una lunga giornata, Ginny salì sulla macchina e cominciò ad allenarsi, contemplando il panorama rasserenante. A poco a poco sentì che si rilassava sempre più e, compiaciuta, pensò all'effetto che avrebbe fatto sulle clienti.

«Fammi provare», disse una voce alle sue spalle.

Ginny si voltò di scatto, sorpresa, perché non aveva sentito arrivare nessuno.

«Ehi, da dove sbuchi?» esclamò quando vide Tilly. Scese e la fece sdraiare al suo posto.

«Ho visto Davide prima e mi ha detto che erano arrivate le macchine, perciò ero molto ansiosa di dare un'occhiata.»

«Gli ho fatto togliere dall'imballaggio solo questo *reformer* per provarlo.»

«Il resto è tutto là?» le chiese Tilly, indicando le scatole accatastate in fondo alla sala.

«Sì, altri due *reformer* e i tre *cadillac*. Le clienti saranno soddisfatte.»

«Perché non hai fatto sistemare tutti gli attrezzi approfittando della presenza degli operai di Davide? Adesso dovremo fare tutto da sole», obiettò Tilly, mentre stendeva le gambe.

«C'è ancora molto lavoro da fare, qui. Le macchine sarebbero d'intralcio e si sporcherebbero», le spiegò Ginny. «Però non ho resistito e ho voluto provarne una» aggiunse, sorridendo. «Non è favoloso il *reformer*? E non vedo l'ora di vedere anche il *cadillac*», sospirò, facendo scorrere le dita sull'attrezzo.

«Sì, e anche il panorama è spettacolare», annuì Tilly con espressione soddisfatta e rilassata. «È solo pochi minuti che mi sto allenando e mi sento già più lunga.»

«Sì, ha fatto lo stesso effetto anche a me. Comincio proprio a credere che questo posto sarà veramente utile alle donne di Bardolino!» esclamò Ginny con entusiasmo.

«Ti sei ricreduta, alla fine.»

«Be', direi proprio di sì. Non vedo l'ora di cominciare e sento che sarà un successo.»

Tilly le sorrise. «Senti, per quanto riguarda la nostra ultima conversazione, vorrei sapere come stai. Come va tra te e chi sai tu?»

«Uhm, direi piuttosto bene. Ha finalmente trovato una casa e in settimana andrà a dare la caparra.»

«Swami lo sa?»

«No, Gabriele preferisce non dirglielo, al momento. Vuole fare le cose con gradualità soprattutto per Andrea.»

«Ehi, c'è qualcuno?» La voce di Swami le fece sussultare.

«Swami, siamo qui, in sala pilates», gridò Tilly.

«Eccovi qui», disse l'indiana, felice, con una cartellina in mano. «Speravo proprio di trovare una di voi, almeno, mi è andata meglio.»

«Cosa ci porti?» le chiese Ginny, indicando il fascicolo. Per un attimo, aveva temuto che Swami avesse colto spezzoni della loro conversazione.

«Il programma del corso di cucina», annunciò, porgendole la cartellina. «Ditemi cosa ne pensate.»

Mentre Ginny l'apriva, entrò Azzurra con una borsa piena zeppa di rocchetti di fili colorati.

«Ah, bene, ci siete tutte e tre, così potete aiutarmi a metterli negli scaffali.»

Si trasferirono tutte e quattro nella stanza che avrebbe ospitato le macchine da cucire. Tilly e Azzurra l'avevano arredata insieme, visto che quello sarebbe stato il loro regno. Avevano trovato un falegname della zona che aveva costruito loro i tavolini per le *singer,* che avevano voluto di un bel verde salvia, e degli scaffali a nicchie su tre livelli, verniciati di un bianco immacolato, che aspettavano ora di essere riempiti di fili colorati. Le pareti erano dipinte di lilla e quella che ospitava il bancone del bar era invece arancione. Lo stesso falegname aveva costruito anche gli appendiabiti in legno rosso e infine avevano acquistato un vecchio registratore di cassa.

Una volta finito di mettere i rocchetti nelle nicchie, le quattro amiche si fermarono a rimirare l'insieme, estasiate. Faceva un certo effetto vedere le *Singer*, arrivate qualche giorno prima, nelle loro postazioni. Per non parlare di tutta quell'esplosione di colori.

«Sarà un successo, lo sento», disse Azzurra, con le mani al petto.

«Sì, spaccheremo», le fece eco Tilly.

«Qual è la prossima mossa?» domandò Ginny.

«Dare un'occhiata al corso di cucina a cui ho pensato?» rispose Swami, indicando la cartellina che aveva portato con sé.

Le tre amiche cominciarono a leggerlo.

«Oh, che bello! Voglio essere la tua prima iscritta!» esclamò Azzurra.

«Anch'io», fece di rimando Tilly.

Ginny si astenne, anche se pensava che Swami avesse fatto un ottimo lavoro, ma non voleva darle la soddisfazione di dirglielo.

«Cosa vi ispira di più?» domandò l'indiana alle due imprenditrici.

«I dolci, senz'altro. Fanno venire l'acquolina in bocca», rispose Azzurra.

«E pensate che sono fatti con ingredienti dietetici, leggeri, senza compromettere il gusto», spiegò Swami. «È l'obiettivo del corso. Cucinare sano senza perdere di vista il piacere della buona tavola.»

«Secondo me farai faville, tesoro», approvò Tilly.

«Preparerò il tiramisù per la prossima settimana, così lo porterò alla nostra riunione e mi direte come vi sembra», propose Swami. «Ovviamente, se non volete aspettare la settimana prossima, potete venire al ristorante ora, dove serviamo la versione tradizionale, non dietetica.»

Azzurra si voltò verso Tilly. «Andiamo? Solo per il dolce, dai. Sarai a casa in tempo per la cena dai tuoi ragazzi.»

«Perché no?» rispose l'amica.

«Ginny, vieni anche tu?» domandò la rivale in amore.

«Oh, be', io non…»

«È permesso?» Sulla soglia apparve la figura di un uomo.

Ginny cercò di ignorare il tuffo al cuore che aveva provato nel vederlo. Chi diavolo è? Si domandò. Lo sconosciuto era molto affascinante. Indossava un paio di jeans scoloriti che gli fasciavano le gambe tornite e i fianchi snelli, mettendo in evidenza il suo fisico atletico, e un maglioncino carta da zucchero che valorizzava gli occhi azzurri. I capelli erano dorati e spettinati.

«Federico! Oddio, mi ero dimenticata del nostro incontro!»

«Non preoccuparti, sono qui, dopotutto.»

«Per farmi perdonare, sei ospite nel mio ristorante quando lo vorrai», disse Swami, andando incontro all'ospite.

«Accetto molto volentieri.»

Swami e Federico si scambiarono un abbraccio caloroso e Ginny pensò che allora neanche lei era poi senza macchia fino in fondo.

«Ragazze, vi presento Federico Valentini. È un fotografo e giornalista e mio grande amico. È di Milano e ci siamo conosciuti a Parigi. Loro sono Tilly, Azzurra e Ginny. Sono le mie socie, le mie amiche d'infanzia.»

Una a una, le amiche si fecero avanti per presentarsi al giornalista.

«Ho chiamato Federico perché voglio che scriva un articolo sulla nostra attività. Si occuperà anche delle foto. Era per oggi e me ne sono scordata», continuò Swami.

«Te lo ripeto, Swami, non c'è problema, sono qui e siamo ancora in tempo.»

«Bene, allora, volete che ci spostiamo al mio ristorante o preferite farla qui, l'intervista?» disse ancora lei.

«Io direi qui», se ne uscì Ginny. «Se Federico deve anche scattare le foto, forse è meglio se rimaniamo qui.»

Swami sembrava a disagio. «Io, però, non ho molto tempo, devo andare a prendere Andrea all'asilo e purtroppo non ho nessuno che possa farlo al posto mio, oggi.»

«Anch'io dovrò andare tra un po'. Avrei fatto in tempo a venire ad assaggiare il tuo tiramisù, ma poi sarei dovuta tornare a casa dai miei.»

«Sentite», disse Federico, «cosa ne dite se iniziamo subito con l'intervista? Faccio una domanda a ciascuna di voi e poi vi libero. Se potessi rimanere qui a fare le foto anche da solo, se nessuna di voi può restare, per me va bene lo stesso.»

«Io posso restare e farti da chaperon», disse Ginny.

«Perfetto! Allora, cominciamo», fece lui.

Il quartetto e il nuovo arrivato si spostarono nella stanza del pilates e una a una risposero alle domande di Federico.

«Chi di voi quattro è stata l'artefice dei questo progetto?»

«Siamo state io e Azzurra», rispose Tilly. «Siamo entrambe delle creative, io nel cucire nuovi capi di abbigliamento e Azzurra nel disegnarli.»

«Poi hanno chiamato me e Ginny per aderire al loro progetto. E lo abbiamo sviluppato sempre di più, anche se Ginny è stata quella fra di noi che ha avuto più remore e che si è unita soltanto dopo una lunga trattativa di convincimento.» Swami non si era trattenuta su niente. Sembrava quasi che non vedesse l'ora di mettere in cattiva luce Ginny.

«Ginny, mi pare di capire che non ti sei buttata a capofitto nell'impresa come le altre? Per loro è stato "amore a prima vista", mentre per te si è trattato di fare un passo alla volta. Cos'è che non ti convinceva?» Federico stava registrando le loro parole con il telefonino e nel frattempo scattava loro delle foto.

Ginny sorrise, cercando di mandare giù la bile che le si era formata in bocca. Sarebbe mai stato possibile che lei e Swami sotterrassero l'ascia di guerra? O avrebbero mai smesso di nascondere il guano che si era formato tra di loro sotto il tappeto? «In realtà ho trovato fin da subito allettante il progetto, ma io avevo già una mia attività e, prima di lanciarmi in un'altra, ho pensato che fosse meglio vagliare le opzioni.»

«Cosa ti ha spinto a scegliere definitivamente?»

«Il fatto di avere un posto tutto mio dove potermi dedicare a quello che amo fare nella mia vita.»

«Ah, tu sei l'insegnante di pilates e yoga, allora? Swami mi ha parlato nel dettaglio di te. Di ognuna di voi, a dire la verità.»

Chissà cosa gli aveva detto di lei. Ecco, quella sarebbe stata un'altra occasione nella quale Ginny avrebbe voluto indossare il mantello dell'invisibilità di Harry Potter. Immaginava i discorsi della rivale: devi vedere com'è diventata! Era un fuscello da giovane, mentre ora è diventata un tronco. Mi ha portato via l'uomo che amavo! E poi però mi sono vendicata e l'ho sposato io! E lei è rimasta sola. Non ha nemmeno un figlio!

Ginny avrebbe voluto tapparsi le orecchie per non sentire il continuo arrovellarsi del suo cervello. Doveva smetterla di immaginare complotti contro di lei.

«Sì, sono io. Vuoi provare un mio allenamento?»

«Ora?»

«Sì, certo.»

«Perché no. Finisco con loro così le libero e poi mi dedico a noi due.»

Mi dedico a noi due! Ginny non poté non notare che le parole di Federico l'avevano in un certo qual modo turbata. Che diamine le stava succedendo? Forse era il fatto che era tanto tempo che non si relazionava più con l'altro sesso? Sì, doveva essere quello, decise.

Quando rimasero loro due, Federico si sdraiò sul *reformer* e, guidato da Ginny, cominciò a eseguire gli esercizi.

«Wow!» disse alla fine. «È un peccato che il vostro centro non sia aperto anche agli uomini.»

«La nostra intenzione è di creare un luogo fatto apposta per una clientela femminile.»

«Avete già pensato a un nome?»

«*Café Couture for Four.*»

«Bel nome.»

Ginny lo accompagnò di stanza in stanza, erano quasi tutte finite, mancavano solo le ultime finiture.

«Sono incantato. Avete fatto un ottimo lavoro e sono sicuro che avrete un sacco di clienti che faranno la fila per venire a cucire, mangiare e allenarsi.»

«Sì, lo penso anch'io. Quando ci si dedica a qualcosa che si ama, l'energia che si fa circolare non può non attirare l'abbondanza.»

Tornarono nella stanza del pilates e si sedettero per terra sul parquet. Parlarono di tutto. Ginny si trovò ad aprirsi con un altro uomo che non fosse Gabriele per la prima volta.

«Sei più giornalista o fotografo?»

«Fotografo, senza ombra di dubbio, anche se ho cominciato come giornalista. Ho studiato giornalismi all'università e appena laureato mi sono trasferito a Parigi per fare tirocinio in un giornale. Mi piaceva scrivere, ma ero più affascinato e interessato alle foto dei miei colleghi. Così ho cominciato a dilettarmi con loro, poi mi sono iscritto a un corso serale e mi sono dedicato alla fotografia al cento per cento. Ogni tanto, come in questo caso, scrivo ancora ma, se posso scegliere, lo evito.»

«E a Parigi hai conosciuto Swami?»

«Esatto. Dovevo scrivere un articolo sul ristorante in cui lavorava lei e ci siamo conosciuti così.»

«Avete avuto una storia?» Cazzo, glielo aveva chiesto! Ma cosa diamine le passava per la testa? Dio, come avrebbe voluto rimangiarsi le parole.

«Diretta, mi piace. No, nessuna storia, Swami era follemente innamorata del suo capo chef e anch'io ero già impegnato.»

Non sapeva perché, ma era contenta che non fosse successo niente fra di loro. «Sei rimasto sempre a Parigi?»

«No, dopo qualche anno sono partito per New York. Un'agenzia di moda aveva visto un mio scatto e mi aveva contattato per un servizio fotografico. Non mi sono più mosso da lì. Ho fatto la gavetta, ma ne è valsa la pena perché due anni dopo impiantavo il mio studio nella Grande Mela. Me ne sono occupato per più di quindici anni e ora lo gestisce il mio socio.»

«Sei tornato in Italia definitivamente?»

«Sì, sono qui da un anno.»

«Come mai sei tornato?»

Federico strinse le labbra e inspirò profondamente. «Ho sentito che rimanere negli Stati Uniti non era più evolutivo per me», le confessò con un velo di malinconia nella voce.

«È stato per una delusione d'amore?»

Il fotografo sorrise. «Eh, sì, proprio diretta. Mi piacciono le donne senza peli sulla lingua. E per rispondere alla tua domanda, sì, è stato per una delusione d'amore. Sai come si dice: pensavo fosse amore e invece era un calesse.»

«Mi dispiace, non volevo essere inopportuna.»

«No, figurati! Ormai, non mi fa quasi più male. Ma sai qual è la verità più vera? Che dentro di me ho sempre saputo che non saremmo stati insieme per sempre. Il cuore non mente e ti dice sempre tutto. Siamo noi che non lo ascoltiamo e preferiamo nasconderci, tapparci le orecchie e raccontarcela», replicò lui.

«Posso chiederti qual era il problema fra te e la tua lei?»

Federico esitò.

«Lei non mi amava.»

Per Ginny fu come ricevere un pugno in pieno volto.

«Ho detto qualcosa che ti ha disturbata? Sei sbiancata, Ginny.»

Ginny si alzò, il cuore aveva cominciato ad accelerare in modo febbrile. «No, scusami, è solo che si è fatto tardi e devo ancora finire un sacco di cose.»

«Sì, perdonami, mi sono perso con le mie chiacchiere. Parlo sempre troppo.» Federico seguì Ginny nella stanza delle macchine da cucire.

«Mi ha fatto piacere conoscerti, Ginny. È stato bello parlare con te.»

«Sì, anche per me. Quando pensi che uscirà l'articolo?»

«Oh, già la settimana prossima. Ve ne porterò una copia.»

«Volentieri.»

«Ti avviso quando è pronto. Se ti fa piacere.»

«Sì, certo.»

«Mi lasci il tuo numero?»

«Oh… sì, va bene. Ecco, prendi il mio biglietto da visita», disse, prendendo un cartoncino dalla borsa.

«Ci vediamo, Ginny.»

«Arrivederci.»

Ginny lo accompagnò alla porta e lo seguì con lo sguardo mentre Federico si allontanava a passo leggero. Che bell'uomo, si ritrovò a pensare. Ma l'attimo dopo era già lì che scuoteva la testa, recriminando con se stessa. Le parole che le aveva detto l'avevano turbata. "Non mi amava… Il cuore non mente mai". Era vero? L'istinto le avrebbe detto di rispondere sì, ma subito la mente si mise in mezzo. "No, io so che Gabriele mi ama e che lascerà Swami per stare con me."

Peccato, però, che quel pensiero, che negli ultimi tempi si ripeteva come un mantra, oggi non funzionasse. La tachicardia e la mancanza d'aria non volevano saperne di lasciarla e darle tregua.

Il suono di un messaggio sul cellulare la distolse da quelle riflessioni tossiche. Corse a vedere chi fosse: Federico!

Grazie per le chiacchiere! Spero che avremo occasione per farne altre.

Ginny si strinse il telefonino al petto mentre un dolce sorriso le incurvava le labbra. Non poteva negare che l'interesse di quest'uomo le facesse piacere. Gliene faceva eccome!

CAPITOLO 28

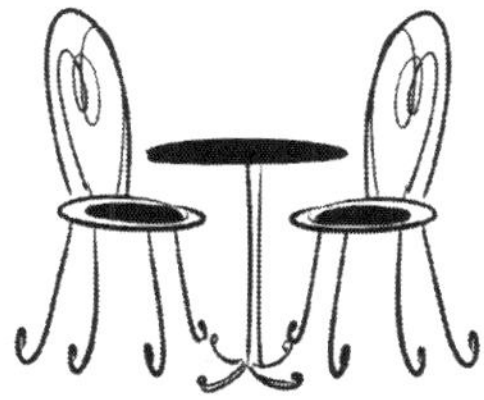

Gabriele fece una smorfia di dolore e guardò l'escrescenza che gli era comparsa sul labbro: herpes. Sbuffò e si mise un po' di crema. Era stressato? Si chiese. Più che stressato, era sotto pressione e tra due fuochi. Da una parte c'erano Swami e Andrea con le loro legittime necessità e dall'altra c'era Ginny con le sue continue e assillanti richieste. Per fortuna che oggi era sabato e poteva riposarsi prima di andare da Ginny. Quella sera avevano deciso di andare fuori a cena. Gabriele non era molto dell'idea, non voleva farsi vedere con Ginny in giro, aveva paura di trovare qualche suo conoscente, e la cosa non gli sorrideva affatto.

La mente riandò alla sera di due settimane prima quando l'aveva vista a casa sua. Swami gli aveva detto di portare Andrea a fare una passeggiata e, quando fossero tornati, di non disturbarle. E lui ne aveva tutta l'intenzione, non voleva assolutamente mettersi nella situazione di trovarsi davanti sia la moglie che l'amante. Ma ci aveva pensato Andrea a stravolgere i suoi programmi e, senza che potesse fermarlo, era corso nella stanza dove si trovavano le donne per portare i fiori alla mamma.

Non era stato facile fare finta che lui e Ginny non si vedessero da molto tempo e in effetti poi gli era sfuggita quella cosa sulla lezione di pilates che aveva rovinato gli equilibri della serata. Quando Swami era venuta a letto, lui dormiva già e il giorno dopo, con suo sommo sollievo, non ne aveva fatto parola. Sapeva che lei sapeva, non che lui e Ginny avessero una relazione, questo no, ma che lui ogni tanto andasse a trovarla sì.

Il grande pregio di sua moglie, come era solito ripetersi, era che abbozzava sempre. Per quanto fosse a conoscenza dei suoi misfatti, non aveva mai fatto sceneggiate e soprattutto non aveva mai voluto scoperchiare il vaso di Pandora. Gabriele non ne comprendeva appieno il motivo, non credeva nemmeno che Swami nutrisse per lui un amore sconfinato, forse era paura di rimanere sola o forse era la volontà di mantenere la facciata della coppia e famigliola felice. A lui, comunque, il comportamento di lei calzava come un guanto su misura, quello a cui anelava era navigare in acque tranquille e sua moglie glielo stava permettendo.

Ora doveva pensare a come fare con Ginny. Ripensò alla loro ultima telefonata quando lei gli aveva chiesto anche di Mariasole. Tutta colpa di Tilly, quell'impicciona e ficcanaso che non l'aveva mai sopportato fin da quando erano giovani. Ci mancavano soltanto Mariasole e la sua infedeltà per mettere maggiormente in allerta Ginny. Per fortuna sembrava che si fosse bevuta le sue spiegazioni. Si sentì un po' in colpa per tutte le bugie che le stava raccontando. Cominciò a enumerarle: le aveva detto che di lì a breve si sarebbe trovato una casa, e questo era vero, ma fino a un certo punto, perché desiderava una casa, un posto tutto suo per fuggire dal ménage famigliare che spesso diventava intollerabile, ma non aveva alcuna intenzione di prenderla per separarsi da Swami e fare sul serio con Ginny.

Le diceva che la amava. Era un'altra bugia? Non sapeva dire con certezza, ma se si ascoltava, gli era chiaro che quello che provava per Ginny non era amore. Quando avevano diciott'anni aveva creduto che lo fosse, lei era il suo sole, la sua dea, ma poi qualcosa dentro di lui era cambiato e lo sbaglio che aveva fatto era stato non parlargliene. Tre anni prima, aveva creduto di poter resuscitare e far rivivere quel sentimento giovanile, quello degli inizi, e per un certo periodo era stato così. Ginny era la ventata di aria fresca, di novità che gli ci voleva in quel momento. Ma ora tutto era diventato troppo complicato. Le voleva molto bene, questo sì, profondamente bene, ma l'amore era un'altra cosa. Anche se lui nemmeno sapeva cosa fosse l'amore. Ne parlavano nei libri, lo vedeva nei film, al cinema, nei teatri, ma quella era finzione. L'idea che l'amore tra due persone potesse esistere per tutta la vita, era qualcosa che gli sfuggiva e che trovava assurdo se non impossibile.

Entrò in cucina per la colazione, Swami era ai fornelli, stava preparando dei pancake. Andrea era seduto al tavolo e stava tagliando la banana da mettervi sopra.

«Buongiorno, amore. Dormito bene?» domandò lei, voltando con la paletta un pancake.

«Buongiorno, tesoro. Non ho dormito benissimo.» Si avvicinò a lei per servirsi una tazza di caffè già pronto nella moka.

Swami si protese per baciarlo, ma lui si scostò.

«Scusami, ma ho l'herpes e mi fa male.» Le porse la guancia.

«Oh, hai un labbro terribile.» Lo baciò sulla guancia. «Hai messo la crema?»

«Sì, ma non toglie il dolore.» Facendo attenzione a non procurarsi ulteriore bruciore, bevve un sorso della bevanda nera.

«Ti va un pancake?»

«No, ho troppo male. Che programmi hai oggi?»

«Devo andare alla casa, i lavori stanno procedendo bene e la mia zona è quasi finita. Voglio andare a dare un'occhiata. Te la senti di tenere Andrea?»

Gabriele non aveva proprio voglia di rimanere da solo con suo figlio, si sentiva fiacco e senza forze, e l'unica cosa che desiderava era tornarsene a letto.

Swami non ebbe bisogno di attendere per la sua risposta. «No, scusami, non stai bene. Chiedo a mia madre se lo può portare con lei al mercato. Andrea, vuoi andare al mercato con la nonna?»

Andrea annuì felice mentre si metteva in bocca i pezzi di banana.

«Grazie, Swami. Io andrei a letto, se non ti dispiace. Ti ricordi che questa sera sono via a cena?»

«Con chi vai?» chiese lei con nonchalance, spargendo lo sciroppo d'acero sul pancake di Andrea.

«Con quel mio collega, Antonello. Me lo chiede da tanto, è sempre molto solo.» Si alzò per tornare in camera, la domanda della moglie lo stava mettendo a disagio e non voleva litigare o avere rimbrotti da parte sua.

«Capisco», disse lei, «ma forse sarebbe meglio che ti riposassi, oggi.» Lo abbracciò e gli sussurrò: «Questa sera posso lasciare Andrea dai miei, così stiamo io e te. Potrei farti un bel massaggio. Che ne dici?»

L'idea del massaggio di Swami lo eccitò, anche perché sapeva dove avrebbe portato. Ma poi gli tornarono in mente Ginny e la loro cena. Non poteva darle buca ancora, anche se il suo più intimo desiderio sarebbe stato di farlo, ma ne temeva le conseguenze.

«Come posso annullare ancora l'appuntamento con Antonello? L'ho già fatto tante volte.»

«Puoi sempre dirgli che tua moglie ti reclama.» Gli mordicchiò il lobo dell'orecchio, provocandogli brividi di piacere. «Non hai voglia di farti coccolare un po' da me?»

«Da morire.»

«Bene, allora prendi in mano il telefono e inventati una scusa. Poi vai a letto e questa sera sarai mio.» Gli diede una leggera sculacciata mentre tornava ai fornelli.

Gabriele sorrise e tornò in camera. Si distese sul letto con il telefono in mano, indeciso se informare subito Ginny che non potevano vedersi o se prima farsi una pennichella. Non voleva pensare ai drammi che avrebbe fatto Gin, già sentiva le parole che gli avrebbe rivolto: "Sei una merda di uomo, sei un egoista, sei un idiota." Queste erano quelle che utilizzava di più e che sembravano piacerle maggiormente.

Al diavolo! Pensò. *O lo faccio adesso o non riuscirò a chiudere occhio.* Non avrebbe comunque dormito neanche se lo avesse fatto più tardi. Quindi tanto valeva farlo subito. Andò sul suo profilo e scrisse:

> *Gin, cara, so che mi ucciderai, ma non posso venire questa sera. Swami era molto sospettosa stamani e, come hai detto tu, dobbiamo essere cauti. Purtroppo dobbiamo pensare anche alla vostra attività. Perdonami, ma so che capirai.*

Prese un bel respiro e spense il telefono. Voleva riposare e chiudere fuori il mondo, Ginny compresa. Con sua enorme sorpresa sprofondò in un sonno senza incubi e, quando si svegliò, erano le quattro del pomeriggio, aveva dormito la bellezza di sei ore filate. Si mise a sedere e prestò ascolto. La casa era nel silenzio, Swami doveva essere ancora fuori. Si alzò e a piedi scalzi andò in cucina. La moglie gli aveva lasciato un biglietto: "Dormivi così bene che ho preferito non svegliarti. Se hai fame, in frigo c'è il tuo pranzo. A stasera." Gabriele bevve un bicchiere d'acqua e sgranocchiò dei grissini che aveva fatto Swami.

Che bello essere a casa da solo, in pace, senza le urla di Andrea, le continue richieste di Swami e le pressioni di Ginny. "Cazzo, Gin!" Doveva accendere il cellulare, di sicuro gli aveva scritto e anche chiamato. Il pensiero di doverla affrontare gli fece venire la tachicardia. Eppure doveva farlo se non voleva trovarsela davanti alla porta di casa a fare una sceneggiata.

Tornò in camera da letto, si fece coraggio e lo accese. Aveva venti messaggi e dieci chiamate perse da parte di Ginny.

«Cazzo! Cazzo! Cazzo!» disse ad alta voce. E per un istante desiderò che fosse diversa da quella che era.

Aprì la schermata dei messaggi: erano sempre le stesse lamentele. Non mi ami, non tieni al nostro amore, non hai a cuore la nostra felicità, sei una merda di uomo, sei un ipocrita, sei un bastardo. E poi l'ultimo gli fece venire la pelle d'oca:

Se non ci vediamo neanche questa sera, giuro che vengo lì a parlare con Swami!

Maledizione! Imprecò Gabriele. Sentì il cuore in gola e compose il numero di Ginny che rispose subito.

«Gabriele, finalmente ho la tua attenzione.»

«Gin, non farlo neanche per scherzo! Se lo farai non te lo perdonerò mai!»

«O con me o contro di me.»

«Sarebbe una cattiveria che non è da te. Ti ho avvisata, comunque.»

«La trovo una correttezza verso un'altra donna.»

«Io lo trovo un atto vergognoso e vendicativo verso di me. Se lo fai, non ti perdono… Non lo accetto. È gravissimo. Mi sembra una vendetta. Non degna di te.» A Gabriele mancava l'aria. Il pensiero che Swami venisse a scoprire tutto lo faceva quasi morire. Non voleva stare senza di lei, non voleva stare senza Andrea. Lui voleva la sua famiglia e ora Ginny lo stava minacciando di portargli via ogni cosa.

«Intanto scusati per come ti sei comportato e portami fuori a cena come avevamo deciso. E poi deciderò.»

Cercò di immettere aria nei polmoni ma sembrava che la stanza ne fosse priva.

«Te l'ho già detto, non posso venire questa sera.»

«Ah sì, quale altro impegno ti ha organizzato la dolce Swami?»

«Non si tratta di un impegno, Gin. Questa mattina mi sono svegliato con un gran mal di testa e l'herpes sul labbro. Ho dormito tutto il giorno e mi sento molto fiacco.»

«Non me la bevo, Gabriele. C'è lo zampino di quella strega. È ora che anche lei paghi per quello che mi ha fatto tanti anni fa.»

«Scusa, ma la minaccia di parlare con Swami mi disgusta. Trovo veramente inaccettabile anche solo il fatto che tu lo pensi.»

«Tu mi hai dato buca anche questa sera. Non merito di essere trattata così.»

«Mi fai passare ogni voglia di parlare o altro. Ma davvero paragoni la gravità delle due cose? Ma ti rendi conto delle minacce che fai? E di che bassezza io lo consideri?»

«Ti rendi conto di come mi tratti?»

«Basta, Gin! Sono stanco delle tue continue pressioni. Questa sera non mi sento bene. Mi dispiace che tu non lo capisca. Io non sono un uomo solo, sono sposato e ho un figlio. Domani, posso liberarmi e venire a parlare. Ma non ora! E sappi che se andrai da Swami, per me sei morta!»

«Lo sono già. Non cambia nulla. Vuoi stare con lei. Non ho nulla da perdere.»

«Hai da perdere la stima che ho di te.»

«Non ne hai. E non mi ami. Cosa ancora più grave.»

Gabriele batté un pugno sul legno del comodino. «Dopo questo, non so più cosa sento per te.»

Ginny fece una risata isterica. «Neanche prima mi amavi.»

«Se parli con Swami, tradisci la mia fiducia. E poi, scusami, non sei stata tu a dirmi di tenere nascosta la nostra relazione anche dopo che mi sarò separato, o mi sbaglio? Per la vostra attività?»

«Sì, ma era prima che mandassi a monte la nostra cena. Ora non mi interessa un accidente del negozio, voglio solo che tu esca di casa e che dica a Swami di noi due.»

«Rimarrai senza un lavoro.»

«Oh, per quello che non è un problema, posso sempre tornare da mio padre.»

«Sei ridicola, Gin.»

«Sì, e tu sei una merda.»

Gabriele era stanco, non ne poteva più di lei. «Non ti riconosco più, Gin. Ma che razza di persona sei diventata? Addirittura minacciarmi.»

«Sono diventata la persona che mi porti a essere tu con i tuoi comportamenti.»

«Basta, Gin! Non accetto più le tue minacce.» Gabriele alzò la voce.

«Okay, allora vengo a Bardolino. Dov'è Swami?»

«È fuori, ma sarà qui a momenti.»

«Bene, potrei fermarmi a cena. Che ne dici?»

Gocce di sudore scivolarono lungo la schiena di Gabriele. «Gin, questo è stalking! Smettila! Altrimenti…»

«Altrimenti cosa? Stronzo che non sei altro?» Ginny era furiosa, ora.

«Altrimenti la chiudo qui. Voglio una pausa tra di noi, e questa volta per davvero. Non accetto le tue minacce neanche per scherzo.»

«Anch'io non credevo che mi avresti lasciata sola nella nostra serata.»

«Gin, ci vediamo domani. Ora, smettila. Mi dispiace, ma non sono un uomo libero.»

«No, non lo sei. Buona serata, Gabriele.»

Gabriele non si fidava. Era stata troppo accondiscendente. «Gin…»

«Non lo farò», lo interruppe lei. «A patto che domani tu venga qui da me a parlare.»

Lui sospirò. «Sì, domani nel pomeriggio sono da te», e così dicendo riattaccò.

Si alzò dal letto e cominciò a fare avanti e indietro per la stanza. Non poteva essere successo… Ginny aveva dei problemi psicologici. Cos'avrebbe fatto se fosse andata da Swami alla fine? Swami lo avrebbe perdonato? O lo avrebbe sbattuto fuori di casa? E non gli avrebbe più permesso di vedere Andrea? Non poteva permettere che accadesse tutto questo. Pensò alle opzioni in suo possesso: tenere buona Ginny con altre bugie, dire la verità a Swami, lasciare Swami e mettersi con Ginny.

Scartò la prima perché ormai era diventato insostenibile continuare un rapporto con Ginny, non solo perché lui non voleva più, ma anche perché lei a quelle condizioni non ci stava più. Dire la verità a Swami forse era la soluzione migliore, sarebbe stata dura, ma avrebbe messo fuori gioco Ginny. La terza alternativa non era affatto nella sua mente, l'idea di non vivere accanto al figlio lo dilaniava troppo.

No, doveva chiudere la relazione con Ginny e dire tutto a sua moglie. Ecco, avrebbe fatto così. Non questa sera, però, prima doveva parlare con Ginny.

CAPITOLO 29

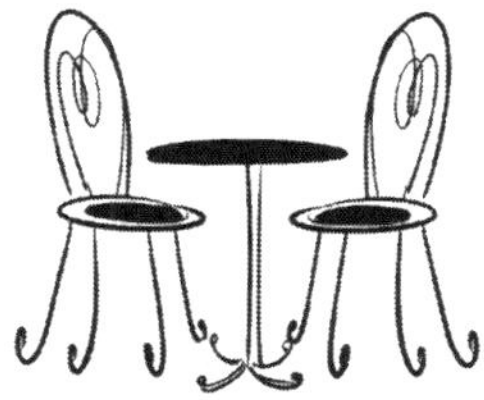

Ginny aspettava Gabriele. Erano le quattro del pomeriggio e aveva spolverato e lavato i pavimenti infinite volte. Era agitata e doveva tenersi occupata, sia mentalmente che fisicamente.

Si sentiva sfuggente e inconsistente, sapeva che la risposta a tutto era lì davanti a lei, ma non aveva ancora il coraggio di allungare la mano, la sua povera mano tremante. Era tutto troppo doloroso, troppo difficile. Aveva sofferto così tanto, nella vita, e ora era chiamata ad altra sofferenza. Sapeva che lei e Gabriele si sarebbero lasciati ed era conscia che fosse la scelta giusta. Ma aveva paura di compiere quel passo che l'avrebbe portata oltre la linea, quella linea invisibile che ancora non voleva oltrepassare.

Cambiamenti, decisioni, tutto chiamava per essere distrutto, e lei voleva distruggere, distruggere per ricominciare, distruggere per tornare ad amare, pienamente, totalmente, ma soprattutto tornare a essere amata. In un modo in cui sapeva di non essere mai stata amata. Amata come donna, amata come anima, come essere splendente di luce che meritava l'amore. *Nessuno mi ha mai amata per davvero, e io desidero tanto, tantissimo essere amata,* pensò, mentre continuava a strofinare le piastrelle del pavimento. Ma ho il coraggio di darlo? Sì, ovviamente, sì, sono pronta, ed è per questo che devo mettere una fine a tutto questo delirio che è ormai diventata la mia vita.

Quando aprì la porta, si accorse che era teso anche lui. Gli fece strada in salotto e Gabriele si sedette sul divano. Ginny fece lo stesso, mettendosi però sulla poltrona di fronte al divano. Preferiva mantenere le distanze.

«Sono contenta che tu sia riuscito a venire.»

«Be', non mi avevi dato poi molte alternative, considerate le tue minacce.»

Oltre che teso, si disse Ginny, era anche nervoso e ancora arrabbiato.

«Ero furiosa. Lo sai che non l'avrei mai fatto.»

«È proprio così, Gin? O alla prossima mia mancanza è possibile che, tornando a casa, io ti trovi con Swami?»

Lei gli rivolse un sorriso pensoso. «Direi che siamo arrivati al capolinea, no?»

Gabriele non riusciva nemmeno a guardarla in faccia, mentre annuiva con la testa incassata nelle spalle. «Mi dispiace, ma non ci sto più dentro.»

Ginny emise una risata ironica. «Non ci stai più dentro, chiaro. Io invece direi che ti sei tirato indietro.»

«Tirato indietro?» Sembrava stupito. «Mi hai messo fretta, Gin. Ho cercato più volte di dirti che non posso cambiare la mia vita così su due piedi. Ti avevo chiesto un altro po' di pazienza e soprattutto di tempo.»

«Tre anni», congiunse le mani, «non ti sembrano un tempo abbastanza lungo?»

«Ho un figlio, Gin, e mi sento responsabile per lui. Mi dispiace che tu faccia fatica a comprenderlo ma, quando si diventa genitori, si hanno dei doveri ai quali io non ho nessuna intenzione di esimermi. Non voglio essere come mio padre.»

«Sì, l'ho capito oramai. Ma c'è una cosa che non mi è chiara.»

«Quale?» Ora aveva alzato la testa e le puntava gli occhi addosso.

«Per come la vedo io, tu non hai mai avuto intenzione di separarti da Swami, quindi mi chiedo perché mi hai illusa? Perché mi hai fatto credere che volessi stare con me, fare sul serio con me?»

Lui si alzò, la fronte sempre più aggrottata.

«Aspetta, aspetta», sollevò una mano, «non ti ho mai promesso di farlo nel momento in cui volevi tu.»

«Ah.» Ginny si morse il labbro. «No, Gabriele, tu mi hai fatto delle promesse, le ultime risalgono a una decina di giorni fa.»

«Sì, è vero, te lo ho fatte, ma perché tu continuavi a pressarmi. Hai idea del tuo comportamento degli ultimi sei mesi? Una continua richiesta che io dicessi a Swami che non la voglio più, che voglio divorziare, che voglio una vita con te. Sembra quasi una gara tra te e lei.» Gabriele adesso camminava su e giù, il volto pallido.

Da venticinque anni Ginny si consumava per quell'uomo, da cui i suoi pensieri erano infallibilmente attratti come la persona che è a dieta con il cibo, pazza nella sua nostalgia e nel suo romantico fantasticare. Finalmente ora vedeva di che pasta era fatto in realtà.

«Non dire puttanate, Gabriele! Io sono innamorata di te, lo sono sempre stata, anche quando ero sposata con Flavio, eri sempre qui nella mia testa e nel mio cuore. Un fantasma che mi ha perseguitata e che ho accolto nella mia vita come se fosse una presenza reale. Una stupida, ecco quello che sono stata.»

«Mi dispiace, ma non me la sento di abbandonare tutto così su due piedi, te l'ho detto. Sono confuso e, piuttosto di prender una decisione che poi potrebbe far soffrire ancora, preferisco rimanere dove sono. Non era mia intenzione farti soffrire, devi credermi. Io ti voglio bene, Gin, tanto, ma non posso fare questo a Swami. È in una condizione delicata. Non sono certo che in questo momento…»

«Lascia perdere Swami!» replicò lei. «Sono stufa di sentir parlar di lei. Non ti ho mai sentito così preoccupato per me. E poi, scusa se te lo dico, ma non mi sembrava proprio in "una condizione delicata" l'altro giorno al centro quando è arrivato il suo amico fotografo», continuò, guardandolo camminare nervosamente in circolo.

«Il suo amico fotografo? Chi è?» Smise di girare in tondo e la fissò.

«Un certo Federico Valentini. Non lo conosci? Si conoscono dai tempi di Parigi. Un tipo interessante. Quando le altre se ne sono andate, siamo rimasti io e lui, c'era bisogno di qualcuno che si fermasse per le foto.»

«Ah, e tu hai preso la palla al balzo, vedo!»

«Cos'è, fai il geloso, ora? Non ti si addice proprio, Gabriele. Comunque, io e Federico abbiamo molte cose in comune.»

«Be', allora sei a posto. Escici pure insieme.» C'era una nota di veleno nella voce di Gabriele.

«Non ho bisogno che tu me lo conceda, Gabriele. Siamo già d'accordo per una cena e ho accettato.»

«Bene, quindi è finita tra di noi?»

«Se non lasci Swami, sì. Non ho più intenzione di continuare a essere la tua amante: se vuoi stare con me, devi essere un uomo libero.»

Gabriele si portò una mano alla fronte per spostare un'invisibile ciocca di capelli biondi, pianificando la mossa successiva. Poi spalancò le braccia, con un sorriso affascinante e indifeso. Lo stelo di un fiore che cedeva al primo soffio di brezza. «Okay», disse. «Non posso. Il fatto è che non sono sicuro.»

«Non sei sicuro di cosa?» Lo inchiodò con lo sguardo, sfidandolo a dire la verità.

«Non sono sicuro di poter reggere tutto questo», disse, infine. «Non sono sicuro che sia quello che voglio. Stare con te diventerebbe per me molto impegnativo e restrittivo, anche. Sarei sempre sotto pressione, controllato, stalkerato e con il fiato sul collo.»

Ginny lo guardò, disincantata. Quello era l'uomo per il quale aveva pianto tanto. Che aveva tanto sognato. Che nella sua mente rappresentava tutto ciò che è romantico, perfetto, ideale.

«Sai, Gabriele», incrociò le braccia e sospirò, «non so perché, ma è esattamente quello che pensavo avresti detto.»

Lui abbassò gli occhi. «So di averti delusa...»

«Sì, moltissimo.»

«Perdonami, se puoi, e ricorda che io per te ci sarò sempre.»

«Io per te no.»

«No?» Ora aveva ripreso a guardarla.

«No, e d'ora in poi mi comporterò come se tu non esistessi più per me.»

«Gin…» La sua voce sembrava straziata.

«Gabriele, c'è un istante preciso in cui le persone smettono di esserci, per me. Ed è quando mi accorgo che non valgo niente per loro. Quando realizzo che da un loro dato comportamento dipende la mia felicità. Quando mi fanno credere di amarmi, quando uno crede di poter vivere il "suo per sempre" con loro, ma loro sono sintonizzati su tutt'altro. Ecco, non so cosa mi accade, ma a poco a poco, queste persone le smarrisco e dentro si crea un vuoto incolmabile.»

Lui non parlava, teneva gli occhi fissi sui piedi, come se si fosse aperto un buco nel pavimento e avesse paura di esserne inghiottito. Magari è proprio così, pensò Ginny.

«Il tuo errore, Gabriele, è stato andare troppo avanti con me benché non avessi nessuna intenzione di separarti. Dovevi troncare la nostra relazione tempo fa e non portarla avanti. In questi anni non hai fatto altro che dimostrarmi di non voler fare dei passi verso di me. Prima mi dici che ci stai pensando in modo serio, che non vedi l'ora di essere libero da Swami, di rifarti una vita con me, e l'attimo dopo ti rimangi tutto. Non so a cosa siano dovuti questi tuoi cambi repentini, certo è che quella che ci perde sono io.»

«Non credere che io sia pienamente felice, Gin.»

«No, non lo sei, ma ti sta bene così, perché in fondo hai tutto. Io, invece, ho perso tutto. Avrei preferito che mi lasciassi o che fossi onesto nel dirmi che quello che cercavi era soltanto un'amante, qualcuna da scoparti, perché di questo si è trattato: di ottime scopate e niente più.»

«No, Gin, no, non dire così… sai bene anche tu che non era solo sesso.»

«Oh, lo era eccome, invece! Sei rimasto con me per tutti questi anni perché ti tenevo per le palle con il sesso, con le mie arti amatorie. So di essere brava in questo, mi sono applicata per esserlo, ho seguito addirittura dei corsi per sapere come utilizzare il mio erotismo. Quantomeno ora so che quei soldi sono stati ben spesi.»

«Non è vero. C'era dell'altro, oltre il sesso. Lo sai tu e lo so io. È che tu volevi che io mi allontanassi da Swami anche nei weekend, e farlo avrebbe implicato fare dei passi importanti verso di te. E non so se voglio farli. Però tu mi hai reso felice, anzi, mi rendi felice quando non mi fai pressioni.»

«Ti rendi conto di quello che mi stai dicendo? Ti rendi

conto di quanto tu mi stia ancora ferendo? Allora, fammi capire, sperimenti la felicità con me, eppure mi lasci. Ma che cazzo hai nella testa?» Ginny cominciava ad arrabbiarsi.

«Gin… Io… non so cosa dire. Io ti ho amata, davvero. Ma è troppo difficoltoso e io non…»

«Non ce la fai», finì lei per lui.

Gabriele annuì mentre una lacrima gli scendeva lungo la guancia. «Perdonami, perdonami… io non so più cosa voglio. Ma è che con Swami i rapporti sono migliorati nelle ultime settimane e io sto bene con lei.»

Quelle parole su Swami e vederlo piangere aprì una diga di dolore dentro Ginny, che cominciò a singhiozzare. Gabriele, allora, le si avvicinò e la strinse tra le braccia, nascondendo il viso nel suo collo.

«Non volevo, non volevo che finisse così… vorrei che tu mi dessi ancora un altro po' di tempo… me lo puoi concedere?» E nel frattempo la baciava sulle guance umide di lacrime.

Ginny si scostò da lui. «Gabriele, mi chiedi di avere pazienza da tre anni! E intanto non fai nulla. Non ti poni domande, non ti ascolti, non ti chiedi con chi vuoi passare la vita. Galleggi nel tuo presente senza mai fare scelte e giocando con la mia. E allora io mi chiedo: ma chi ho amato con tutto il cuore per tutti questi anni? Con chi ho condiviso questo tempo? E non so proprio darmi una risposta.»

Gabriele allungò le braccia, le prese il viso tra le mani e la baciò. Un bacio passionale quasi violento che racchiudeva tutto il dolore e la frustrazione di quell'uomo. Ginny si lasciò andare, assaporò la sua calda lingua e si diede ancora di più.

«Ti prego, dammi ancora un po' di tempo», la implorò lui sulle sue labbra. Poi, cominciò a toccarle il seno e a trafficare con la cintura dei suoi pantaloni. «Ti desidero così tanto, Gin. Ho una voglia matta di te. Mi sei mancata in questi giorni.»

Ginny sentiva il desiderio pulsarle nelle vene e si lasciò andare, ma subito un pensiero si fece strada nella sua mente.

«Hai fatto l'amore con Swami, ultimamente?»

Gabriele si bloccò all'istante. «Gin… cosa diavolo stai dicendo?» Il viso ancora fra le sue mani e la patta dei pantaloni aperta con il sesso che gli pulsava.

«Rispondi a questa domanda: hai fatto sesso con Swami?»

Lui la lasciò andare e annuì.

«Bene, capisci perché non posso più aspettarti, lo capisci? È troppo straziante per me. Io voglio un uomo nella mia vita, Gabriele. Qualcuno che ci sia, qualcuno che abbia voglia e desiderio di condividere, di fare progetti con me. Qualcuno che sia soltanto mio e che io non debba condividere con un'altra donna. Penso di meritarmelo e non posso più accontentarmi di avere uno zoppo accanto a me. O sei dentro o sei fuori.»

«Sono fuori, Gin.»

Ginny sentì il cuore sprofondarle nell'abisso mentre si avviava verso l'ingresso, tallonata da lui. Aprì la porta e disse: «È ora che tu vada, Gabriele. Swami e Andrea ti staranno aspettando.»

Gabriele fece per dire qualcosa, ma poi sembrò ripensarci. «Sì, vado. Cerca di essere felice.»

Non lo degnò nemmeno di uno sguardo, mentre le passava accanto con la faccia abbacchiata.

Non appena se ne fu andato, le lacrime ripresero a sgorgare, un fiume in piena che non riusciva a fermare. Si lasciò cadere a terra, e pensò che la sua vita fosse finita. "Tutto quel tempo perso dietro a un uomo che non ha mai pensato di passare la sua esistenza con me. Sono un'idiota! Ho perso tutto, sono rimasta senza niente."

Si portò le mani tremanti alla bocca, singhiozzava così forte e il cuore le batteva così tanto, che credeva sarebbe morta d'infarto. Com'era potuto accadere? Quand'è che le cose fra loro due avevano cominciato a incrinarsi? Gabriele aveva parlato di pressioni. Era davvero diventata una falena impazzita come le aveva detto Tilly? A pensarci bene, sì, lo era, una falena impazzita, ma solo perché Gabriele le sfuggiva di mano come un'anguilla. Altrimenti, lei non era proprio il tipo di donna che spingeva o forzava qualcuno a prendere delle decisioni. Era lui che l'aveva costretta, era tutta colpa di quel miserabile.

Chiamò Tilly, aveva bisogno di sfogarsi con qualcuno, pena la sua disfatta mentale ed emotiva.

«Ginny, ciao, come stai?»

«Ci siamo lasciati», singhiozzò dentro il telefono.

L'amica sospirò. «Cos'è successo?»

«Ha detto che si sente confuso e che non sa quello che vuole. E poi che tra lui e Swami le cose vanno bene. Si sono riavvicinati. Non voglio più fare l'amante. Voglio essere io l'unica donna.» Tirò su con il naso.

«Mi dispiace. Gabriele si è rivelato la merda che è sempre stato.»

«L'ho amato tanto, ma da sola. Ero solo io a voler portare avanti la storia. È un superficiale, ti illude e poi ha anche il coraggio di dirti che non ti ha mai promesso niente.»

«Ti ha detto questo?»

«Sì. Come ho fatto a cascarci così?»

«Sei una donna innamorata, Ginny. Chiunque al posto tuo gli avrebbe dato retta o perlomeno ci avrebbe sperato.»

«Mi ha detto che era troppo pressato da me e il fatto che io continuassi a dirgli di scegliere, di prendere una decisione, gli ha fatto fare un passo indietro. Non se la sente di lasciare Swami e Andrea. Sono devastata, Tilly.»

«Lo so, tesoro, e mi dispiace moltissimo. Vuoi venire qui da me, ci ubriachiamo e mandiamo gli uomini a 'fanculo?»

Ginny sorrise. «Ti ringrazio, ma sono stanchissima. Mi faccio un bagno caldo e poi vado a letto. Spero di riuscire a chiudere occhio.»

«Va bene, Ginny. Posso darti un consiglio?»

«Certo.»

«So che non sarà facile e nei prossimi giorni alla tristezza e alla malinconia si aggiungerà la rabbia, ma cerca di concentrarti sul lavoro, sul *Café Couture*, sulle tue lezioni di pilates e yoga. Ti aiuterà a staccare la testa da lui.»

«E il cuore?»

Tilly sospirò. «Per quello ci vorrà un po' più di tempo, ma arriverà anche quello, te lo assicuro. E te lo dice una che ci è appena passata.»

«Grazie, Tilly.»

«Cerca di riposarti ora, Ginny.»

Quando riattaccò, Ginny si trascinò in bagno, fece scorrere l'acqua nella vasca e vi versò dei sali rilassanti. "Per il cuore ci sarebbe voluto un po' più di tempo", le aveva detto l'amica. Come diamine aveva fatto la sua vita sentimentale a diventare un tale disastro? Le veniva da pensare che i pianeti della sua carta astrale si fossero messi a sfrecciare all'indietro, Saturno che avrebbe toccato il suo ascendente in leone il prossimo anno, in casa settima, quella delle relazioni, molto probabilmente aveva deciso di darle già un assaggio e di mettere l'intero cielo in tumulto. Però, il sentimento che la tenne sveglia fino alle tre di mattina, a pensare e a interrogarsi, era vera e propria paura. Per se stessa. La sua vita era un completo fallimento e quello che le si prospettava davanti era un'esistenza in solitudine. E lei non voleva stare da sola, voleva qualcuno accanto, voleva calore, voleva una famiglia, voleva condivisione. Come avrebbe fatto? No, questa volta non ce l'avrebbe fatta! Questo fu l'ultimo pensiero prima di addormentarsi, stremata dal continuo rimuginare, analizzare, crogiolarsi nell'autocommiserazione.

CAPITOLO 30

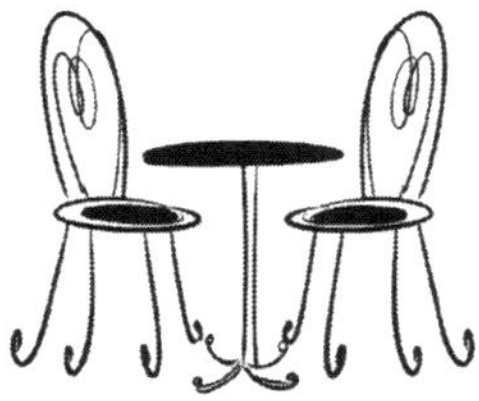

Ginny passò buona parte del pomeriggio di domenica al negozio, a imbustare gli inviti per l'inaugurazione della loro nuova attività. Lei e le amiche non avevano voluto badare a spese e avevano fatto stampare i biglietti su una carta elegante e piuttosto costosa. Anche la calligrafia aveva classe, come l'aveva definita Tilly non appena aveva visto gli inviti.

Si guardò attorno soddisfatta: ogni cosa era al proprio posto, i lavori erano finiti, in settimana ci sarebbe stata l'ispezione dell'ufficio di igiene e la settimana dopo l'inaugurazione. Il pensiero della serata le fece venire i brividi perché sapeva che Swami sarebbe venuta con Gabriele.

Erano passate tre settimane dalla loro rottura e lei e Gabriele non si erano più visti da quel triste pomeriggio a casa sua, lui le mandava qualche messaggio per sapere come stesse e in un'occasione l'aveva anche chiamata.

«Perché mi chiami, Gabriele?» gli aveva domandato.

«Volevo sapere come stessi, e poi mi manchi.» La sua voce era abbacchiata, come se gli mancasse il fiato.

«E quindi?»

«Vorrei vederti.»

«Per fare cosa?»

«Per passare un po' di tempo insieme.»

«Hai lasciato Swami?»

«No, certo che no.»

«Quindi tu mi vorresti vedere, venire a letto con me, magari, e poi tornartene da tua moglie. È questo che mi stai dicendo?»

Lui aveva sbuffato dall'altra parte del telefono. «Gin, perché devi sempre complicare tutto? Ti ho già ribadito che non voglio pressioni.»

«E io ribadisco che o stai con me o stai con Swami.»

«Ti ho spiegato che al momento sono confuso, non so cosa voglio, ma nel dubbio preferisco rimanere dove sono.»

«Okay, Gabriele, resta dove sei, resta con Swami, e vedi di non farti più sentire, a meno che tu non venga con un anello da infilarmi al dito e una proposta di matrimonio.»

«Gin… maledizione!»

«Addio, Gabriele», e aveva riattaccato senza nemmeno attendere la sua replica.

Lo desiderava ancora? Razionalmente no, nel profondo del suo cuore sì. Non c'era giorno, ora, minuto e secondo che non pensasse a lui. Era sempre dentro di lei. E per quanto tentasse in tutti i modi di archiviarlo in un angolo, di tenersi perennemente occupata, lui era sempre lì. Come avrebbe fatto a far finta di niente una volta che se lo fosse trovato davanti? E lui come avrebbe reagito? E Swami si sarebbe accorta di qualcosa? Dio, che disastro, pensò. Se soltanto avesse potuto, avrebbe fatto a meno di andare, ma non poteva, era la sua attività, quella a cui si era dedicata anima e corpo negli ultimi mesi, era il suo sogno che si manifestava e non poteva permettere a quel verme di rovinarle anche quello. No, sarebbe andata e avrebbe fatto di tutto per avere meno contatti con lui. Quella sarebbe stata la serata sua e delle sue amiche e tutto sarebbe andato bene! Anzi, benissimo.

Stava finendo l'ultima busta quando sulla soglia comparve Federico. Avvertì un tuffo al cuore e d'istinto la bocca le si aprì in un ampio sorriso.

«Ciao, Federico.»

«Ciao, Ginny. Come stai?»

Ginny era felice di vederlo. «Direi piuttosto indaffarata, ma sto bene. La settimana prossima ci sarà l'inaugurazione e stiamo correndo per sistemare tutto. Tu come stai? Cosa ti porta qui?»

«Te.»

«Oh, bene.» Era contenta della risposta di Federico? Sì, molto. E anche se erano passate soltanto poche settimane dalla rottura con Gabriele, le faceva piacere vederlo.

«Ti ho scioccata?»

«No, no, ci mancherebbe, è solo che non me l'aspettavo… nel senso che non mi aspettavo che tu mi rispondessi a quel modo… Sai, non sono più abituata a uomini che…» Lasciò la frase in sospeso, si stava incasinando e immaginava ormai di essere del colore delle stelle di Natale.

«Non sei più abituata a uomini che...? Manca un pezzo.»

«A uomini che corteggiano», buttò lì d'un fiato, agganciando il suo sguardo a quello di lui.

Federico non si sottrasse alla chimica che c'era tra di loro e, sorridendo, disse: «Posso invitarti a cena questa sera?»

«Sì, molto volentieri.»

«Meno male, perché ho già prenotato al ristorante da Swami e presentarmi da solo mi avrebbe infastidito non poco.»

Ginny sgranò gli occhi. «Hai davvero già prenotato da Swami? Senza essere sicuro che ti avrei risposto di sì?» E intanto la sua mente faceva voli pindarici sul fatto di andare da Swami a mangiare. E se ci fosse stato anche Gabriele? *No, non ci sarà, lui non ci va mai. Magari non c'è neanche lei.*

Lui schioccò la lingua. «Tu non sei una donna da "no", Ginny.»

«E qual è una donna da "no"?»

«Una donna da "no" è una di quelle che ti manipolano.»

Ginny strinse gli occhi. «Me la spiegherai a cena, questa cosa del "no".»

Federico si guardò attorno. «Mi piace qui, è proprio accogliente. Peccato che sia solo per donne, te l'ho già detto, vero?»

Lei rise. «Sì, l'hai già detto.» Sistemò le buste una sopra l'altra, pronte per la spedizione dell'indomani mattina.

«A proposito, ti ho portato una copia dell'articolo che uscirà domani sul giornale per cui lavoro.» Le passò il foglio che lei prese, quasi strappandoglielo dalle mani.

«Oddio, è bellissimo! E le foto? Stupende. Hai un talento strepitoso, è un peccato che tu sia tornato in Italia.»

Lui scrollò le spalle. «Niente accade per niente. Se sono qui c'è di sicuro una ragione e, se fino al mese scorso non riuscivo a comprenderla, ora comincio a farmi un'idea.»

Ginny si sentì nuda sotto il suo sguardo. Gabriele l'aveva mai corteggiata a quel modo? Smettila di pensare a lui! Si rimproverò. Hai un uomo stupendo qui nel tuo negozio e tu vai a pensare a quel fedifrago che ti ha illusa e buttata via come una vecchia macchina da rottamare, smettila, le diceva la vocina dentro di sé.

«Sono curiosa di saperne di più sull'idea che ti sei fatto.»

«Se sei pronta, possiamo già andare al ristorante e poi, se ti va e non temi il freddo, possiamo fare una passeggiata.»

«Volentieri.»

Il ristorante di Swami si trovava alla fine del lungolago di Bardolino ed era circondato da un grande parco con alberi secolari. Era meraviglioso.

Lì si respiravano lusso, charme e classe.

Quando entrarono, Swami stava parlando con alcuni clienti seduti e, non appena li vide, andò loro incontro.

«Federico, Ginny, che bello vedervi.» Era bellissima nel suo vestito rosso in cachemire che le arrivava sotto il ginocchio e con una cintura nera che le metteva in risalto la vita snella.

Immediatamente, Ginny si ritrovò a fare un confronto con se stessa. Sospirò di tristezza. Aveva perso quattro chili da quando era avvenuta la separazione con Gabriele, ma erano ancora troppo pochi rispetto a quello che doveva perdere e soprattutto rispetto al fisico di Swami. Avrebbe dovuto sentirsi inadeguata rispetto all'amica per tutta la vita? Sarebbe mai finita la rivalità fra loro due? Ma poi non era mica una gara, no?

Federico e Swami si abbracciarono, mentre con Ginny scambiò quelli che le sembrarono due baci freddi.

«Venite, vi accompagno al tavolo. Fede, non mi avevi detto che il tavolo era prenotato per te e Ginny. Te lo sei tenuto per te, eh?»

«Sì, sai che sono scaramantico e poi non sapevo se Ginny avrebbe accettato.» Lui rivolse a Ginny un caldo sorriso.

«E perché mai non avrebbe dovuto? È single, dopotutto. Non è così, cara?»

Che diavolo aveva Swami? Sembrava che ce l'avesse con lei! Anzi, ce l'aveva con lei! C'era poco da supporre o da sembrare. Dio, quanto avrebbe voluto urlarle in faccia tutta la sua rabbia e frustrazione per come erano andate le cose con Gabriele, ma alla fine si risolse a dire: «Sì, certo.»

Swami consigliò loro il vino e le portate, tutte rigorosamente a base di pesce, alle quali Federico assentì, e poi li lasciò soli.

«Allora, Ginny, qual è la tua storia?» domandò lui mentre uno zelante cameriere portava il vino bianco e lo versava nel bicchiere di Federico per farglielo assaggiare. «Ottimo.»

«E qual è la tua?»

Il fotografo rise. «Brindiamo?»

«A cosa?»

«A noi due, naturalmente.»

Ginny sorseggiò il liquido ambrato che le pizzicò la gola, e avvertì un calore dentro. «Quindi?»

«Vuoi sapere la mia storia?»

«Esatto.»

Una cameriera portò dei crostini con mousse di tonno, cozze, pepe e olio e crema di zucchine e gamberoni.

«Come ti dicevo la prima volta che ci siamo visti, sono reduce da una relazione finita male. La donna con cui stavo, Kate, è una narcisista e me ne ha fatte passare di tutte i colori.» Prese un crostino con la mousse di tonno e lo morse.

Ginny sgranò gli occhi. «Una narcisista?»

«Non fare quella faccia, ti assicuro che le donne narcisiste sono molto più comuni di quello che si possa pensare.»

«Ci credo, ma è la prima volta che mi capita di sentir parlare di questo tipo di donne. In effetti, siamo abituati a immaginare coppie malsane formate da uomini narcisisti e donne preda. Sono curiosa, cosa ti ha fatto?»

«Se permetti, vorrei partire dall'inizio.»

Ginny annuì mentre assaporava la crema di zucchine con i gamberoni: divina!

«Kate era la donna sbagliata e me ne sono accorto quando ormai era troppo tardi. Sono convinto che esista un rischio enorme nel quale si può incorrere quando si è profondamente innamorati e ingenui, e quando si trova la persona sbagliata.»

Quanta verità!

Federico si pulì le mani sul tovagliolo e versò altro vino nei bicchieri. La cameriera portò loro la prima portata: zuppa di pesce.

«Io non credo di essere uno stupido, sono un professionista affermato e molto apprezzato. Ho avuto un'infanzia molto complicata, caratterizzata da una madre particolarmente dominante e manipolativa che ha abbandonato mio padre e me quando avevo quattordici anni per andare a vivere con il suo amante di sempre.»

Ginny sussultò alla parola "amante".

«Tutto bene?» le chiese lui. «A sentire la parola "amante" hai fatto un salto!»

«No, no, tutto bene. Mi è dispiaciuto sentire che tua madre vi avesse abbandonati.»

«Col senno di poi, ho compreso che anche lei soffriva di narcisismo patologico, e che io ho cercato una donna esattamente come lei. Sono cresciuto con grande rigore sotto l'austerità della protezione paterna e sono sempre stato terrorizzato dall'idea di amare e di essere poi abbandonato. Per scelta non sono diventato padre. Conscio delle mie criticità psicologiche, sono passato da una donna all'altra senza sperare di trovare l'altra mia metà.»

«Ma ti sbagliavi», mormorò Ginny, prendendo una cucchiaiata della zuppa.

«Già... Kate era bellissima, apparentemente dolcissima e premurosa, intelligente e lungimirante. Parlava il mio linguaggio e sembrava arrivare dritta al cuore. Agli inizi, era lei quella che corteggiava, mi scrutava, mi puntava come se fossi una preda e lei un cane da caccia. Mi ha fatto innamorare perdutamente di lei, mostrandosi dolce e al tempo stesso con le idee chiare, bisognosa di sostegno psicologico affinché io potessi sentirmi un uomo potente e indispensabile. Mi ha fatto credere di avere un passato casto e di volersi concedere soltanto a me e di amare solo me. E io le ho creduto.»

«Come è capitato a tutti noi. Ci corteggiano, ci circuiscono e ci fanno innamorare.»

Federico fece di sì con la testa, mentre appoggiava il cucchiaio nel piatto vuoto. «Aveva frequenti sbalzi d'umore e, quando stava male, le colpe del mondo erano mie. Io che non l'avevo sposata, io che non la sceglievo in maniera definitiva, io che non la rendevo madre mentre gli anni passavano inesorabilmente. La nostra relazione è durata cinque anni. Cinque anni d'inferno.»

Swami arrivò in quel momento, accompagnata da un cameriere con due piatti fumanti in mano.

«Come sta andando? È tutto di vostro gradimento?»

«Tutto squisito, Swami. La fama del tuo ristorante è tutta meritata», disse il fotografo.

«Sì, tutto molto buono», gli fece eco Ginny, mentre sotto il suo naso veniva messa una portata di coda di rospo e gamberoni in agrodolce.

«Bene, sono proprio contenta. Oh, ecco mio marito.»

Ginny sussultò di nuovo, per la seconda volta quella sera.

Federico se ne accorse e la guardò con un grande punto interrogativo sul volto. «Ti senti bene?»

«Sì, mi è venuto solo un po' di freddo.»

Non appena si accorse di lei, Gabriele sembrò fermarsi, ma poi si riprese subito e raggiunse la moglie al tavolo.

«Ciao, amore», disse Swami, allungandosi a dargli un bacio stampo sulla bocca.

«Ciao, tesoro», fece Gabriele.

«Amore, ti ricordi del mio amico Federico? È venuto al nostro matrimonio.»

«Come non potrei.» I due uomini si scambiarono una stretta di mano. Poi Gabriele le rivolse un sorriso. «Gin.»

«Hai visto, Gabriele? Ginny e Federico.»

«Già», fece lui, «Ginny e Federico.»

Seguì un momento di silenzio, poi Swami prese il compagno sottobraccio. «Che ne dici se ce ne torniamo a casa, amore? Buona serata, ragazzi, e mi raccomando, fate i bravi», e così dicendo strizzò loro l'occhio.

«Sbaglio o l'atmosfera si è un po' raffreddata con l'arrivo di Gabriele?» domandò Federico.

«No, non sbagli.»

«Vuoi raccontarmi la tua storia? Che immagino riguardi il marito di Swami?»

Ginny lo soppesò per un attimo, chiedendosi se potesse fidarsi e confidarsi con lui. «Lui è stato il mio ex fidanzato prima di mettersi con Swami.» Aveva deciso di omettere che erano stati amanti per gli ultimi tre anni.

«Uhuuu! E voi siete riuscite a rimanere amiche lo stesso?»

«Oddio, ce n'è voluto di tempo, ma ti basti pensare che ho saputo della loro relazione soltanto quattro anni fa. Ci eravamo perse di vista.»

Federico le lanciò uno sguardo che voleva dire: tu non mi stai raccontando tutta la verità.

«Stavi dicendo dei cinque anni d'inferno prima che ci interrompessero.»

«Sì, giusto. Quando ripenso ai momenti peggiori, riesco ancora a sentire il dolore atroce della confusione esistenziale in cui mi aveva fatto precipitare. Per lei mi sono sobbarcato mutui e debiti nel tentativo di renderla felice, di regalarle una casa bella nella quale poter abitare. Ci siamo lasciati, ripresi, abbandonati. Kate mi ha tradito più volte, ma io l'ho scoperto soltanto in seguito.»

Chissà che opinione si sarebbe fatto Federico di Ginny se avesse saputo quello che aveva fatto a Swami. Avrebbe pensato che aveva accoltellato un'amica alle spalle? O avrebbe avuto compassione di lei per come Gabriele l'aveva usata e illusa?

«Kate è stata una donna che ha utilizzato il suo disturbo psichico come un'arma per manipolarmi, estorcermi dei favori e del denaro e abbandonarmi quando non avevo più energie e soldi per poterla soddisfare.»

«Sei entrato in terapia?»

«Sì, e pensa che volevo che ci andassimo insieme. Ma anche quella volta lei, con fare sprezzante, rifiutò. Mi disse che avrebbe potuto fare la terapeuta della terapeuta, che non aveva bisogno di nessuno. Che la colpa del suo malessere ero io.»

Erano ormai arrivati al dessert, un tris di dolci che Swami aveva creato da sé e appositamente scelto per loro. Dannazione, quella donna era proprio brava nel suo lavoro! Si disse Ginny, che ormai si era depressa. L'aver visto Gabriele, l'appellativo con il quale la moglie lo chiamava, il loro bacio e soprattutto averli visti insieme, aveva rovinato l'atmosfera di quella che era nata come una bellissima serata.

Anche l'umore di Federico sembrava essersi spento.

«Ti va di fare una passeggiata?» le propose.

«Portami al tuo albergo», disse lei. Le parole le erano uscite d'impeto, d'istinto. Aveva voglia di calore, di braccia che la avvolgessero e la facessero sentire protetta e desiderata, di cuori che battevano all'unisono e Federico era lì, a portata di mano, bello, forte e audace.

Un guizzo di sorpresa attraversò gli occhi dell'uomo. «Agli ordini.»

Pagò la cena, poi la prese per mano come a suggellare il loro patto intimo e insieme uscirono nella notte fredda e stellata.

CAPITOLO 31

Nella stanza che Federico aveva prenotato in un piccolo bed & breakfast c'era anche un camino dove scoppiettava il fuoco. Era proprio carina, pensò Ginny, guardandosi attorno. Il letto era in legno bianco con una bella trapunta azzurra e cuscini sempre nei toni del blu.

Il fotografo si avvicinò a lei, abbassò la testa e le prese le labbra con decisione, un misto di dolcezza e passione. «Ti ho desiderata fin da primo momento in cui ti ho vista», sussurrò.

Ginny ricambiò il bacio, accolse l'ondata di eccitazione che l'assalì, fino a farla tremare di desiderio. «Sì… sì… Adesso…», implorò lei.

Le labbra di Federico erano morbide, vogliose, e leccavano e mordevano il labbro inferiore di Ginny con insistenza. Poi scivolò dentro con la lingua, lasciandola senza fiato. Sapeva del brandy che avevano bevuto prima di andarsene dal ristorante, e di qualcos'altro di buono. Le tremarono le ginocchia, tanto che per non perdere l'equilibrio dovette aggrapparsi alle sue spalle. La lingua dell'uomo accarezzava la sua, chiedendole di unirsi a lui. Ginny la assaporò con lentezza e poi gli morse piano il labbro inferiore. Dalla gola di Federico salì un gemito profondo, e un attimo dopo la stava rovesciando sul letto.

Il corpo di Federico si abbassò su quello di lei, premendole fra le gambe la sua erezione. Lei socchiuse le palpebre e gli occhi le fluttuarono all'indietro, mentre dalla bocca sentiva uscire un gemito irrefrenabile.

«Dio, sei bellissima», mormorò Federico contro le sue labbra prima di girarsi sul fianco e staccare il suo corpo da quello di lei. Focalizzò lo sguardo sul vestito blu pavone, che ormai era salito sopra i fianchi e lasciava scoperti gli slip. «Sembri una delle donne di Botero… fantastica, superlativa», sussurrò, impossessandosi ancora una volta della sua bocca mentre, con la mano grande e decisa, le palpava il seno con delicatezza e solleticava il capezzolo.

Ginny gli fece scorrere le mani sul petto e le infilò sotto il suo maglione. Da sotto i vestiti, aveva dedotto che avesse un torace ben scolpito, ma ora voleva scoprire che effetto facesse sotto le sue dita. La pelle calda che gli ricopriva i muscoli tonici sembrava velluto. Lasciò scorrere un dito su tutti i rilievi dei suoi addominali e cercò di memorizzare la sensazione di quel contatto. Non sapeva cosa sarebbe accaduto dopo questa notte fra di loro, perciò era decisa a godersela fino in fondo.

Federico si mise una mano dietro la schiena e si sfilò il maglione e la maglietta, gettandoli da una parte e ricominciando subito a divorare le labbra di Ginny. Anche lei si tolse il vestito e inarcò il corpo verso di lui, voleva sentire il petto nudo contro il suo. Federico la strinse fra le braccia e il calore di quel contatto fu scioccante per Ginny.

Gemette e lo strinse ancora di più, quasi per paura che potesse allontanarsi e che tutto potesse finire.

«Ginny… sei stupenda…»

Ginny si spostò sotto di lui, nel tentativo di sentir premere di nuovo in mezzo alle gambe il rigonfiamento che avvertiva sulla coscia. Fremeva, voleva sentire la sua erezione. Federico le fece scivolare la mano sul ginocchio, poi la lasciò scorrere su per l'interno coscia. Lei divaricò le gambe, la voglia crebbe e, nell'istante in cui lui fece scorrere il dito lungo l'orlo delle mutandine, tremò e si lasciò sfuggire un gemito.

«Voglio che tu sia mia», le disse lui con voce roca.

Ginny cercò di annuire, ma in realtà non riusciva a fare altro se non ricordarsi di respirare. Fissò Federico in quei suoi occhi azzurri, che si erano illuminati di un bagliore tenebroso. Non distolse lo sguardo quando lui, con il dito, superò il confine di pizzo dei suoi slip.

«Federico…», gli sussurrò, stringendogli le spalle e sostenendo il suo sguardo. L'eccitazione era troppa e troppa la voglia di lui. Voleva che si sbrigasse. Sentiva la morsa incombente che cresceva dentro di lei, e aveva bisogno di essere liberata.

Federico affondò la testa accanto al collo di Ginny ed emise un lungo sospiro. «È troppo, cazzo», mormorò. Ginny era sul punto di implorarlo di non fermarsi. Aveva bisogno di lui, dello sfogo che sarebbe arrivato.

Quando il suo dito l'accarezzò dove era tutta bagnata, le dita dei piedi le si incurvarono e tutto il corpo le si contrasse in uno spasmo incontrollabile. E poi le entrò dentro con le dita. Lentamente. Sempre più dentro, tanto che le venne voglia di prendergli la mano e spingerla più forte. Era bello. Troppo bello. Ed era tanto che non provava più sensazioni così forti. Con Gabriele, il sesso delle ultime settimane era diventato scadente. Lui non si eccitava nemmeno più e lei doveva fargli il sesso orale perché fosse in grado di portare a termine il rapporto. Quando Ginny gli aveva chiesto cosa gli stesse succedendo, lui le aveva dato la colpa, dicendole che gli faceva troppe pressioni e che quindi anche il desiderio ne aveva fatto le spese.

«Cazzo, Ginny… Così calda, bagnata… Mi fai morire!» Il respiro di Federico si era fatto ansante mentre le sussurrava cose che avevano come unico effetto quello di farla eccitare ancora di più. Più faceva commenti spinti, più il corpo di lei reagiva.

«Federico, ti prego… ho bisogno di averti dentro.» Gli aprì la cintura e gli sbottonò i pantaloni. Poi, entrò nei suoi boxer e prese l'asta fra le mani. Pulsava. «Lo voglio dentro.»

Federico le spalancò le gambe e iniziò a penetrarla con la punta del suo pene.

«Cristo, Ginny, sei strettissima…» Affondò di un altro po' mentre il suo respiro si faceva ancora più affannato.

Il piacere era indescrivibile, mentre si aggrappava alle sue braccia e gemeva nel momento in cui veniva penetrata fino in fondo.

Federico uscì piano e poi affondò di nuovo, senza staccare lo sguardo dal suo. Ginny gli fece scivolare le gambe intorno alla vita, poi gli strinse le braccia al collo. Lui affondò ancora, spinte sempre più ravvicinate e che non lasciavano spazio alla ragione, ma soltanto al desiderio, alla brama di piacere.

«Ti piace?» le domandò Federico.

«Sì, Federico, mi piace tanto.»

Lui chiuse gli occhi, rovesciò la testa all'indietro e cominciò a muoversi più in fretta. La spirale di piacere la avvinghiò sempre di più. L'unica cosa che contava per Ginny in quel momento era lasciarsi andare. Sollevò i fianchi per andargli incontro e lui impazzì.

«Oh, sì! Sei incredibile, Ginny. Tu ci sei, piccola?» le chiese con voce strozzata.

«Sì», rispose, sentendo la tensione crescerle dentro e un'ondata di gioia travolgerla.

Federico emise un gemito profondo, si irrigidì e poi la penetrò un'ultima volta.

«Stai bene?» La voce del fotografo la avviluppò. Avevano fatto l'amore un'altra volta e ora erano avvinghiati con lo sguardo rivolto al fuoco nel camino.

«Benissimo.» Ginny stava proprio bene, si sentiva in pace con se stessa ed era felice. Il sesso con Federico era stato fantastico. Al contrario di Gabriele, lui era un amante attivo, che sapeva cosa voleva da una donna e soprattutto come ottenerlo.

«Qual è la tua storia, Ginny?»

Lei era assonnata e non aveva voglia di deprimersi aprendo il vaso di Pandora. «Dobbiamo parlarne proprio ora? Non roviniamo questo momento, questa serata così perfetta.» Sbadigliò e si strinse ancora di più al suo corpo.

«Raccontami qualcosa di te. Ho parlato io per tutta la cena, non so niente di te, ti prego.» Le prese il mento e le diede un bacio leggero che la fece fremere.

«Okay, cosa vuoi sapere?»

«Dimmi della tua famiglia. Come sono?»

«Mia mamma è morta sette anni fa, è rimasto soltanto mio papà. Con mamma ho sempre avuto un rapporto di amore e odio, abbiamo avuto forti contrasti nell'adolescenza perché si faceva portavoce delle ideologie di mio padre. Quindi lei impersonava il maschile e il femminile – era molto dolce, affettuosa, ma anche rigida ed egoista perché non ha mai rinunciato a niente per me e mia sorella – e questa ambivalenza mi pesava. Con il senno di poi, ho compreso che questo suo modo di comportarsi mi proteggeva da mio papà.» Parlare di sua madre le faceva male. Se ne era andata troppo presto e Ginny ogni tanto si ripeteva che la sua morte era stata un'ingiustizia. Chissà se le sarebbe stata di supporto in questo momento. Chissà se l'avrebbe giudicata per essere stata l'amante di Gabriele.

Federico taceva e intanto le accarezzava la schiena. Era una presenza confortante che le dava sicurezza e solidità.

«Aveva molte amicizie, era piena di relazioni sociali ed era lei a tenere unita la famiglia. Aveva tanta iniziativa, forse troppa, delle volte. Quando ha scoperto di essere ammalata, mi ha chiamata e mi ha detto che voleva che le dicessi tutto, se fosse stata mancante nei miei confronti.»

«Lo hai fatto?»

«Non completamente. Le ho detto qualcosa, ma non tutto. Era ammalata e non volevo infierire. Non mi sembrava giusto in quel momento e sono contenta di averlo fatto. Ma in età adulta, posso dire che avevamo un bel rapporto. Pensa che ci incontravamo il sabato mattina al bar sotto casa sua per bere il caffè e delle volte c'erano anche le sue amiche. Mi manca tutto questo.»

Federico le diede un bacio sulla fronte e a Ginny vennero quasi le lacrime. Quel gesto così piccolo e semplice aveva aperto la danza delle emozioni. Quanto tempo era che un uomo non aveva quelle piccole attenzioni per lei? Gabriele non le aveva avute nemmeno all'inizio della loro relazione clandestina, non parliamone quando erano giovani.

«I tuoi genitori si amavano?»

Ginny inspirò profondamente. «Non credo e ho sempre visto il loro rapporto come sbilanciato. Lei aveva scelto di fare l'angelo del focolare ed è sempre stato un rapporto in cui era lei a dirigere ogni cosa. Aveva insistito perché mio papà la sposasse e mettessero su famiglia insieme. Mio padre, che è sempre stato uno spirito libero e per certi versi anche un ribelle, non aveva saputo dirle di no. Negli ultimi anni, quel poco di amore che li aveva uniti è venuto meno. Facevano due vite separate.»

«E tuo marito?»

«Oh be', quello è un altro discorso per il quale dovrai aspettare la prossima puntata. Ho sonno, Federico, voglio dormire. Tu non vuoi dormire?» Sbadigliò e si accoccolò ancora di più contro di lui.

Sbadigliò anche lui. «Dolce notte, Ginny.»

«'Notte», fece in tempo a dire prima di scivolare in un sonno senza incubi, il primo da mesi.

La mattina dopo, Ginny si svegliò piena di desiderio. Guardò l'ora sul cellulare, erano le cinque del mattino, poi osservò l'uomo accanto a lei, che dormiva nudo. Gli passò una mano sul petto e poi scese. Federico gemette nel sonno e subito il pene gli divenne duro.

Ginny allora si mise a cavalcioni sopra di lui e si fece scivolare l'asta dentro di lei fino in fondo. Lui aprì gli occhi ed emise un verso gutturale.

«Cazzo, Ginny, che bel risveglio.» Vedere quella luce animalesca nel suo sguardo le fece scattare qualcosa dentro. Voleva che si ricordasse di lei. Di quel momento. Non sapeva se lui avrebbe voluto rivederla ancora. L'unica cosa che sapeva era che non si sarebbe dimenticata di lui. Ma voleva essere certa che nemmeno lui si dimenticasse di lei. Non le andava di essere soltanto "quella da una notte".

Si sollevò piano e poi scese di colpo. Voleva cavalcarlo. Comandava lei. Federico aprì la bocca per dire qualcosa, ma Ginny lo interruppe infilandogli la lingua in bocca, e sollevò i fianchi, per poi ricadere su di lui con ancora più forza. I gemiti e le contorsioni del suo corpo erano la prova che lui era in suo potere.

Ginny si lasciò andare completamente e gridò, montandolo più forte e più in fretta.

«Oh, Ginny… Sì, Cristo Santo, così!» esplose l'uomo, mettendole le mani sui fianchi e lasciandosi veramente andare. Federico stava prendendo il comando con colpi rapidi e potenti la sollevava e la faceva ricadere su di sé. Ogni imprecazione e ogni gemito che gli uscivano dalla bocca non facevano che scatenarla ancora di più. Doveva vivere quell'emozione insieme a lui, ne aveva bisogno.

Pochi colpi ancora e l'orgasmo esplose per entrambi.

«Ginny… Ginny…», sussurrò Federico.

«Fede… Fede…»

Quando i brividi di piacere cessarono e lei fu di nuovo in grado di respirare, gli prese il collo fra le braccia e collassò sopra di lui.

Federico la avvolse e la strinse forte. Ginny sentiva il suo respiro tornare a poco a poco normale. Le era piaciuto il sesso tenero e sensuale della notte prima, ma quello di adesso era stata una vera e propria scopata. Gli baciò il collo.

«Ci credi se ti dico che mai, mai in tutta la mia vita ho provato un simile piacere? Dio, Ginny, tu sei una bomba del sesso.»

Lei sorrise contro la sua pelle, contenta di aver lasciato il segno su quell'uomo bellissimo.

«È stato "epico"», rispose, ridendo mentre si staccava da lui. La tenerezza che vi lesse nel suo sguardo, le fece sciogliere il cuore.

«Sì, "epico" rende bene l'idea», esclamò Federico mettendole una ciocca di capelli dietro l'orecchio. «Sono rovinato. Tu lo sai, vero? Sono rovinato.»

Ginny mosse il bacino, era ancora dentro di lei, e disse: «Mmm, no, penso che funzionerà ancora.»

Federico scoppiò in una risata fragorosa e la prese facendola rotolare con la schiena sul materasso. Si mise sopra di lei e mormorò: «Ti rivedrò ancora?»

«Se lo vorrai, sì.»

«E tu lo vuoi, Ginny?»

«Lo voglio», disse, mentre lui si impossessava di nuovo delle sue labbra.

Quando lei e Federico si salutarono, Ginny si recò in negozio. C'era ancora molto da fare prima dell'inaugurazione e non c'era un minuto da perdere. Mentre camminava felice per le stradine del centro, le squillò il cellulare: Gabriele!

Il cuore le mancò un battito e il grillo saggio dentro di lei la redarguì dal rispondere. Ma la curiosità prevalse e con il dito schiacciò il simbolo verde della cornetta.

«Te lo sei scopato?»

Ginny storse la bocca. Gabriele riusciva sempre a trovare il modo di rovinarle la vita.

«Buongiorno, Gabriele.»

«Te lo sei scopato?» ripeté lui.

«Che t'importa?»

«Okay, l'hai fatto! Brava, Gin! Era questo l'amore che professavi per me?»

Lei sospirò. «Non cominciare, Gabriele! E poi, scusami, ma non puoi proprio permetterti di essere geloso. Sei stato tu a lasciarmi, ti ricordo.»

«E tu sai benissimo il perché, mi facevi troppe pressioni.»

«Smettila! Finiscila con queste stronzate. E comunque, la mia vita non ti riguarda più.»

«Come hai potuto andarci a letto dopo solo tre settimane?»

«Tu ti scopi Swami e siamo in questa situazione per scelta tua, non mia.»

«Sei come tutte le altre. Non appena qualcuno vi corteggia un po' - ho visto come ti guardava ieri sera e come tu guardavi lui - siete pronte a farvi portare a letto. Che delusione, Gin, sei proprio una grande delusione e sono felice della decisione che ho preso di rimanere con mia moglie.»

«Bene, bravo! Perché mi chiami, allora? Perché ti arrabbi se mi faccio scopare da un altro?» Ginny era arrabbiata ora e la pazienza era venuta definitivamente meno.

«Ah, allora ci hai scopato! Ci avevo visto giusto! Buona fortuna, Gin, ti auguro di essere felice.»

«Buona vita, Gabriele. E non chiamarmi più.» Riattaccò con il respiro affannoso. Maledetto, Gabriele! Maledetto stronzo che le aveva rovinato uno dei momenti più belli della sua vita.

CAPITOLO 32

Tutto il paese di Bardolino era presente all'inaugurazione di *Café Couture for Four.* Nell'aria si respirava l'atmosfera natalizia che aveva spinto gli abitanti a recarsi al negozio, incuriositi dall'evento.

Il posto era così pieno di gente che Ginny non riusciva quasi a respirare. Gli stuzzichini preparati con cura da Swami erano già stati divorati come se uno sciame di cavallette si fosse abbattuto sui vassoi.

Gli ospiti passavano da una sala all'altra, facendo commenti ammirati sull'arredamento elegante e sulle macchine da cucire vecchio stile. Nella sala del pilates e dello yoga avevano installato delle luci soffuse e una rilassante fragranza di lavanda emanava dai diffusori. L'angolo bar era una chicca con i tavolini e l'espositore a vetrina, che avrebbe contenuto i cibi sani e gustosi che Swami aveva previsto nel menu: insalate miste, frutta tagliata a cubetti, yogurt di vari gusti, frullati, dolci dietetici.

Nella prima mezz'ora trascorsa dall'apertura ufficiale delle porte di *Café Couture for Four*, avevano già raccolto una decina di nuove iscrizioni per i corsi di pilates, di cucina e di cucito.

Tilly era al banco informazioni ed era intenta a distribuire volantini, dare spiegazioni sul corso di cucito e sulla disponibilità delle *Singer* e far riempire i moduli alle nuove iscritte.

Facendo un giro di ricognizione, Ginny la vide assediata e le lanciò un'occhiata preoccupata, ma lei le sorrise e le fece un cenno per indicare che se la stava cavando in modo egregio.

A quel punto, Ginny uscì un attimo per riprendere fiato e poco dopo la raggiunsero Azzurra e Tilly con due calici di champagne a testa per brindare.

«Qualcuna di voi ha sentito Swami? Non si è ancora vista», disse Tilly.

Ginny fece di no con la testa. Non ci aveva fatto caso fino a quel momento, ma Swami non era ancora arrivata. Che avesse avuto problemi con Andrea? Possibile, anche se sarebbe dovuta venire con tutta la famiglia.

«Ho provato a chiamarla, ma non mi ha risposto, le ho lasciato un messaggio. Sono sicura che sta per arrivare», disse Azzurra.

«Be', nel frattempo, cosa ne dite se brindiamo noi tre e poi, quando arriva Swami, lo rifacciamo?» Porse un bicchiere a Ginny ed esclamò: «Al nostro successo!»

«Al nostro successo!» le fecero eco le amiche.

In quel momento arrivò Federico. Ginny sentì il calore invaderle le guance e il corpo. Si erano sentiti ogni giorno dalla loro notte passionale e si erano visti quasi ogni sera. Non aveva ancora idea di come sarebbe andata a finire fra di loro, ma di una cosa era certa: le piaceva avere quell'uomo intorno. E che Dio la fulminasse se non ammetteva che era stato un diversivo che l'aveva allontanata dal dolore per Gabriele.

«Signore», disse lui, facendo un cenno di saluto a Tilly e Azzura mentre si avvicinava a Ginny e le sussurrava: «Sei bellissima.» Lei gli gettò le braccia al collo e lo baciò con ardore. Quando si staccò, sorrise divertita nel vedere la sua espressione sbalordita.

Ginny si sentiva al settimo cielo. Quella sera, quando aveva indossato l'abito che aveva comprato per l'occasione, si era vista come una dea. Aveva perso altri quattro chili per un totale di otto. E il vestito che aveva scelto le definiva il corpo come una calza di seta: era in viscosa arancione a costine, morbido ma che le segnava appena i fianchi, con le maniche lunghe e i polsini bianchi e lungo fino alla caviglia. Ai piedi, indossava un paio di stivali con tacco color cammello. Aveva acconciato i capelli in uno chignon sopra la testa, con qualche ciuffo a incorniciarle il viso e infine si era truccata.

«Sono felice di vederti.»

«Anch'io, Ginny. Come sta andando?»

«Benissimo, direi. Meglio di quello che ci aspettavamo, vero, ragazze?»

Le amiche annuirono. «Che ne dite se rientriamo?» propose Tilly.

Azzurra e Federico si avviarono, mentre Tilly e Ginny rimasero indietro.

«C'è qualcosa che non mi hai detto, vedo.»

«Oh, Tilly, non te la prendere, è stato inaspettato e volevo tenermelo per me ancora per un po'.»

«Sei felice?» le domandò Tilly, prendendola sottobraccio.

«Sì, molto.»

«Sono contenta per te, tesoro. Te lo meriti.»

Mentre le altre si sparpagliavano tra gli ospiti per continuare gli onori di casa, Ginny si avvicinò a Federico. «Vado al piano di sopra, vado a controllare come sta andando. Fatti un giro, intanto, arrivo subito.»

Federico le diede un altro bacio e la lasciò andare.

Ginny entrò in cucina dove i camerieri che Swami aveva mandato dal suo ristorante stavano impiattando il cibo preparato dall'indiana per l'occasione. E un attimo dopo vide spuntare a sorpresa Gabriele. Sembrava trafelato e preoccupato.

«Gin!» La voce era agitata ed era come se fosse senza fiato, come se qualcuno gli avesse prosciugato tutta l'aria a disposizione.

«Ciao», rispose lei debolmente, mentre il cuore aveva cominciato a correre impazzito. All'improvviso ebbe un brutto presentimento.

«Swami... Swami...» L'ex amante non riusciva nemmeno ad articolare un pensiero compiuto.

Ginny lo prese quasi con la forza e lo spostò in un angolo appartato della stanza. «Swami, cosa? Le è successo qualcosa?»

Lui scosse la testa più e più volte. «Swami ha scoperto tutto!»

Quelle quattro parole la colpirono come un sasso lanciato da una fionda in piena faccia. Si portò le mani alla bocca, incapace di trovare un senso a quello che aveva appena udito, il respiro che le si mozzava in gola come se qualcuno la stesse strozzando. «Come?»

Gabriele si passò le mani fra i capelli. «Ho lasciato il cellulare aperto mentre ero sotto la doccia e...»

«Eccoli qui, i due fedifraghi!» La voce stridula di Swami interruppe il loro confronto.

«Swami!» esclamarono insieme i due ex amanti.

«E brava la nostra Ginny, alla fine ce l'hai fatta! Ti sei vendicata. Ho letto tutti i vostri messaggi, mi fate schifo, tu mi fai schifo, ti credevo un'amica. Sei sempre stata una traditrice fin da quel lontano 1995. E sai come vi ho scoperto?

Perché il deficiente qui presente, nonché mio marito, ti ha registrata sotto il nome di Armando. Cazzo, è stato facile fare due più due! Il tuo amante si chiamava Armando! Due geni, non c'è che dire!» Swami era un fiume in piena, il petto le si gonfiava a brevi intervalli e le tremavano addirittura le mani. Per quanto fosse vestita in modo elegante, a uno sguardo più attento, Ginny si accorse che aveva i capelli arruffati e il trucco degli occhi le era colato – molto probabilmente aveva pianto.

«Swami, lascia che ti spieghi…», disse Gabriele, facendo un passo nella sua direzione.

La moglie gli puntò l'indice contro. «Tu, brutto bastardo, non avvicinarti a me! Faremo i conti quando sarò pronta a farlo. Per il momento voglio "lei"!»

Quel "lei" aveva tutta l'impressione di essere una minaccia e per un attimo Ginny ne ebbe paura. Swami sarebbe arrivata a metterle le mani addosso? Una donna tradita può arrivare a spingersi oltre il limite, lo aveva letto in qualche giornale qualche tempo fa, la moglie si era recata dall'amante e se le erano date di santa ragione. Oh.Mio.Dio! *Non qui, non ora che la mia vita ha preso la giusta direzione.* Avvertì un capogiro e dovette sostenersi al bancone della cucina per non stramazzare a terra. Sembrava irreale, un brutto scherzo, eppure stava accadendo per davvero.

Gli invitati, attirati dalle urla di Swami, si erano raccolti sulla soglia e si godevano lo spettacolo. Tilly e Azzurra si fecero largo ed entrarono nella stanza.

«Swami.» Tilly le mise una mano sul braccio per calmarla, ma l'amica saltò come se fosse stata morsa.

«Non toccarmi!» gridò. «Traditrice anche tu! Lo sapevi e non me l'hai detto. Che amica del cazzo! Siete tutte amiche del cazzo!»

Tilly scosse la testa e gli occhi le si riempirono di lacrime. «Swami, per favore, cerca di capire...»

«Capire? Capire cosa? Che questa puttana si scopava mio marito da tre anni? Lo sai cosa voleva che facesse? Sì, certo che lo sai!»

Ginny chiuse gli occhi. È un incubo, è un incubo e ora io mi sveglierò, continuava a ripetersi. «Swami, possiamo parlarne in privato?»

«Sì, Swami, c'è l'inaugurazione della nostra attività, ricordi?» Azzurra la implorò quasi.

«Non me ne frega un cazzo dell'inaugurazione! Lei ha rubato un marito e un padre a una famiglia! Signore», alzò le mani al cielo rivolgendosi alla fauna femminile presente, «prima di uscire di casa per venire al nostro negozio, assicuratevi che vostro marito tenga l'uccello nei pantaloni. Altrimenti, vi ritroverete come me.»

Nessuno aveva il coraggio di fiatare e il silenzio era in qualche modo agghiacciante e inquietante. L'indiana cominciò a ridere come se fosse sotto effetto di psicofarmaci e fu soltanto grazie a Federico che lo spettacolo finì. Federico fu l'unica persona che Swami accettò di ascoltare.

Lui la prese per le braccia e le mormorò: «Swami, vieni, andiamo, ti porto a casa. Dov'è Andrea?»

«Oh, sì, Andrea... devo andare da Andrea... è da mia mamma... mi starà aspettando», farfugliò la donna.

Nel passare di fianco a Ginny, il fotografo le rivolse uno sguardo pieno di tristezza e infelicità. Anche Tilly la stava guardando come a dire: «Ti avevo avvisata.»

Ginny chiuse gli occhi per la vergogna mentre le lacrime le bagnavano le guance. Doveva andarsene da lì, doveva uscire, doveva stare da sola e pensare a come sistemare le cose. Scese le scale di corsa tra lo sconcerto della gente, prese la giacca e corse fuori. Non sapeva dove, ma l'importante era correre, era dimenticare, era scappare da tutto e tutti.

Nella fredda sera camminò fino alla fine del lungolago. Non c'era anima viva intorno, era il venti di dicembre e l'unica compagnia era quella della luna piena sopra di lei. Si sedette su una delle panchine e si lasciò andare al pianto che echeggiava nell'aria.

Alla luce della luna distinse la figura di Gabriele che avanzava a grandi passi, come il condottiero sul campo di guerra pieno di caduti. Mentre si avvicinava, lei si alzò per andarsene. «Lasciami in pace, Gabriele. È tutta colpa tua, mi hai rovinato la vita.»

Si fermò davanti a lei, gli occhi lampeggianti. «Non volevo che finisse così, ti prego di credermi, Gin. Io e Swami abbiamo litigato di brutto.»

«Lo immagino.» Si sedette di nuovo sulla panchina e nascose il viso tra le mani. «Oddio, è tutto così orribile.» Scoppiò a piangere ancora. Le colava il naso. Aveva gli occhi così gonfi che non vedeva nulla e tutto il suo corpo era scosso da lunghi, esasperanti singhiozzi. Tirò fuori un fazzoletto dalla tasca e si soffiò il naso.

«Gin, non…» Lui la fissò impotente, il volto ancora pallido e arrabbiato, poi la prese tra le braccia e incollò le labbra alle sue, baciandola con passione.

Ginny si lasciò andare a quel bacio, ma fu soltanto una questione di pochi secondi perché subito dopo si staccò da lui ed esclamò:

«Gabriele, cosa diavolo stai facendo? Sei impazzito? Tua moglie ha appena scoperto la nostra tresca, ha fatto irruzione all'inaugurazione mandando quasi di sicuro tutto a puttane e tu che fai? Mi baci?»

Gabriele sbuffò. «Mi manchi, Gin! Sono impazzito quando ti sei messa con quel Federico!» La sua mano le spostò una ciocca umida dalla guancia e seguì con il pollice il profilo del suo zigomo. «Non avrei dovuto baciarti», bisbigliò, già tornando sui suoi passi. «È solo che non voglio perderti e non voglio vederti infelice. Non ci sono mai riuscito.»

Le baciò con dolcezza il naso, la fronte, poi l'abbracciò di nuovo e la tenne stretta contro il petto.

«La mia Gin… sei sempre stata la mia Gin, lo sai, vero?» mormorò tra i suoi capelli.

Lei si lasciò andare, questa volta. Non poteva farne a meno. Precipitò dentro di lui, la testa che trovava il suo preciso posto nel suo abbraccio. Voleva essere tenuta così. Voleva essere la sua Gin. Se mai aveva avuto bisogno di essere cullata da qualcuno, quel qualcuno era Gabriele. Non gliene importava nulla che appartenesse a Swami e che lei avesse iniziato una relazione con Federico. Non gliene importava nulla che non sarebbero mai tornati insieme. Per pochi minuti ancora voleva sentire le sue braccia attorno a sé, fingere che gli ultimi vent'anni non fossero esistiti.

Dopo quella che parve un'eternità, si staccarono l'uno dall'altra.

«È finita, vero?» domandò lei.

«Sì.» Con la nocca dell'indice le spazzò via con gentilezza l'ultima lacrima.

«Cosa farai?» Ginny si strofinò gli occhi con i palmi delle mani. «Rimarrai con lei?»

Gabriele scrollò le spalle. «Se mi vorrà ancora, sì. Il mio posto è accanto a lei e a mio figlio. Non credere che non rimpianga tutti i giorni di essermi legato a lei. Ho fatto un errore madornale a lasciarti la prima volta. Non avrei dovuto, ma la morte di mio padre mi aveva fatto perdere la ragione.»

Lei fece un debole sorriso. «No, Gabriele, non è stata la morte di tuo padre e non è nemmeno il senso del dovere nei confronti di tuo figlio a non permetterti di stare con me.»

«No?»

«No. Il fatto è che tu sei un traditore seriale e non puoi esimerti dal farlo. La donna che ti sta accanto non può che accettarti così come sei, altrimenti se ne deve andare e voltarti le spalle per sempre.»

Gabriele fece per toccarle la mano, ma Ginny la sottrasse di scatto.

«Gabriele, è finita. Dopo stasera, sono io a non voler e poter continuare. Nemmeno se tu adesso mi dicessi che ti separerai da lei. Meglio che vada a casa. Vai anche tu, torna da Swami e chiedile perdono in ginocchio. È possibile che ti dia ancora una possibilità. Addio, Gabriele.»

Si alzò e si incamminò sulla strada del ritorno, lasciandolo lì come un vecchio album di ricordi. Era triste? Molto, ma non per lui. Dopo quella sera, qualcosa era cambiato dentro di lei, l'idea di lei e Gabriele felici per sempre aveva perso consistenza e fascino. All'improvviso era come se il cielo avesse smesso di dibattersi, preda di continui rovesci, e il sole avesse fatto capolino.

Non aveva idea di cosa sarebbe successo con il *Café Couture for Four*, ma di una cosa era certa: nessuno l'avrebbe più fatta sentire rifiutata, non rispettata, non apprezzata. Nei prossimi giorni, avrebbe cercato di sistemare le cose con Tilly e Azzurra e, nel caso gliel'avessero chiesto, se ne sarebbe andata. E poi naturalmente avrebbe dovuto affrontare Federico, dargli una spiegazione, ma per quello c'era ancora tempo. Ora era tempo di tornare a vivere. Per davvero, però.

CAPITOLO 33

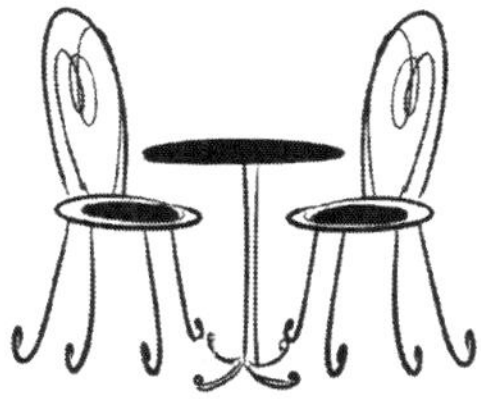

Un paio di settimane dopo, Ginny mise di nuovo piede al negozio. Natale era passato così come Santo Stefano, giorni che lei aveva trascorso da sola in casa a leccarsi le ferite e a rimettere insieme i cocci.

C'erano soltanto Tilly e Azzurra ed era ormai orario di chiusura. A giudicare dalla loro espressione cupa nel vederla, le due amiche avevano dovuto avere dei problemi nella gestione dell'attività. Di sicuro avevano dovuto annullare le lezioni di pilates e di yoga per quella settimana, considerato che lei non si era fatta né vedere né sentire. Ginny temeva ora che giungessero alla conclusione che la sua presenza fosse alquanto deleteria per il *Café Couture*.

«Mi dispiace», esordì. «Sono pronta ad andarmene e mi potrete ridare la mia parte con calma.»

«Non se ne parla neanche!» protestò Tilly con foga.

«Ti abbiamo chiamata e mandato un sacco di messaggi, ma ci hai ignorate», le disse Azzurra. «Abbiamo avuto un'impennata di iscrizioni, dopo quello che è successo, molte donne si sono riviste nella tua situazione e volevano farti sapere di esserti vicino, per darti man forte.

«Ora vai di là che a breve arriveranno le iscritte al corso di pilates», disse Tilly.

Ginny stentava a credere alle parole delle amiche. «Ma come è possibile?»

«Te l'ho detto, hanno simpatizzato con te», fece Azzurra.

«No, non quello. Come possono venire per la lezione se è il primo giorno che vengo?»

«Le chiamiamo ora», continuò Tilly.

«Ma stiamo per chiudere!»

«Assolutamente no! Vedrai, verranno. Forza, vai, poi quando avrai finito parleremo.»

Come aveva predetto Tilly, le donne arrivarono e fu una delle lezioni più belle che avesse tenuto in tutta la sua attività professionale. Molte erano state le domande e molti i commenti in suo favore. Quante donne avevano vissuto e stavano vivendo la sua stessa situazione? Cos'è che faceva che una donna libera si avvicinasse a un uomo impegnato e accettasse ogni umiliazione, ogni bugia pur di stare con lui? Il bisogno, si disse. Sì, il bisogno di essere amate, desiderate e volute sopra ogni cosa. Ma l'amore non era bisogno, il bisogno era nemico dell'amore perché l'amore era gioia, era darsi all'altro senza limiti, era condivisione. Perché il bisogno ti trascinava poi in una sorta di ossessione che ti rovinava la vita e ti rendeva dipendente dall'altro. Quello che l'aveva legata a Gabriele per tutti quegli anni era un amore malato e tossico, che le aveva fatto perdere la strada, e ora era arrivato il momento di ritrovarla.

«Sono pronta», disse a Tilly e Azzurra una volta che anche l'ultima cliente se ne fu andata.

Si sedettero sugli sgabelli del bancone del bar e Tilly fu la prima a parlare.

«Intanto vogliamo dirti che Swami ha deciso di prendersi un po' di tempo per riflettere e capire cosa fare con il negozio e soprattutto con il suo matrimonio», disse Tilly.

«Ah, non credevo che…»

La socia la fermò. «Non vogliamo parlare di quello che è successo la serata dell'inaugurazione. Sapevo che sarebbe successo qualcosa di spiacevole, era inevitabile, anche perché questa cosa tra te e Swami va avanti da sempre e prima o poi doveva sfociare da qualche parte. Quello che io e Azzurra vogliamo farti capire è che non siamo qui a giudicare le tue azioni e i tuoi comportamenti. Sei sempre stata innamorata di Gabriele e l'amore non si condanna mai.»

«Sì, condivido tutto quello che ha detto Tilly. Per noi, adesso, la priorità è il negozio. Ci crediamo tanto, ci abbiamo investito altrettanto, tutte noi, e vogliamo che funzioni. Quello che è successo con Swami è affar tuo e suo e io e Tilly non vogliamo entrarci. Per anni lo abbiamo fatto e non ne è venuto niente di buono. Abbiamo detto la stessa cosa anche a Swami.»

Ginny annuì. «Come faremo con il bar e il ristorante?»

«Oh, per quello non c'è problema, Swami ci ha mandato una dei suoi migliori sous-chef, Allegra, una ragazza veramente in gamba. Ti piacerà, vedrai. Quello che ti chiedo è: sei dei nostri? E se sì, lo sei al cento per cento?»

Ginny non aveva nemmeno bisogno di pensarci, lo aveva fatto per tutte le due settimane e sapeva quello che voleva, altrimenti non sarebbe tornata.

«Sono dei vostri, al cento per cento.»

«Dammi un cinque, socia!» disse Tilly.

Dopo il cinque le tre amiche si strinsero le mani come a suggellare il loro patto: tutte loro avrebbero dato il massimo per l'attività e non avrebbero permesso a nessuno di frapporsi fra loro e il successo.

Quando rientrò a casa quella sera, era stanca morta, ma felice. Sapere della decisione di Swami non l'aveva turbata più di tanto, era normale che fosse così, o andava via lei o Swami. Non era stata neppure tentata di chiedere alle amiche se Swami avesse parlato di lei e del suo tradimento. Era ovvio che l'avesse fatto, e chissà con quali toni, ma non le importava, non più. Era libera, ora, anche se c'era ancora un'ultima cosa che doveva fare.

Prese il telefono e digitò il suo numero. Federico rispose al secondo squillo.

«Ciao, Ginny.» Malgrado quello che era successo, la sua voce era ancora accogliente.

«Ciao, Federico. Vorrei parlarti e spiegarti, se possibile, come sono andate le cose. Possiamo vederci?»

Ginny lo sentì sospirare nel telefono e credette che la sua risposta sarebbe stata un sonoro "no", invece le disse: «Domani sera, posso essere da te.»

«Sì, va bene, ti aspetto. A domani, Federico.»

«A domani, Ginny.»

Malgrado avesse già il discorso preparato da giorni, Ginny aveva passato una notte pressoché insonne e vederselo lì davanti, sulla porta di casa, bello come un dio greco, fece cadere tutte le sue sicurezze e certezze.

«Accomodati», disse, facendo un passo indietro nell'ingresso. «Vuoi mangiare qualcosa? Ho preparato una zuppa di zucca e delle verdure al forno.»

Federico la seguì in cucina. «Non ho molta fame, Ginny, ma prendo volentieri un po' di zuppa.» Era a disagio e si guardava intorno come se si aspettasse di veder spuntare fuori qualcuno. Forse Gabriele, pensò Ginny.

Lei versò la zuppa nei piatti e poi si sedettero al bancone. «Vino?»

Lui annuì.

Per un po' mangiarono in silenzio, poi Ginny non ce la fece più e disse: «Non so cosa ti abbia raccontato Swami, ma vorrei spiegarti.»

«Sì, me l'hai detto anche al telefono. Ti ascolto.» Poggiò il cucchiaio nel piatto.

«Io e Swami ci siamo innamorate entrambe di Gabriele. Avevamo diciott'anni e lui era il ragazzo nuovo, quello arrivato come un fulmine a ciel sereno a mettere sottosopra le nostre vite. E, a ben guardare, l'ha fatto. Quell'anno promisi a Swami di aiutarla a conquistarlo e ti assicuro che all'inizio ne avevo tutte le intenzioni, ma poi me ne sono perdutamente innamorata e...»

«E l'hai tradita», la interruppe lui.

Lei sorrise. «Sì, il mio sbaglio è stato non confessarle i sentimenti che provavo per lui. Ma ho avuto paura che lei e le altre potessero giudicarmi e allontanarmi. Loro tre sono sempre state come delle sorelle per me, non volevo perderle. Anche se poi le ho perse ugualmente. Nessuna di loro ha accettato il mio tradimento. So quello che stai pensando, che non sono molto dissimile dalla tua ex.»

«No, non lo penso. Tu e Kate siete due pianeti opposti, non avete niente in comune. È che mi sono sentito usato.»

«No! Non pensarlo nemmeno. Non ti ho mai usato per far ingelosire Gabriele. Volevo stare con te, Federico, devi credermi.»

Federico bevve un sorso di vino e aspettò che continuasse.

«Io e Gabriele siamo stati insieme per quattro anni, credevo che ci saremmo sposati, credevo che mi amasse come io amavo lui, ma mi sbagliavo.»

«È arrivata Swami, no?»

Lei fece di sì con la testa. «Solo che io non lo sapevo. Ero tornata per le vacanze di Natale, studiavo a Parma all'epoca, ci siamo visti in un bar, ero così felice di vederlo, gli avevo regalato un bracciale con le nostre iniziali e mi aspettavo una proposta di matrimonio. Sai cosa mi regalò lui? Un pigiama e neanche della mia taglia. E poi mi mollò. Mi disse che il padre era appena morto, che lui si sentiva confuso e che voleva stare da solo. Ma non lo era. Si era innamorato di Swami.»

«Immagino quanto sia stato terribile scoprire che si erano messi insieme.»

«Già. E Swami non soltanto era incinta, ma si stava per sposare con lui. Quella sera, alla nostra rimpatriata, avrei voluto morire, sprofondare, nascondermi negli anfratti più bui della Terra pur di non sentire il dolore.»

«Mi dispiace, immagino quanto tu abbia sofferto.»

«Non volevo vendicarmi di Swami quando ho cominciato la relazione con Gabriele. Ero iscritta a Tinder e l'ho trovato. È cominciato per gioco e poi, be', il resto lo sai.»

Lui si allungò e le prese la mano. «Ginny, io tengo veramente a te, se soltanto tu ti fossi aperta con me, io…»

«Come? Avresti preferito che ti dicessi che avevo appena chiuso una relazione di tre anni con il marito della tua più cara amica? Era questo che volevi? Mi avresti voluta lo stesso?»

Federico abbassò lo sguardo.

«Lo sapevo. Ma non te ne faccio una colpa. Quello che non voglio che pensi è che io mi sia approfittata di te. Questo mai!»

Il fotografo le prese la mano. «Ginny, vuoi darci un'altra possibilità?»

Ginny guardò quell'uomo che ricambiava il suo sguardo con occhi limpidi e sinceri e avrebbe voluto con tutte se stessa dirgli di sì, ma quello non era il momento.

«Federico, mi dispiace, ma ora ho bisogno di integrare me stessa, ho bisogno di capire che da sola posso farcela, che non devo più dipendere da nessuno. Devo capire che io da sola sono il fulcro, il centro del mio essere. Quando avrò compreso questo, non avrò più paura di perdere l'altro e di perdermi. Per troppo tempo ho avuto paura di perdermi in questo mare di dolore che mi ha segnata dalla prima separazione con lui, di non riuscire a rimanere a galla, di affogare sempre. Mi dispiace, ma non posso.»

«Capisco.»

«Tu sei un uomo fantastico, ma devo prima risolvere me stessa, altrimenti il copione che ho messo in scena con Gabriele si ripeterà e non lo voglio, non più. Da quando ci siamo lasciati, ho cominciato a chiedermi: chi sono io? E a essere sincera non lo so pienamente. E non ti nego che mi spaventa conoscermi, mi spaventa scoprirmi più forte di quanto credessi, perché mi renderei conto di aver vissuto fino a ora al di sotto delle mie possibilità. E questo mi farebbe soffrire molto. Ma so che ci devo passare e lo devo fare in solitaria.»

«Io ti starei accanto volentieri.»

«Ti ringrazio, ma non è questo che voglio. Non voglio essere di peso a nessuno e…»

«Tu non saresti mai un peso per me.»

«Non posso appoggiarmi a te. Non hai idea di quanta paura io abbia, Federico.»

«Di cosa hai paura, Ginny? Sei una donna forte e sai di esserlo.»

Lei rise. «No, non lo so e se dovessi scoprirmi più debole di quanto pensassi, incapace di affrontare il dolore, la sofferenza, la perdita, l'illusione, l'abbandono e l'abbandonarsi? Io, che non mi sono mai concessa di abbandonarmi, mai! E sai perché? Perché ho sempre sofferto tanto, Federico, e abbandonarmi vorrebbe dire rischiare di soffrire ancora di più. Sempre di più, più di prima. So quello che voglio, so che ti sembra che io parli a vanvera, di paura di soffrire prima e ora ti dico che io so quello che voglio, ma è così. Il fatto è che ho paura delle conseguenze, ho paura di compiere le scelte sbagliate ancora, di pentirmene e di non poter più recuperare poi.»

«E se tu stessi sbagliando con me?»

Ginny sospirò a fondo. «Non credere che non ci abbia pensato, ma ho deciso di correre il rischio. Quel che è fatto è fatto, le parole hanno un peso, i gesti, le azioni hanno un peso. Sono in grado di sostenerlo? Penso proprio di sì. Io basto a me stessa, io basto da sola, non devo affidarmi a nessuno, non devo aggrapparmi a nessuno, devo, voglio andare avanti da sola, a testa alta, con coraggio, e accettando il fatto di avere paura, perché in fondo è normale avere paura, solo gli incoscienti non ce l'hanno, e io non voglio essere incosciente.»

Federico sorrise, annuendo, ma la lasciò continuare.

«Voglio compiere le mie scelte con consapevolezza, e poi onorarle con coraggio per quelle che sono: scelte della mia anima, che sola sa qual è la verità. Ho bisogno di stare da sola, di stare tra me e me, di accogliermi, di accudirmi, di trovarmi, ed è quello che ho deciso per me. Perdonami.»

Federico scosse la testa. «Non c'è niente per cui chiedere perdono. Sono grato per averti conosciuta, non hai idea quanto abbia significato la tua presenza per me. Ti auguro ogni bene, Ginny, e sopra ogni cosa di trovare quello che vai cercando.» Si alzò.

«Grazie, Federico. Ti porterò nel mio cuore.»

Lui aprì le braccia e Ginny vi sprofondò dentro, assaporando per l'ultima volta il calore di quell'uomo fantastico che le aveva donato un pezzo del suo paradiso.

«Se lo vorrai, io ci sarò per te.»

EPILOGO

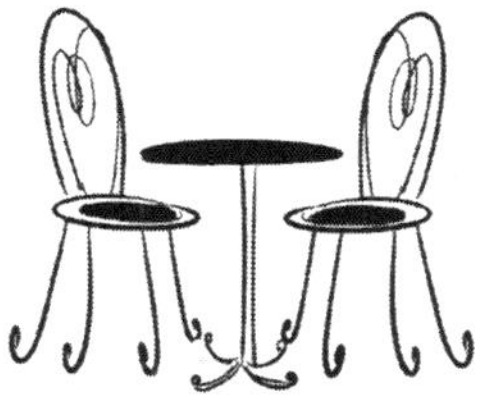

OTTO MESI DOPO

Ginny aveva appena finito una lezione di pilates, il caldo di quel sabato d'agosto sembrava non volesse dare un attimo di tregua nemmeno la sera. Si asciugò la fronte con il piccolo asciugamano al collo mentre salutava le ultime clienti rimaste.

Guardò l'ora: le ventidue. Ormai staccava sempre a quell'ora, lei e Tilly e Azzurra si erano davvero impegnate per far funzionare l'attività e, dopo otto mesi, potevano ritenersi soddisfatte. Il negozio era sempre pieno di signore che venivano a cucire i loro vestiti, i suoi corsi erano full e il ristorante al piano di sopra anche.

Era felice? Se lo era domandato spesso negli ultimi tempi e ogni volta avvertiva inconfondibile un moto di gioia che le partiva proprio dal cuore. Sì, lo era! Come aveva detto a Federico quella sera, si era dedicata a se stessa, si era messa a dieta in modo serio ed era riuscita a perdere addirittura quindici chili e poi c'erano stati il lavoro e l'amicizia e la vicinanza con le sue amiche a salvarla.

Stava disinfettando gli attrezzi del pilates quando sentì la campanella alla porta suonare.

"Maledizione! Perché non ho chiuso a chiave?" Il cuore prese a batterle forte. "E se fosse qualcuno con cattive intenzioni?" Agguantò il bastone che utilizzava per gli esercizi di stretching e, impugnandolo con forza, in punta di piedi si affacciò alla stanza del cucito. E quasi le venne un colpo quando la vide: Swami!

«Ginny…» Non se la doveva passare bene. Due cerchi neri le contornavano gli occhi, era magrissima e i capelli, di solito così lucidi e sempre a posto, erano sporchi e arruffati. Anche l'abbigliamento a cui teneva in maniera maniacale era dimesso: un paio di leggings corti, una maglia che doveva aver visto tempi migliori e scarpe da ginnastica che non indossava mai.

«Swami, se stai cercando Tilly e Azzurra sono già andate a casa.»

«No, a dire la verità cercavo proprio te.» Non aveva l'espressione di una che vuole litigare, quindi Ginny si rilassò.

«Come stai?» domandò Ginny.

L'indiana scrollò le spalle. «Perché, non si vede? Penso che la mia tenuta parli per me.»

«Mi dispiace.»

«Ti trovo bene, hai perso peso e sembri quella della giovinezza.»

«Sì, sto bene, finalmente.»

«Buon per te.»

«Come va con Gabriele?» Ginny non sapeva più niente di lui. Tilly a Azzurra non l'avevano messa al corrente delle scelte di Swami dopo la sera dell'inaugurazione – e lei, dal canto suo, si era vista bene dal chiederlo - quindi non sapeva se lui e Swami fossero ancora insieme. E anche ora, guardando l'ex rivale, non avrebbe saputo cosa pensare.

Swami si prese la testa fra le mani. «Di merda.»

Okay, erano ancora insieme.

«Ma siete ancora insieme, no?»

Gli occhi dell'indiana si riempirono di lacrime. «Lui non mi ama, Ginny, non mi ha mai amata. E sai qual è la cosa buffa? Che anch'io non so nemmeno più cosa provo per lui. È come l'albero di ciliegio in fondo al giardino, che ho fatto potare sperando, estate dopo estate, di vederlo carico di frutti rossi. Ma non è mai spuntata nemmeno una ciliegia. Anche Gabriele non ha mai prodotto niente. È come se io fossi rimasta sotto il suo albero per tutto il tempo, con un cesto tra le mani per raccogliere quello che si sarebbe degnato di lasciarmi cadere dall'alto.»

Ginny si sentiva davvero dispiaciuta per l'amica. Sapeva cosa volesse dire stare lì ad aspettare che quell'uomo si degnasse di darle un po' di attenzione. Purtroppo, con il senno di poi, aveva compreso che Gabriele non era in grado di dare. E lei e Swami ne avevano fatto le spese. Si diresse verso il bancone del bar e prese una bottiglia di Apérol spritz già pronta. Versò il contenuto in due bicchieri e ne passò uno a Swami. Poi le fece cenno di seguirla in sala yoga. La vetrata era aperta e ora entrava una leggera brezza che soffiava dal lago e che stava rinfrescando la calura del giorno.

Si sedette a terra sul parquet e l'amica la imitò.

«Il fatto è che…» Swami ingollò il liquido tutto in una volta. «Il fatto è… che ho sempre sentito di averlo costretto al matrimonio. Se non fossi stata incinta…» Girò gli occhi verso Ginny. «A essere sincera, l'ho costretto anche ad avere un figlio. Lui non lo voleva, Ginny. Ma immagino tu lo sappia già.» Scosse la testa, con violenza, da una parte all'altra. «Non era giusto.»

«Sembra che tu ti sia incastrata da sola.» Le parole di Ginny risuonarono chiare e la voce incredibilmente limpida.

«Tu non hai costretto Gabriele a fare qualcosa che non gli andava di fare. Se non avesse voluto, avrebbe potuto dirti di no. Quindi la responsabilità di vostro figlio è di entrambi ed è perfettamente a metà.»

«Sì, hai ragione. Però… una volta che Andrea era nato… avrei potuto tirare fuori il meglio da Gabriele. Invece di stare sempre a desiderare… a chiedermi…» Swami tirò dei rapidi respiri, cercando di rifornire di ossigeno il suo povero cervello angustiato. Si strofinò una mano sul volto. «Mi sono concentrata sulle cose che non funzionavano invece che su quelle che andavano.» Le lacrime non volevano saperne di fermarsi mentre montava l'onda del rimorso. «Stronza. Stronza. Stronza. Mi sono trasformata in una irritabile, rigida, petulante stronza. L'ho comandato a bacchetta. Non c'è da stupirsi che gli sia venuta voglia di andare con.... ehm…» Poi rendendosi conto della gravità delle sue parole disse: «Scusami, sono stata indelicata.»

Ginny le toccò la mano. «Non preoccuparti. Va bene. Ho capito quello che volevi dire.»

«Mi dispiace che ti abbia illusa. Non mi lascerebbe mai, Ginny, ha troppo da perdere. La sua tranquillità. Lui con me può fare tutto quello che vuole, tanto sa che me lo riprenderò sempre. Lo sa lui e lo so io. Si trastulla con l'idea, ma non se ne va mai.»

«Lo so.»

«Già. Ha avuto infinite storie. Le donne gli cadono ai piedi. Non ti biasimo per quello che è successo tra di voi, non più, perlomeno. Avete avuto un passato insieme e lui è bravo a farti sentire speciale.»

«Se lo sapevi, delle altre donne intendo, perché sei rimasta con lui? Come fai a essere così indulgente? Perché non lo lasci?»

«Ho avuto voglia di farlo, molte volte, ma è complicato. Ho sempre sentito che lui ha in un certo senso bisogno di me. Per sostenerlo, per fargli da mamma, per fargli una ramanzina quando fa il cattivo e dargli il bacino sul ginocchio quando si fa la bua. E io ho bisogno di lui, perché sai, dentro sono rimasta la ragazza insicura e arrogante, grata che lui potesse guardare me. Sapevo che non avevo chance con lui a diciott'anni. Non ero per nulla attraente. Ma quando l'ho rivisto dopo essere tornata da Parigi, ho fatto di tutto per mettermi con lui e portartelo via.»

Ginny non disse niente. Lo sapeva, l'aveva sempre saputo. Ma ora, per lei, quello era passato.

Swami si alzò e andò a prendere la bottiglia di Apérol e se ne versò ancora nel bicchiere. «Francamente è un sollievo dire la verità, alla fine.» Tirò un profondo respiro. «Sappi però che, per tutti gli anni a venire, mi sono sempre sentita un ripiego rispetto a te, e quella sera, al ristorante, sapevo che Gabriele ci avrebbe provato con te. E perché no, del resto? Eri il suo primo, forse il suo unico amore.»

Ginny sbuffò. «Io ho pensato che Gabriele fosse il mio unico grande amore. Avevo questa sciocca, romantica visione di noi due, la grande tragedia della nostra separazione e stronzate del genere. Gabriele non mi ama. Non in un modo reale. E io non amo lui. Non più. Era soltanto una fantastica illusione, entrambi volevamo riaffermare qualcosa di antico e che molto probabilmente non c'è mai stato fino in fondo. Vorrei solo averlo capito anni fa. Nel corso del mio matrimonio, ogni volta che avevo problemi con Flavio, tiravo fuori questa immagine del meraviglioso Gabriele per fare un confronto. Ma la vita di tutti i giorni non può essere solo fremiti, incertezze e passione. E io e te abbiamo perso la nostra amicizia, qualcosa di prezioso a cui io tenevo veramente tanto.»

«Lo so, per me è la stessa cosa.» Swami si avvicinò a lei e le strinse il braccio.

«Cosa farai?»

Swami appoggiò la schiena alla parete e chiuse gli occhi. «Non lo so, non so decidermi, ho paura di fare la scelta sbagliata non soltanto per me ma anche per Andrea. Delle volte penso di non avere scelta.»

«C'è sempre una scelta.»

«È tanto più facile, a volte, chiudere gli occhi e fare finta di non vedere. Rifiutarsi di guardare il proprio spaventoso matrimonio e il proprio marito traditore.» Rabbrividì.

Anche Ginny si appoggiò al muro, il bicchiere ancora mezzo pieno tra le mani, gli occhi chiusi. Era così bella la pace che le avvolgeva.

«Hai più sentito, Federico?»

«No.» Al solo sentire il suo nome, provò un moto di nostalgia grande. In quegli otto mesi, aveva pensato a lui? Sì, spesso. Ed era stata tentata di scrivergli tante volte, ma poi vi aveva rinunciato per paura che avesse trovato qualcuna o che non nutrisse più gli stessi sentimenti per lei.

«Mi ha chiamata ieri.»

«Ah, sì? Come sta?» Ecco, ora Swami le avrebbe detto che era felice con una donna stupenda.

«Bene, direi, sai com'è fatto? Non si perde mai d'animo. Mi ha parlato di te.»

Tun, tun, tun… Il cuore non voleva smettere di battere. «Ah…»

«Gli manchi ancora, Ginny. Accetti un consiglio da me?» Si alzò in piedi.

Ginny annuì.

«Chiamalo, non aspetta altro. Ora sarà meglio che vada, prima che finisca ubriaca fradicia. Ci vediamo, allora.» Si voltò per andarsene, poi sembrò ripensarci e disse: «Ginny?»

«Sì?»

«Grazie.»

«Grazie a te. Se vuoi tornare, sappi che io e le altre ti stiamo aspettando.»

«Oh, datemi ancora un po' di tempo. Ho delle cose da sistemare, prima, ma tornerò. 'Notte, Ginny.»

Quando Swami se ne andò, Ginny prese il cellulare e lo guardò. "Non aspetta altro", le aveva detto l'amica. Senza indugiare, digitò il numero e aspettò che rispondesse con il cuore in gola.

«Ginny», rispose Federico al terzo squillo.

«Fede. Ti disturbo?»

«Mai.»

«Hai tempo per due chiacchiere?»

«Ho tutto il tempo del mondo.»

«Posso invitarti a cena una di queste sere?»

«Sempre.»

INDICE

Printed in Poland
by Amazon Fulfillment
Poland Sp. z o.o., Wrocław

73132811R00188